NHK 連続テレビ小説

ブギウギ

下

作

足立 紳／櫻井 剛

ノベライズ

橘 もも

NHK出版

NHK 連続テレビ小説 ブギウギ 下

目次

装幀　児崎雅淑（LiGHTHOUSE）
カバー写真撮影　大西二士男

第15章 ワテらはもう自由や

その日は、富山で訪れた。昭和二十（一九四五）年八月十五日。福来スズ子たちは滞在している旅館の広間で、玉音放送を聞いた。

「堪え難きを堪え、忍び難きを忍び、もって万世のために太平を開かんと欲す」

他の宿泊客だけでなく、従業員もみな、正座して耳を澄ませていた。雑音まじりで、とぎれとぎれの音声ではあったけれど、つまり日本は戦争に負けたのだということは、みな理解していた。

「呆気ないもんだな」と三谷がつぶやく。「黙って聞け！」と怒号が飛ぶも、その男の瞳にも動揺が浮かんでいる。やがて、すすり泣く声が聞こえた。現実のことと思えずぼんやりしていたスズ子は、ふと、背後をふりかえった。部屋の隅に、静枝が控えていたことを思い出したのだ。

——勝ちます。……そうでなきゃ、夫は犬死にです。

そう言って唇を噛みしめていた静枝は、存外、穏やかな表情をしていた。

予定していた公演はおそらくすべて中止になるだろう。これから何が起きるのか、今よりよくなるのか悪くなるのか、スズ子には見当もつかない。ただ、帰りたかった。一分一秒でも早く、村山愛助に会ってそのぬくもりを確かめたかった。

同じ頃、慰問で鹿児島を訪れていた茨田りつ子もまた、滞在している旅館で一人、その知らせを聞いた。

「ずいぶんかかったわね……」

思わず漏れ出たそのつぶやきは、多くの日本人にとっての本音だっただろう。

戦争は、終わったのだ。


上海にいる羽鳥善一は、部屋でひとり紹興酒をあおっていた。窓の外からは連合国の勝利を祝う人々の歓声が聞こえてくる。敗戦した日本人の身柄がどう扱われるのかわからない今、部屋でおとなしくしている以外、羽鳥にできることは何もない。

部屋をノックされ、柄にもなく、羽鳥はびくっと身体を震わせる。現れたのは、黎錦光だ。「コングラチュレーション、羽鳥センセイ」と入ってくる彼に、羽鳥は苦笑する。

「日本は負けたんだよ？『おめでとう』はないだろう」

「おめでとうです。これでもう我々音楽家に国境はない。敵も味方もなく、堂々と付き合えます。センセイが望んだ時代になる」

「しかし、僕はこのまま日本に帰れないかもしれないよ。……実際に負けると恐ろしいもんだね。いくら飲んでも酔えないんだ」

「私は信じています。無事日本に帰ったセンセイが、また素晴らしい音楽を鳴らし続けると。あなたはずっと、私のセンセイです」

「ありがとう、黎くん。君と出会えてよかった」

羽鳥はグラスを置いて、立ち上がった。二人は、かたい握手をかわす。

東京に帰るスズ子たちに、女将は握り飯を持たせてくれた。小さいけれど、あったかい。その心遣いが、胸に沁みる。ところが、仲居の一人が、脅かすように言った。

「気ぃつけてくださいねぇ。これからぁ米兵が大勢乗り込んでくるって話やからぁ。六尺（一八〇センチ）もあるぅ大男どもがぁ、日本の男を全員奴隷にすっがいと。そんで女はみんな妾に」

「妾って、みんな手籠めにされるっつーことげ？」

おっかなびっくり聞き返す小夜に、仲居はうなずく。それを、女将が笑い飛ばした。

「みんなけ？　ハッ、あんたダラなこと言われんちゃー。日本の女がぁみーんな妾になるがやったらぁ、アメリカさんの奥さんや恋人が黙っとらんちゃ」

「確かにそうや。ワテやったら絶対に許さへん」

スズ子も笑うと、仲居は気まずそうに身体を縮めた。彼女とて、むやみに脅かすつもりはなかったのだろう。だが、わからないことに怯えていても、しかたがない。スズ子は、幸を連れて見送りに来てくれた静枝に言った。

「戦争は負けてしもたけど、気を確かに生きよな」

「ええ、先のことはぁ不安やけどぉ、生きていくしかありませんからね」

そう、生きるしかないのだ。この先、何があるのだとしても、生きている限りは。

疎開(そかい)先から戻る人が多いのか、帰りの列車はすし詰め状態で、誰もが殺気立っていた。スズ子たちの荷物に手を伸ばす者もあり、行きよりもずいぶんと物騒だ。女将にもらった握り飯を食べていると、羨(うらや)むような睨(にら)むような視線があちこちから飛んできて、無言を貫くほかはなかった。スズ子はただ、愛助のことばかりを考えていた。

家に帰りついたときには、小夜と坂口(さかぐち)がいるのも忘れて、愛助に飛びついた。また痩せたのではないだろうか。たった二週間会えなかっただけなのに、二十年もたったような心地がする。でも、愛助はちゃんとあたたかく、スズ子の背に回す腕にも、しっかり力がこめられていた。

「ほんま無事に戻れてよかったなあ。大阪では、終戦の前日まで空襲があったいう話だす。何百人も犠牲になったらしいて」

痛ましそうに、坂口が言う。愛助も、悲しげに目を伏せた。

「とことんやられて、日本はなんもなくなってしもた」

「なんもないことはない。ワテは生きてここにおる。愛助さんかてそうや。坂口さんも小夜ちゃんも、みんな生き残ってここにおる」

スズ子が言うと、みんな、はっとしたように顔をあげた。愛助がうなずく。

「確かにそやな。せっかく生き残ったんやから、しっかり生きんとアカンな」

よほど気を張っていたのだろう。すぐさま小夜は布団に倒れこみ、いびきをかいて眠り始めた。対して、出発前となんら変わった様子を見せないスズ子に、愛助は微笑む。

「スズ子さんはたくましいな」

「そらいろいろ気にはなるで。お父ちゃんどないしてるんやろ。はな湯のみんな、ＵＳＫ（梅丸少女歌劇団）の仲間は？　羽鳥センセかて今どないしてんやろとか……そやけど考えたかてわからへんし、ワテは信じることにした。愛助さんが無事やったみたいに、みんな元気にしてるはずや。そやろ」

「うん、そうや」と、愛助はスズ子の手をにぎる。スズ子がいてくれるから、どんなに絶望するような状況でも、愛助は背筋を伸ばしていられる。

　しばらくは、質素な食卓が続いた。米櫃（こめびつ）も野菜籠も「空っぽではない」という程度で、三人が食べていくには食料がとうてい足りていない。

「『欲しがりません、勝つまでは』言うてたのに、負けたら元も子もないわなぁ」

　スズ子は笑うが、笑い事ではない。

　小夜は、根無し草だった頃に野草を採って食べていたという。一緒に探しに出ようとすると、愛助が庭に種芋（たねいも）を植えていた。「秋まで待たなあかんらしいわ」と、気の長い話である。が、先のことを考えられるのはいいことだ、とスズ子は思う。

　その晩の食卓には、ヨモギ入りの雑炊（ぞうすい）（といっても米はほんのわずかでほとんど粥（かゆ）に近い）とツルナのおひたしが並んだ。それなりにおいしいが、楽しくはない。

「庭のジャガイモ、楽しみだなぁ」と小夜が切なそうにつぶやく。

　収穫できたら煮っころがしにしたい、と小夜は言う。そのとき、手元に十分な砂糖や醤油があるかどうかわからない。なければ、蒸して食べるしかないが、野草を食べるよりマシだ。ジャガイモがうまくいったら、大根やカブ、ニンジンを植えよう。そんな他愛もない話をしているうちに、「今なら全部ご馳走だ」と小夜の瞳にも輝きが戻った。

「何を食べてもご馳走やなんて、それはそれで悪ないな」

空襲の心配もなく三人で食事できている幸せを、今はただ、噛みしめる。

羽鳥は再び作曲への意欲を取り戻していた。けれど一心不乱に譜面を書き起こす羽鳥を阻むように、激しいノックが響きわたる。黎、ではない。羽鳥の知る人は、絶対にそんな乱暴なたたき方はしない。

蹴破りそうな勢いで、ドアが開く。そこには拳銃を手にした男たちが立っていた。左腕には「抗日義勇軍」の腕章。国民党の工作員だ。

「僕はただの音楽家だ」

両手をあげて主張しても、相手は聞く耳を持たない。両脇から羽鳥の腕をつかみ、むりやり立たせる。

——せめてあと一節、頭の中に浮かんだこの音を。

そんな願いもむなしく、テーブルが倒され、譜面が舞う。引きずられるようにして、羽鳥は連行されていく。

十一月になり、ジャガイモが育ってきた。居間の一輪挿しに花を飾る余裕もできた。たくましいのは、スズ子だけじゃない。誰もが戦後の荒波を生き延びようと、必死でもがき、少しずつではあるが復興の道をたどっていた。小夜も下宿を見つけ、今は再び、スズ子と愛助の二人暮らしである。

　食欲が増して、顔色もずいぶんよくなってきた愛助は、長らく休んでいた大学に戻ることを決めた。その祝いをしようと、食料を調達するため、小夜と闇市に行ったときのことである。

「お米、大根、お醬油と油が少し。大金はたいてこんだけかいな……」

　以前は一升一円もしなかった白米が、三合で二十一円。それでもこのあたりでは底値なのだと店主は言う。いやならよそへ行ってもいいが、戻ってきたときには同じ値段じゃ売らないよ、と。

　闇市では女だけだと甘く見られる、と言っていた愛助の言葉が思い出される。

「これじゃご馳走とは言えねぇね」と小夜も渋い顔だ。

　悔しいが、それだけ、食料を集めるのが難しい時勢ということだ。路上には腹をすかせた子どもたちが点々と佇んでいる。母親とはぐれたのか、あるいは――死に別れたのか。助けてやりたくても、自分たちのことで精一杯なのが、スズ子には歯がゆい。

　そのとき、進駐軍の軍服を着た若い米兵がやってきて、子どもたちが待ち構えていたように目の色を変えて駆け寄った。米兵はチョコレートやらあめ玉やらを惜しみなく配る。

「いいなぁ……オレもチョコレート食いてぇ」と小夜が物欲しげにつぶやいた。

「やめとき、大人が近寄ったら何されるかわからへん。それに、あれアメリカの人やで？　アメリカの言葉しゃべれんの？」

「アイカンスピークイングリッシュ。ギミーチョコレート！」

　言うなり、小夜は駆けだした。子どもたちにまざって、米兵に両手を差し出す。あまりにためらいのないその姿に米兵は気圧された様子で、小夜にも板のチョコレートを渡した。

「サンキョー！」

戻ってきた小夜は、自慢げである。

「チョコレート食べたくて勉強しました」

そう言って、『日米会話手引』という本を差し出す。呆気にとられているスズ子の横で、小夜はチョコレートにかぶりついて、「デリ〜シャス……」と顔をとろけさせた。半分もらったスズ子も、すぐに同じ顔になる。チョコレートなんて、いったいいつぶりだろう。

見ると、米兵は浮浪者に煙草を分け与えていた。富山の仲居が言っていたとおり、悪さをする米兵も少なくないと聞くが、彼はそういうタイプではなさそうだ。

元気を取り戻したスズ子は、もうひと踏んばり、闇市を回ることにした。あっという間に食べ終えてしまったチョコレートのかけらでも愛助に残しておけばよかった、と思いながら。


闇市では、宝くじも売っていた。一等は、なんと十万円。

いつもよりほんのちょっぴり華やかな食卓で愛助の復学を祝いながら、三人はその使いみちを夢想した。愛助は、バスター・キートンとチャーリー・チャップリンを日本に招きたいと言う。アメリカとイギリスの喜劇役者だ。二人の共演が叶えば、村山興業を建て直すことができると。

「キートンもチャップリンも映画スターやで？　舞台共演は畑が違う」

「モノの例えや。十万円もあったらもっともっとすごいことができるいう話」

小夜には、二人の会話が理解できない。第一、そんなもので腹は膨れない。

「オレはやっぱりうなぎだな。もうずっと、何年も思い続けてる」と小夜はうっとりした。

「食ったことはねぇけど、味は知ってる。昔、奉公先の旦那さんが食い終わったうなぎの丼の、端っこについたタレを、コソッとペロッとなめてみたんだ。……感動したぁ。うますぎで、涙を堪えるので精一杯だった」

大袈裟やな、とスズ子は笑ったが、たぶんスズ子にはわからないのだ。いつか毎晩うなぎを食べて、涙が枯れるまで泣きたいと願う小夜の気持ちは。

愛助も首をかしげた。

「そやけど、うなぎは腹に収まったら終(しま)いやろ？　最高の舞台を見せられたらみんなの記憶に残る。死ぬまで忘れられへんショーになるんや。……うん、今の日本は夢を見たほうがええ。ええ芝居、ええ音楽、今はそんなんが必要やと思う」

そんなことをさらっと言えてしまう愛助がかっこよくて、小夜も、食べ物以外の望みはないかと必死で考えた。だけど、何もなかった。幼い頃から貧乏で、居場所もなくて、今日何を食べるか、明日は何を食べられるかしか考えられなかった小夜には、夢なんてきらきらしたものははるか遠いおとぎ話のように感じられる。

そんな小夜を、愛助もスズ子も内心では馬鹿にしているのではないか、とふいに不安になった。愛助のいないところで、あとからこっそりスズ子が「ほんまはワテもうなぎがええ思てん」と言ってくれて、ホッとはしたけれど。

それからしばらく、小夜は十万円のことばかり考えていた。そして、決めた。宝くじを買おう。うなぎでも、キートンでも、なんでもいい。夢を、買うのだ。こつこつ貯めた金をかき集めると、ちょうど宝くじ三枚分になった。にぎりしめて、闇市の売り場へと向かう。

「四枚買えばハズれてもタバコ十本と交換できますよ。悪いことは言わないから、四枚にしときなって」

「買う前からハズれること考えるバカいめぇ！　それにヘソクリかき集めてコレだから……」

そのときだ。

「ヘイガール、チョコレイト」と差し出す手があった。

あのときの、米兵だ。でも今、小夜が欲しいのは、チョコレートじゃない。「いらん」と拒絶する小夜に、米兵は「ホワイ？」と食い下がる。

「うるせぇな、今それどころじゃねんだっつの。宝くじユーノー？　アイワント、宝くじ。アイムプアガール！　オーケー？」

『日米会話手引』を引きながら答えた小夜に、米兵は「オーケーオーケー」と顔を明るくした。チョコを引っ込めて、販売員に宝くじ一枚分の支払いを渡す。

「ワンモアチケット、プリーズ。えー……モウ一枚、クダサイ」

「日本語しゃべれんのげ？　ユーカンスピークジャパニーズ」

「A little bit.（少しね）。ドウゾ、グッドラック」

米兵は、受け取った一枚を小夜に渡すと、颯爽と立ち去っていった。根っから、気前のいい男らしい。小夜は、手引を引いて「グッドラック」の意味を調べた。

「幸あれ、か……キザったらしいこと言うんだな、アメリカさんは」

この出会いが、人生を大きく変えることになるなんて、今の小夜はまだ知らない。

スズ子も、転機を迎えていた。日帝劇場の再開が決まり、記念公演の出演依頼が来たのだ。戦争が終わって三か月。スズ子自身も無意識に鼻歌を口ずさむようになり、ようやく歌う心のゆとりを取り戻してきたところであった。

公演は二週間後。復興に向けて弾みをつけるため、茨田りつ子をはじめスター歌手をそろえた歌謡ショーを開催するらしい。その知らせに、楽団員たちも大いに沸いた。持ち時間は二十分と長くはないが、五曲は歌える。しかも今度は、規制がない。歌詞が不謹慎だの、動かず歌えだの、うっとうしい横やりが入る心配がない。

つまりようやく、スズ子の十八番『ラッパと娘』が歌えるということだ。思う存分、舞台を踊り駆け回りながら。久しぶりにその歌を口ずさみながら夕食の準備をしていると、「いよいよ復活やな！」と愛助も声を弾ませてやってきた。

「いちばん楽しみにしてんのは僕や！　福来スズ子の代名詞であり、彼女をスイングの女王たらしめたんが代表曲『ラッパと娘』やねん」

「彼女てワテのことやろ。知ってるわ」

「僕はあの挑発的な歌とステップで一気に心を奪われたんや。『ラッパと娘』をあの頃のように歌とてこそ、正真正銘、福来スズ子の大復活！　戦争で止まっていた時間が動き出す……！」

「ちょ、落ち着いてくれるか」

「期待してんで！　ほんまに楽しみや。そしてその大根メシも楽しみや」

予想以上の反応に、スズ子は嬉しいというよりも、ちょっと引いている。

それに、不安もあった。

「ホンマはな、ちょっと怖いねん。お客さん、前みたいに楽しんでくれるやろか。警察に『動くな』『はしゃぐな』言われて、もう何年も思いっきりやれてないやろ？　ワテ、前みたいにやれるやろか。……戦争は勝手に終わったけど、こっちは時間取り戻すのに必死や」

「なんや僕、スズ子さんの気も知らんとはしゃぎすぎてしもたな」

「それはええねん。待っててくれる人がおるいうんはほんまに嬉しい。そやからこそ、期待に応えな」

「大丈夫。福来スズ子が日帝の舞台に戻てきたいうだけでみんな感動するはずや。言うてるやろ？　福来スズ子の歌には力がある」

うん、とスズ子はうなずいた。そうであってほしい、と願いながら。


日帝劇場が空襲を免れ、以前と変わらない姿で再開することができたのは幸いだった。久しぶりの娯楽、それも大舞台でのショーを一目見ようと、客は詰めかけ満席である。愛助に背中を押されてきたものの、楽屋でのスズ子はいつものように弾けきれずにいた。小夜を追い出し、一人になると、久しぶりの長いまつ毛を手にとり、ため息をつく。

そこへりつ子がやってきた。

「茨田さんも、よくぞご無事で」

「無事なもんですか。東京に戻ったら家は丸焼けだったわ。また一からやり直しよ」

「そうやったんでっか……軽率にすんません」

りつ子は、遠い目になった。

「慰問先でね、特攻隊の隊員さんに歌ったの。年端もいかないあの子たちに、言われたわ。『思い残すことはありません！』『晴れ晴れと往けます！』って。あの声が耳から離れないのよ。私の歌に背中押されて、あの子たちは死んだかもしれない。情けなかったわ。だって歌は、人を生かすために歌うもんでしょう？　……戦争なんて、くそくらえよ」

「ほんならこれからは、ワテら歌で、生かさな……今がどん底やったら、あとはようなるだけですもんね。歌えば歌うだけ、みんな元気になるはずや」

言いながら、スズ子は自分の言葉に励まされるように、顔をあげた。

「そうや……梅丸が潰れて六郎が死んで、好きに歌われへんなか、それでも歌い続けてきたんは、この日のためや。うまくやれるかやなんていったん置くわ。ワテは好きに歌う。ほんでお客さん全員、片っ端から元気にしたる！　……りつ子さん、なんや元気出てきました」

そう、とりつ子は口の端をあげた。あいかわらずね、とその目が言っている。

鏡に向かい、手にしていたまつ毛を貼りつける。その瞬間、力が全身にみなぎってくるような心地がした。

「よっしゃ。発声してきます！」

楽屋を飛び出していったスズ子を見送り、りつ子は鏡に自分の顔をうつした。

「……茨田りつ子、しっかりせっ！」

その目にも、力が戻る。

りつ子が一曲目に選んだのは『別れのブルース』。歌うとき、どうしたって特攻基地の少年たちが思い起こされる。忘れられない。忘れなくていい。今はもうこの世にいない、命を散らせた彼らにも届くように、りつ子は慈しみをもって歌い上げる。

それは、スズ子の憧れた茨田りつ子そのものだった。いや——以前よりももっと、ずっと、美しく、その歌声には切ない艶が乗っている。

舞台袖でスズ子は手のひらに人の字を書いた。何度も呑み込んで、オエッとえずく。それをやるたび、スズ子の歌がいちばんだと言ってくれていた家族に背中を押されているような気持ちにもなる。

りつ子と入れ替わるように、スズ子は舞台に飛び出した。スポットライトが、熱い。満席の観客のまなざしが、拍手が、スズ子の血液を沸騰させる。ようやく、この日が来たのだ。誰もが手放しに、心の底から、歌って踊って笑える日が。

スズ子は腹に力をこめた。いまだ悲しみの癒えない人たちも、この歌を聴けば自然とひとりでに浮かれだす。一緒に高揚せずにはいられないことを願って。

決まった型など一つもない、躍動する心に合わせて、観客の歓声に応えるように、自由に足を踏み鳴らす。壇上を自在に動き回って踊る、スズ子に誰より熱烈な視線を注いで拍手を送っているのは愛助だった。

そして、もう一人。感極まって泣きじゃくる愛助よりもうしろで、静かに微笑み、一筋の涙をこぼしている男がいた。羽鳥善一である。

三か月、拘束されていた。二度と日本の土を踏むことは叶わないかと諦めかけたところで解放され、引き揚げ船にもぐりこむことができた。歯車が一つでも違っていたら、きっと今でも上海の檻のなかだ。運がよかったとしか言いようがない。

楽屋のスズ子を訪ねて、羽鳥は言った。

「茨田くん、福来くん、今日は最高のステージを見せてもらったよ。あの頃と同じ……いや、それ以上の素晴らしいステージだった。今は胸が疼いて堪らないんだ。僕も負けてはいられない。上海で手に入れたんだ、新しい音楽の可能性をね。楽譜はすべて没収されてしまったがなんてことはない。ここにすべて残っている」

羽鳥は自分の胸を拳でたたいた。

「帰ってピアノに向かうとするよ。また僕の音楽ができる」

そう言って、再会の感動もそこそこに飛ぶように帰っていく羽鳥に、スズ子とりつ子は目を見合わせて苦笑した。帰ってきたのだ。彼もまた、人々の熱狂を呼び覚ます舞台へと。

スズ子は誓う。これからは誰に何を言われようと自分の好きに歌う。もう決して、自分の歌を曲げたりはしない。


その運気に乗って宝くじも当たるのではないかと期待した小夜だったが、当然ながら、見事に外れた。売り場に向かい、外れ券をタバコ十本に変えてもらう。貴重品とはいえ、吸わない小夜にとっては大損もいいところである。

くさくさした気分で歩いていると、あの米兵に再び出会った。

「おぉ、アメリカ、アメリカ！」

「アメリカ、ジャナイ。サムです。マイネームイズ、サム」

「マーネイムイズサヨ。そんじゃサム、プレゼントどうぞ。宝くじのお礼だ。ハズレちったけど。バットラック！　グッバイ！」

煙草を押しつけ、立ち去ろうとした小夜の前に、米兵——サムは慌てて回り込む。

「Wait, wait, please let me thank you for giving me these.（待って待って待って、タバコのお返しさせてください）」

「何しゃべってっかわかんねえ。オレ、タバコはやんねえから、それ宝くじのお返し」

「食べる、ドウデスカ？」

「食べる？　おごってくれんのけ？　オー、イエス！　オフコスー！」

一変して顔を輝かせた小夜に、サムもにっこり笑う。

仕事が増え、〈福来スズ子とその楽団〉も活気づいたと思いきや、三谷と四条（しじょう）がしばしば遅刻するようになった。スケジュールの確認をしても「その日は用事が……」と言葉を濁されることも多い。さらに、小夜も腹が痛いと言っては早退する日が増えた。お腹（なか）がすきすぎて、変なものをつまみ食いしているのかもしれない。みんな疲れているのはわかっているけれど、大事な時期なのだからもう少し身を入れてほしい、とスズ子は内心でため息をつく。

だが、小夜は嘘をついていた。サムに会うため、足繁く闇市に通っていたのだ。決して、チョコレートをくれたり、おいしいものを食べさせたりしてくれるから、だけではない。片言の日本語と片言の英語では、会話に時間も手間もかかるが、楽しかった。サムと話すために字引を引くたび、知っている言葉が増えていくのも、嬉しかった。肩を並べて歩くだけで心が満たされるなんて、そんな感情を小夜は初めて知ったのだ。

「サヨは、どんなオシゴトですか？」

「えーと、付き人って……あ、アシスタント！　そうだそうだ。アシスタント、シンガー。スズコ・フクライ。ユーノー？」

「スズコ？　……オーイエス！　アイノウ『クイーン・オブ・スイング！』」

「クイーン、そうそう、スイングの女王な」

「I saw Suzuko on stage once! That was amazing! The queen of swing!（一度スズ子のステージを見たことがある！　素晴らしかった！　まさにスイングの女王だね！）」

よほど興奮したのか、サムは流暢な英語でまくしたてる。小夜には聞き取れないが、その興奮した表情から、スズ子を褒めているということだけはわかった。老いも若きも、男も女も、スズ子の歌を聴いた人はみんなこの顔をする。それがこれまでは誇らしくてたまらなかったのに、なぜか今日は、胸がじくじくと変な痛みをもつ。

「サヨ、シンガーなりたい、ですか？　You are Suzuko's assistant, aren't you?（スズ子のアシスタントでしょう？）」

聞かれて、思い出す。そういえば最初は、スズ子みたいに歌える人になりたくて、弟子入りさせてほしいと突撃したのだった。スズ子の父・梅吉と遊び惚けて逆鱗に触れ、一度はクビにされた。けれど、スズ子の圧倒的な歌唱力とパフォーマンスを間近で見続けているうち、自分もそうなりたいなんて不遜な願いはとうにどこかへ置き去りにしていた。そんなこと、熱のこもったまなざしで自分を見つめるサムには言えない。

「歌ってクダサイ！」

「えっ、ここで？」

「クイーン・オブ・スイング、なりたいデショウ？」

　さびれた通りとはいえ、人も行き交う。いつもの小夜なら、そんな恥かくことはまっぴらごめんだと威勢よく言い返すところだ。けれど、サムには言えない。小夜はこほん、と咳払いして、周囲を気にしながら『ラッパと娘』を歌い始めた。

「たのしいおかたもー、かなしいおかたもー、だれでもすきなそのうたはー」

　脳裏には、スズ子の変幻自在のパフォーマンスがありありと浮かんでいる。小夜は、ただそれをなぞればいいだけ、のはずだった。けれど唇からこぼれる歌は調子がずれて、動かす手足も不格好に揺れるだけ。なんか違う、おかしい、と思いながら必死になればなるほど、ジタバタと地団太（じだんだ）を踏んでいるようになる。

「ばどじずでじどだー」

　やがて、くすくすと小さな笑い声が聞こえてきた。屋台の店主や孤児たちが、あわれむように自分を見ていることに気づいて、かっとなる。サムが周囲をなだめながら「エクセレント！」と拍手を送ってくれるが、小夜の羞恥をなおさら掻き立てた。たまらず踵（きびす）を返す。

「サヨ！」と背中から追いかけてくるサムの声を振り切るように、小夜は逃げた。

　翌日、小夜は早退どころか、公演にもやってこなかった。こんなことは、初めてである。よほど具合が悪いのだろうか、久しぶりに家に招いて精のつくものを食べさせてやろうか、と思案しながら事務所に戻ると、三谷と四条も「早く帰って休みたい」と言い出した。明日の持ち時間は四十分、約十曲をどう選定するか話し合いたかったのに、と不満はくすぶるが、もうずっとまともな休みもとれず、毎日、どこかの劇場に駆り出されている。疲労がかさむのも当然だ、とスズ子は素直に承諾した。

ところが、二人が帰ったあと、二村（にむら）がぼそりとつぶやいた。

「休みたいなんて嘘ですよ。三谷さんも四条さんも演奏があるんです、他の楽団の」

「他の楽団て……」

「要は助っ人だよ。どこも人が足りなくて困ってる。あいつらも腕は確かだからね、お声がかかるってわけさ」

答えたのは、一井（いちい）である。つまり、知らないのはスズ子だけだったということだ。だがスズ子には、嘘をつかれていたということのほうがショックだった。

「そんなん遠慮せんと言うてくれたらええのに……」

二村は肩をすくめた。

「言えませんよ。そのたびに遅刻したり早引けしたり、こちらの予定を変更してまで他所（よそ）の楽団の助っ人なんて不義理じゃないですか」

「二村くんは他に呼ばれてへんのかいな」

「断ってます。僕は〈福来スズ子とその楽団〉ですから」

「あんた、ええ子やな。一井さんは？」

「俺の場合は……実はもっと深刻だ。引き抜きたいって楽団がチラホラある」

「それやったら、みんなもうウチの楽団がのうなってもかめへんいうことですか」

傷ついたようなスズ子の言葉に、一井はきっぱり言い切る。

「いや、心配することはない。俺は楽団を移るつもりはないし、三谷も四条も、コソコソしてるのはうしろめたい気持ちがあるからさ」

帰ってくる場所は、〈福来スズ子とその楽団〉。その気持ちはみんな変わらない。だが、そう言われても、スズ子の心は晴れない。

楽団を結成したのは、昭和十六年の春。丸四年の月日がたつ。

あっという間だった。最初はどこからも声がかからず、仕事がなくて、ようやく軌道に乗ったかと思えば、マネージャーの五木が金を持って出奔して……。そのどれもが、スズ子にとって今となっては懐かしく、そして心の支えにもなる思い出だった。スズ子にとって帰る家は愛助のいるところだけど、歌手としては、楽団のみんなと過ごす時間が大切な居場所だった。

事務所の前に掲げられた〈福来スズ子とその楽団〉の看板。戦禍も生き延びたその看板を見つめ、スズ子は思いをめぐらせる。そして、何日か悩んだ末に決めた。

公演が終わってからにしようかとも迷ったが、前のほうがしゃんとした気分で全員が集まっている。スズ子は、出発しようとする仲間を呼び止め、言った。

「皆さん、まずはお礼を言わせてください。〈福来スズ子とその楽団〉結成から四年とちょっと、ワテについてきてくれて、ほんまおおきに。突然ですが、楽団は解散します」

全員が、息をのむ。

最初に声をあげたのは、四条と三谷だった。

「もしかして、僕たちのこと怒ってます？」

「すまん、確かに最近ちょっとたるんでたかもしれねぇ。これからは気を引き締めてやるから」

「そうやおまへん。お二人が他の楽団に助っ人に出てるんは聞きました。それ聞いて、ワテ嬉しかったんです」

心が晴れなかったのは、二人に嘘をつかせてしまう状況に対してだ。仲間の腕前が評価されて、誇らしくないはずがない。

「戦争で歌う場所がのうなって、苦し紛れに結成したよなこの楽団で、みんなよう踏ん張ってくれました。ずっと食うや食わずで必死やったけど……もうそんな心配せんでもええいうことやろ。もうみんな、好きなときに、好きな音楽で食べていける。ワテらはもう自由や。みんなに『おおきに』言うて、この楽団を終わりにしたい。……みんな、ほんまおおきに」

スズ子は、深々と頭を下げた。偽りのないその本音が伝わったのか、少しずつ、みんなの顔も穏やかに緩んでいく。

「感謝してるのはこっちのほうさ、福来くん。梅丸楽劇団が潰れて、あのまま楽器を手放す道だってあったはずなんだ。そうならずに済んだのは、福来くんのおかげだよ。俺たちは楽器を鳴らして戦争を生き抜いた。引っ張ったのは福来くん、君だよ」

一井に言われて、スズ子も思い出す。最初に、賛同してくれた彼がいなかったら、今のスズ子はいなかった。

「あんたに引っ張ってもらえなかったら、こうして楽器で稼ぐこともなかった」

「楽器しか取り柄がない僕たちは、放っておかれたら野垂れ死にしていたでしょうね」

「僕は、この楽団で成長できました。……本当に楽しかった」

ありがとう、ありがとう、と頭を下げる四人を前に、スズ子の頬に大粒の涙がこぼれ落ちる。

「どないしょ、なんや急に寂しなってきた」

「もう手遅れだぜ？　これからは俺たち抜きで歌うんだ。福来スズ子がどうなっていくのか、みんな楽しみにしてるよ」

顔をくしゃくしゃにするスズ子に、一井が笑う。スズ子がのびのびと歌えたのは彼らがうしろにいてくれたからこそなのだといまさらながらに痛感し、それも今日で終わりなのだと思うと、自分で決めたこととはいえ、涙が止まらなかった。


とはいえ、スズ子は山下(やました)と小夜まで手放すつもりはなかったのだ。それなのに、公演からの帰り道、これからもよろしくと伝えた小夜は、かたい表情で拳を握った。

「やっぱりスズ子さんはすげぇわ。まだまだ前に進もうとして」

そして、こわばった表情のまま、スズ子を挑むように見据えた。

「決めました。オレ、今日でスズ子さんの付き人やめます」

「ちょ、ちょっと、なんで急にそないなこと言うねん」

「長いあいだ、お世話になりました！」

言って頭を下げるなり、小夜は荷物を抱えて走り出した。ついてくるな、と言わんばかりの威勢に、スズ子は追いかけることもできない。

ただ、ぼう然と小さくなっていくその姿を、見つめるしかなかった。

第16章 ワテはワテだす

春がきて、大学を卒業した愛助は晴れて村山興業に入社した。新聞を読みながら朝食を待つ愛助のスーツ姿は、いまだ見慣れなくて、くすぐったい。これで、ネクタイを締めるとずいぶんな男ぶりを発揮するのだ。本人は、広報部に配属されて坂口の下で働くこととなり、役立とうと必死である。以前よりいっそう時勢の変化にも敏感になっている。

「スズ子さん見てみ。婦人代議士誕生、やて」

戦後初の衆議院議員総選挙が昨日、四月十日に行われたのだった。昨年十二月には選挙法が改正され、これまで男性だけのものだった選挙権が、女性にも与えられることとなった。結果、約一三八〇万人の女性が投票し、三十九名の女性代議士が誕生したのである。

「この人らも、男の人と同じように演説したり、お給料かて同じくらいもらえるんやろ？」

食卓に朝食を並べながら、新聞を覗き見るスズ子に、愛助がうなずく。

「男女同権やからな。これからもっと増えていくんと違うか？　スズ子さんもどないや、国会議員」

「何を言うてんねんな。楽団も解散して、これから一人で頑張っていかなあかんのに。ワテは歌で精一杯だす」

小夜がいなくなって、三か月。ぽっかり空いた胸の穴も埋めるように、スズ子は歌うことばかりを考えるようになっていた。

あれからすぐ小夜は下宿を引き払い、スズ子の前から姿を消してしまった。そうまでして、スズ子と離れたかったのか。今、どこで何をしているのだろう。気をもんでいたってしかたがないのだけれど、時折ふと、小夜の率直な物言いが恋しくなる。

そんな折、山下が新しい仕事を持ってきた。

「棚橋健二（たなはしけんじ）はご存じですわな」

ご存じも何も、棚橋健二といえば浅草で生まれた喜劇王。演技だけでなく歌も歌い、みずからが演出を手掛けるタナケン一座では、舞台上を縦横無尽に動き回り、コミカルなアドリブで観客を笑わせる。コメディ映画にも数多く出演し、歌と踊りを交じえてミュージカルのように展開するその作風は、戦時中でも強く好まれていた。日本を代表する大スターである。

「タナケンの映画やったら『孫悟空』や『猿飛佐助』、『弥次喜多』かて大好きや」

「そのタナケンが演出・主演する次の舞台が、レビュー劇団のドタバタを描いた喜劇らしんだす。歌って踊る劇団ですから、当然ながら女優も歌（うと）うて踊れなければならんのですが、配役に難儀しているようで。向こうさんが、福来さんに会いたいと」

「会いたい？　……え、ワテに女優やれいうことでっか？　あかんあかんあかんあかん、断ってください。お芝居やなんて畑違い、恥かいて終いや。何を言い出すんか思たら」

「ワシは、そうは思てまへん。村山興業で長いことマネージャーさしてもろて、眼力は鍛えたあるつもりだす。芝居の向き不向きやったら人を見たらわかる。あんたは女優向きや。芝居だけやのうて、歌まであるこの演目の役やったら、福来さんにちょうどええ。挑戦するんやったら、楽団を解散して手の空いてる今しかあらへん。福来さん、タナケンの胸借りて、いっちょやったりましょう。せめて話だけでも聞かなもったいない！」

　こうしてスズ子は、タナケンこと棚橋健二の稽古場に出向くことになったのである。

　ところが約束の日、指定の時間を過ぎても棚橋は現れなかった。二時間がたち、さすがにしびれを切らし始めた頃、ようやく「棚橋先生、入ります！」という声が響きわたる。

　数名を従えてやってきた棚橋は、映画で観る印象よりもすらりと背が高く、喜劇王のイメージに反してむっつりと唇を引き結び、神経質そうな雰囲気を醸し出していた。

「棚橋先生！　本日は機会をいただきまして大変恐縮だす。福来スズ子を連れて参りました」

　山下が頭を下げても、返事をすることなく、用意された椅子にどっかと座る。そしてスズ子を見定めるように、黙って見上げた。

「あ、ええと、棚橋さんはじめまして。ワテ、あ、ワテくし、福来スズ子と申します」

　それでも棚橋は何も言わない。はじめまして、どころか、おう、や、うん、の一言も。

「あの……棚橋さんにお会いでけて、ほんまに嬉しいです。ワテは歌しか知りませんし、お芝居やなんてうまくやれるかわかりまへんけど、喜劇王と呼ばれる棚橋さんにお声かけていただいたのは、大変光栄なことや思てます。……あのー、聞こえてはりまっか？　会いたい言われて来たのに、なんや無視されてるみたいで」

「好き好んで呼んだんじゃない」

ようやく棚橋の口からこぼれた言葉は、不機嫌に尖っていた。山下が慌てる。

「いや、しかし私のところには、先生が『会いたがっている』と」

「配役に難航してるとある人に話したら、『福来スズ子はどうだ』と強く勧められましてね。なるほど、『スイングの女王』ならと会ったまでです」

「ほんで、どうでっか？」

「どうだろうね」とだけ言って、またむっつり黙り込む。

いつもの、疳（かん）の虫が騒ぎ始める。たしか、棚橋はスズ子より十も年上だ。多少えらそうにされるのはまだしも、人としてあまりにマナーがなっていないのではないか。

「気に入らへんのやったら、はっきりおっしゃってもろて構いまへんのやけど」

それでも黙ったままの棚橋にスズ子は、「これはあかん」と山下に耳打ちした。

「帰りましょ。こっちが何言うても要領をえんし、合格とも不合格とも言うてもらわれへんのやったらしゃーない。時間の無駄や。ほんなら棚橋先生、失礼します」

ところが、稽古場を出ようとしたスズ子の前に、思いがけぬ人物が現れた。

羽鳥善一である。なんと、この舞台の音楽監督を務めているという。棚橋にスズ子を推薦したのも羽鳥だったのだ。

「センセ、すんまへん。この話はたった今、お断りさせていただいたんです。棚橋さんもワテにご興味ないようやし」

「そんなことより福来くん、君のイメージで曲を作ったんだ。その名も『コペカチータ』！　これは君にしか歌えない、不思議なリズムなんだ。棚橋さんとの共演でまた新たな扉を開いた福来スズ子が、さらにこの歌で魅力を爆発させる！　どうだい？　ワクワクするだろ？」

「いやそやから、たった今、お断りしたところなんだす！」

「君が歌ってこそ、この舞台は完成する！　ね、棚橋さん」

「それはどうだろう」

「やらせてください！」

叫んだのは、山下だ。

「舞台本番までには、棚橋先生にも福来の魅力をご理解いただける思います。ぜひやらせてください。ね、福来さん」

「この曲は君が歌わなきゃ意味がない。どうだい？　福来くん」

「そこまで言われたらやらな済まへんのやろけど、こちらの方がどう言わはるか」

いやみたっぷりに棚橋を見やるが、素知らぬ顔である。

「まぁ……別にいいんじゃない？」

「決まりだ！」

羽鳥が快哉（かいさい）をあげた。別にとはなんだ、別にとは。と、食って掛かりたかったが、さすがにそうもいかない。「頑張りましょ。ね、福来さん」となだめる山下の顔を立てて、しぶしぶ、台本を受け取る。タイトルは、『舞台よ！　踊れ！』。

スズ子の役は、人気が下火になってきた劇団の新人女優・雪子。確かに、脚本を読めば面白いが棚橋の態度には納得がいかない。愛助のほうが、乗り気である。

「すごいやないか！　喜劇王・タナケンとスイングの女王・福来スズ子の共演やで。何が起こるんや、想像でけへん。わかってることはただ一つ、最高の舞台になる。そうやろ？」

「どうやろ。断るつもりやったのに、あれよあれよと引き受ける流れになってしもてな」

「断るやなんて、そないなもったいないことあるかぁ！」

「愛助さんはタナケンに会うてへんからそんなん言えんねん。無口で何考えてんのかわからへん、ケッタイなオッサンやったで。映画のタナケンとはまるで別人や」

「そんなん珍しない。舞台を降りると無口で神経質なんて、ウチの漫才師や落語家にもぎょうさんおるわ。せやからそんな気にせんと、胸借りるつもりでぶつかったらええ。スズ子さんにとって絶対ええ機会になる。応援してるで」

それでも迷いをふり切れないスズ子の背を押したのは、USKで苦楽をともにした秋山美月であった。大阪にいる彼女から、東京に行くから会いたい、と手紙が届いたのだ。

二人は互いの姿を認めるなり、駆け寄り、かたい抱擁をかわした。リリーも桜庭も、みんな無事だという。だが、戦争が終わってこれからというときに、桜庭はUSKをやめた。空襲で母親を亡くし、実家の畳屋を継ぐことにしたのだ。入団したての頃から桜庭は何度も危機を乗り越え、USKに残ってきた。本人は「やりきった」と言っているらしいが、その胸中はいかばかりだろう。スズ子の胸も、きゅっと痛む。

「今は残ったみんなで頑張ってます。ウチが男役のトップで、娘役はリリーさん。桜庭さんのぶんまでええ舞台作ろなて。林部長がいちばん張り切ってます。戦争中は和物や愛国物ばっかりやったから、これからは華やかな洋物をやるんや！　言うて、毎日走り回ってますわ。ウチらも同じ気持ちや。戦争で足踏みしたぶん、これからは思う存分やったる。いっぱい踊っていっぱい歌とて。福来さんは今、どうされてるんですか？」

「自分の楽団解散して、舞台に出演することになってんねん。棚橋健二て、知ってるやろ？」

「大スターやないですか！　共演するんですか？　ウチ、大ファンなんです！　さすが福来さんや。大阪のみんなも驚く思いますよ。ああもう、ウチも負けてられへん」

興奮した様子で、秋山は立ち上がった。

「ウチ、新しいダンスの勉強しよ思て、公演の隙間縫って東京へ来たんです。新人もぎょうさん増えたし、新しいＵＳＫをウチらが作っていかな。福来さんの話聞いて、やる気出ました。必ずＵＳＫを日本一の歌劇団にします！」

「あんたやったらでけるわ。楽しみにしてるで」

「福来さんもタナケンとの舞台、頑張ってくださいね」

「まかしとき！」

その一言で、スズ子の肚（はら）も決まった。無礼でけったいなオッサンだろうが、棚橋が日本を代表する大スターであることは疑いようがない。みんなの言うとおり、その胸を借りて自分にできることをするだけだ。秋山と別れ、さっそく台本を読もうと意気込む。――そのときだ。

視線の先で、どこかで見たことのある米兵が、これまたどこかで見たことのある娘と腕を組んで歩いていた。まさか、と思いながらもあとを追う。スズ子の知っている小夜は、あんなふうに甘やかに笑う子ではなかったけれど、でもあのシルエットは、横顔は、確かに。

すぐに見失ってしまったが、諦めきれず、道端に露店を出している男に聞く。

「今、アメリカさんと腕組んだ女の子が通っていきましたやろ？　どっちへ行ったかわかりまへんか？」

「いちいち見ちゃいねぇよ。第一、パンパンなんか追っかけてどうするつもりだ」

「パンパン……？　て、あの子が？」

「このへんでよく見る女だよ。アメ公相手にいつもベッタリ引っついて歩いてやがる」

パンパン、それは米兵相手に身を売る女性たちを指す言葉だ。戦争で住む場所や家族をなくして、行き場をなくした女性たちが街に立って客をひくことが増えたと、スズ子も聞いてはいた。並みたいていの覚悟では、女性が一人で生きていくのは難しい時代である。――だけど。

きっと、見間違いだ。あれは、小夜ではなかったのだと、スズ子は自分に言い聞かせる。

『舞台よ！　踊れ！』のあらすじは、こうだ。歌って踊るレビュー劇団を舞台に、とある舞台の本番直前、安い賃金に不満を募らせた劇団の看板女優が逃げ出してしまう。その穴を埋めるために奔走するのが、スズ子が演じる新人女優の雪子と、棚橋が演じる演出助手の木下。果たして舞台は成功するのか？　その奮闘を描いたコメディである。
演出家「オイ木下。こんな新人に高山真智子の代わりが務まるはずないじゃないか。失敗したらお前責任取れんのか？」

木下　「責任？（演出家に）ワタシ、取れるんですか？」
演出家「お前に聞いてるんだよ！　取れるのか？」
木下　「（雪子に）取れる？　ねえねえ取れるの？」
雪子　「……私、どうしても自信がありませんのよ」

舞台稽古初日、楽屋での一場面を演じていると、棚橋の鋭い声で止めが入った。

「田中くん、セリフを詰めて歯切れよく。試しにもっと、言葉を強く出してみてくれ」

演出家役の田中に、指導が入る。怒っているわけではないらしい。なるほど、こんなふうに試しながら芝居を作っていくのかと、感心しながらスズ子は自分への指導を待った。だが、棚橋はスズ子を無視して、再び稽古を再開させる。いいも悪いも、決して教えてくれない。

そのわりに、棚橋は稽古の間ずっと、釈然としない顔をしている。言いたいことがあれば言えばいいのにと、スズ子は拳を握る。

そんなスズ子に、稽古終わりの田中が、せせら笑うように声をかけた。

「いいよなぁ、人気歌手は。ただそこにいりゃ役が務まるんだから」

「そんな……ワテかて何か言うてもらわんと、不安でしかたないんです」

「棚橋先生は歌手に上等な芝居なんか求めちゃいないよ。つまり、期待されてないってこと」

スズ子は、無力感に打ちひしがれた。芝居のなんたるかがまるでわからず、手掛かりも与えてもらえないのでは、改善しようがない。とぼとぼとうつむき加減に歩いていると、闇市に近い通りで大柄の男にぶつかった。見上げると、そこにいたのは米兵。そして――。

青ざめた表情でスズ子を見つめる、小夜である。

とっさに逃げ出そうとする小夜の腕をつかみ、

「あんたこの人と何しててんねん！」と叫んだ。

「ずっとどこにおったんや。ワテずっと心配してたんやで？」

「今は、工場で住み込みで働いでる。サムはオレの……恋人だ」

そう言って、小夜はサムにぴとっと寄り添う。

「小夜ちゃん、アンタは恋してるかしらんけど、兵隊さんらにしたら一時の事なんやで？ いつかアメリカに帰ってまうんやから」

「いーや、オレはサムを信じでる。ずっと一緒にいでくれるって約束したんだ」

「そんなん嘘に決まってるやろ！」

「Wait, wait……Sayo, what's going on? Who is she? Your friend?（いったいどうしたっていうんだ。この人は誰？ 小夜の友達？）」

舞台を降りて化粧を落としたスズ子は、サムの知っているスイングの女王とはまるで違う。小夜が説明するより前に、スズ子は問いつめた。

「何ごちゃごちゃゆうてんねん。アンタが小夜ちゃんをたぶらかしたんやな？ あんたのせいで、小夜ちゃんはワテの前から」

「違ぁっつってっぺ！ サムと恋仲になったのは、スズ子さんから離れたあとだ」

「ほならなんでおらんようになったんや」

「急に惨めになったんだ。とにかく、オレのことは放っといでくれ！」

そう言って、強引にサムの腕をとり、踵を返す。スズ子の入る隙間もないくらいぴったりとくっつきながら歩く二人の後姿を、追うことはできなかった。

稽古では、短い一場面を何十回とくりかえしていたが、なかなか棚橋は納得しない。そしてあるとき、ひらめいたように言った。

「田中くん、中村くんと交代」

指名されたのは、棚橋の付き人の一人である。生真面目で緊張感のある田中と違って、のんびりとした雰囲気の、朴訥（ぼくとつ）とした青年だ。

「ボクですかぁ？」

「中村くん、試しにセリフを」

「『失敗したらオマエ、責任取れんのかぁ？』」

返事も、セリフの言いざまも間延びしている中村に、スタッフから笑いが起きる。棚橋はようやく満足したように、「うん、それで行こう」とうなずいた。だが、田中は納得できるわけがない。

稽古終わりにスズ子を捕まえ、憎しみのこもった表情で睨みつけた。

「あんたのせいで、調子が狂ったじゃねぇか。普段どおりにやれてりゃ、中村なんかに役をとられなかったんだ。……間（ま）もズレてるし、やりにくいったらありゃしねぇ。もし歌のステージにど素人が上がり込んだらどう思う？　気持ちよく歌えるか？」

言いがかりだ、という気持ちと、確かに、という納得がないまぜになる。

田中はスズ子の返事を待たず、足を踏み鳴らして稽古場を出ていった。たまらなくなって、スズ子は棚橋に駆け寄る。

「棚橋さん！　ワテ、間がズレてるて、ほんまでっか？」

「んー、どうだろうね」

「どうだろうて、また……」

「先生、福来にお言葉を頂けませんか？　必ず、棚橋先生のピンとくる芝居ができまっさかい！」

　近くにいた山下も、見かねて駆け寄り、頭を下げる。けれど棚橋は冷淡な態度を貫く。

「言うことは、特にない」

　そして、稽古場を出ていく。スズ子はもう、笑うしかなかった。

「やっぱり、歌だけ歌とてたほうがええんと違いますかね。USKでは先輩方に厳しく指導されて、東京に出てきて羽鳥センセに追い込まれて。新しいことするときは一つ一つ乗り越えてきたのに、相手にされへんのはしんどいです。どやされたほうがまだマシや」

「もう少しだけ踏ん張ってみまへんか」

「なんででっか？　山下さん、芝居のお仕事になったとたん、妙に強引やありまへんか？」

「福来さんのマネージャーになってからこっち、近くであんさんの歌を聞いてきました。ほいでふと不思議やな思たんです。福来スズ子より達者に歌う歌手は他にもおる。それでもみんな、こぞって福来さんの歌を聞きに来まっしゃろ。それは、あんた自身が面白いからや。福来さん、私は福来スズ子の歌しか知らん人に、もっとあんたの魅力を知ってもらいたい。タナケンさんとの舞台は、その絶好の機会や思てます。ここで降りたら水の泡や」

　そうまで言われてしまっては、もういやだなんて突っぱねられない。そのことを話すと、愛助は「ええこと言うなあ爺は」と、しみじみうなずいた。

「僕にはわかる。何も考えんとただ家のことしてるだけで、スズ子さんには愛嬌いうか、可笑しみいうか、つい目で追ってしまう佇まいがあるんや。洗濯干してるスズ子さん眺めてるだけで、なんや楽しい気分なんねん」

それは、愛助がスズ子の恋人だからではないのだろうか。現に、棚橋はスズ子にそんな魅力を感じてくれているそぶりはない。

そのとき、玄関を乱暴にたたく音がした。その向こうで、すすり泣く声も。慌てて戸を開けると、小夜が目を真っ赤にして顔を涙でぐしょぐしょに濡らしていた。

「サムに捨てられただ……いぎなり、アメリカに帰るとか言い出して……スズ子さんの言うとおりだった。オレ、恋人でもなんでもながったんだ。信じでだのに、ずっと一緒だって約束したっけが、オレが馬鹿だった……」

そう言って、わあわあと泣く。棚橋のことなど吹き飛んで、スズ子の頭はにっくきサムのことでいっぱいになる。

「あんたは何も悪ない。悪いのはあの男や。あんのアメリカ、絶対に許さへん……！」

そう言って、小夜が今しがたサムと会っていたという闇市の屋台へと走る。そしてサムを見つけるなり、思いきりその胸倉をつかんだ。

「こらアメリカぁ！　ウチの小夜ちゃんをようも踏みちゃちゃくってくれたな。アメリカに帰るてこらアメリカぁ、はなからウチの小夜ちゃん捨てる気ぃやったんか！」

「Wait, wait, wait…… ゴカイです。It's not like that.」

「スズ子さん、待ってくんちぇ。誤解だって言ってる」

あとから追いかけてきた小夜と愛助にひきはがされながら、スズ子の鼻息はまだ荒い。

「何が誤解や。あんた、アメリカに帰んねやろ？」

「イエス。オー、ノーノーノー！」

サムはようやく、状況を理解したようだった。こほん、と咳払いしてひざまずき、小夜の小さな手をとる。

「サヨ、ワタシと、ケッコン、してクダサイ。イッショに、アメリカ、きてホシイ」

数秒遅れて、その意味を理解した小夜の顔が、真っ赤になる。だが、立ち上がって小夜を抱き寄せようとするサムとの間に、スズ子が割って入る。

「急に何言うてんねん。結婚やなんてそんな、認められるはずないやろ！　アホなこと言わんといて。小夜ちゃん、帰んで」

動揺している小夜を、強引に家に連れ戻す。こうなっては、工場の仕事をやめさせてでも、小夜を取り返すつもりだった。暮らす場所がないなら、また一緒に住んだっていい。

「急にアメリカに来いやなんて、人さらいやないか。いったんアメリカ行ったら帰ってこられるかわからへんのやで。言葉も通じん、知り合いもおらん土地で幸せになれるはずないやろ？」

居間で、スズ子に出された白湯を飲みながら「でも結婚と人さらいは違う」と小夜は首をかしげる。もともと親に捨てられて、知らない土地で奉公したり逃げ出したりをくりかえしてきた小夜には、アメリカに行くのがこれまでとどう違うのか、わからない。羽振りのいい今とは違って貧乏を強いられるかもしれないけれど、それも慣れている。アメリカがどれだけ遠いかは知らないが、サムがいなくなった日々のことを思うほうが、耐えられない。

　スズ子がなんと言おうと、またこの家に、付き人の仕事に戻ることも考えられなかった。

「スズ子さんに憧れて、付き人になって。あっという間だった。本当に楽しかった。スズ子さんの側にいだら、自分まで特別になれだような気がして……でも、とんだ勘違いだったんだ。憧れでるだけで、真似事もできねぇ。オレはずっと、何者でもながったんだ」

「小夜ちゃんは小夜ちゃんやろ！　どこで何してたかて小夜ちゃんは小夜ちゃんや。堂々としてたらええねん。な、戻っといで」

　けれど小夜の決意は変わらなかった。お礼とお詫びを小さく言って、帰っていく。入れ替わりに愛助が戻ってきて「また逃げられてもうたな」と笑う。サムと話してきたらしい。

「小夜ちゃんの相手はサム・ブラウンさん。アメリカに帰ったら除隊して、実家の農園を継ぐ言うてたわ。真面目そうな人やったで」

「真面目かどうかやなんかわからへんやろ。小夜ちゃんを連れ帰って、その農園でコキ使う気かもしれへん。信用でけへんわ。……なんで笑うんや」

「その感じ、どっかで見たなぁ思て。僕らが知り合うた頃、僕に敵意をむき出しにしてきた小夜ちゃんそっくりや。小夜ちゃん、スズ子さんのことが心配やったんやな」

「そやけど、ワテはそれだけやない。小夜ちゃん取られんの、悔しい」

「あんな、スズ子さんが小夜ちゃん連れて帰ったとき、なんでかサムさん笑てたんや。聞いたら、スズ子さんのこと、小夜ちゃんの家族や思たんやて。『家族に捨てられた』って聞いてたのに、スズ子さんが現れたから、なんやホッとした言うてたわ。家族がおったんやったらよかったて。

悪い人間やない思うけどなぁ。僕かて小夜ちゃんには疑われたけど、悪い人間やなかったやろ？　互いに想い合ってるもん同士が一緒になるんは、何も悪いこととちゃう。二人のこと、もっぺん考え直してあげたらどうや？」

そう言われては、何も言い返せない。最近は、こんなことばっかりだ。

そして数日後、改めて小夜がサムを連れてやってきた。

「スズ子さん、やっぱりオレ、サムと一緒に」

「アメリカへ行く話やったらアカン」

「そやけど、小夜ちゃんはもうスズ子さんの付き人でも何でもないんやで？　アカン、許さんの一点張りやったら話が先に進まへん」

愛助にたしなめられて、スズ子はぐっと黙り込む。サムはなぜか、にこにこと笑っている。

「なんで小夜ちゃんを連れて行くんや」と聞くスズ子の言葉を、愛助が通訳してくれた。

「サヨを、アイ、シテイマス」

「どこが好きか言うてみぃ」

「サヨはスナオ、です。ショウジキです。チョコレート、タベタイ！　ヤキトン、オイシイ！　ワタシも、ゲンキなります。サヨは、ワタシの、タイヨウです」

「ワテも、今あんたが言うたみたいに、素直で子どもみたいな小夜ちゃんが大好きや。遠いアメリカで何かあっても、ワテは助けに行かれへん。……小夜ちゃん、それでも行く言うんか」

「サムがいれば何もおっかなくねぇ。サムと一緒だったらオレ、なんでか胸張れるんだ。それにスズ子さん言ってくれだっぺ。どこで何してても、オレはオレだって。……嬉しかったー。背中押されだ気がした。これからはオレの人生だ。ワクワクしてます」

　確かに、そう言ってしまったのは、スズ子自身だ。それにスズ子だって、誰に何を言われようと、愛助を諦められなかった。つまり、最初から引き止めても無駄だったということだ。スズ子はため息をついた。本当に、大胆な娘である。

「ワテのとこに来たときもそんなんやったもんな。後先考えんと『弟子にしてくんちぇ！』て」

「いつも勢いばっかかしですいません。アメリカに行ってもスズ子さんのことは忘れねぇがら」

「当たり前や。……小夜ちゃんを、どうかよろしくお願いします」

　スズ子が頭を下げると、サムも倣(なら)って深々とお辞儀をした。

「よろしく、おねガシマス」

　その拙(つたな)い日本語に、小夜への愛が溢(あふ)れている気がして、スズ子はようやく心から笑った。

　出立は、舞台の幕が開いたあとだという。サムと必ず観に行くと約束し、小夜は言った。

「やっぱり、福来スズ子はすげえわ。どこで何してだってスズ子さんはスズ子さんだ。堂々としてください」

　あげた言葉をそんなふうに返されては、スズ子とて胸を張るしかない。そして、決めた。どれだけ稽古をしても、お芝居がなんなのか、棚橋が何を考えているのか、わからない。だからもう、好きにやる。歌っていてもお芝居しても、スズ子はスズ子だ。それでクビになってもかまわない。

　これまでずっとしっくりこなかったのが『私、どうしても自信がありませんのよ』というセリフだった。どうしても、うまく言えなかった。ためしに羽鳥に聞かせてみたら「ふだんとの落差を見せようとしているんだろう？　音楽で言うなら転調だね！」とよくわからない面白がり方をされた。つまり、らしくないということだ。

だから、思い切って変えたることにした。

演出家「失敗したらお前責任取れんのか？」
木下「責任？（演出家に）ワタシ、取れるんですか？」
演出家「お前に聞いてるんだよ！　取れるのか？」
木下「（雪子を向いて）取れる？」
雪子「……すんまへん、ワテ自信ありまへんわ」

芝居が、止まった。「真面目にやれよ！」と最初に怒鳴ったのは、田中だ。

「台本のとおりやと東京弁が堅苦しんです。ワテは大阪弁やないと口が回らへんから」

「舞台は東京、雪子は新人女優だ。大阪弁の、しかも遠慮のない新人なんておかしいだろ！」

だが、棚橋はほんのわずかに、頬をゆるめた。

「……うん、面白い。もう一度見せてくれ。僕も何かできそうだ」

棚橋がいいと言えば、誰も文句は言わない。稽古は、スズ子のセリフを大阪弁に変えて、それを他の役者も受ける形で進行していく。これか、とスズ子は思った。羽鳥はこうも言っていたのだ。間が違う、ズレるということは、そこから生まれる新しいリズムがあるはずだと。

「棚橋先生の台本を勝手に変更するなんて無礼だろ」とそれでも田中だけは食い下がる。

「そんなワガママが許されるのは、あんたが流行歌手だからだ。今回はたまたま認められたが、そうじゃなきゃクビだよ」

「面白けりゃいいんです」

「どうしてお客が金を払って僕の舞台を観に来るのか。現実を忘れに来るんです。そんな客に当たり前なモノを見せてもつまらないだろ？」と止めたのは、やはり棚橋だった。

「ほなら……舞台本番も今日のままでいきまっけど、ほんまに大丈夫でっか？」

「僕を誰だと思ってるんだい。幕が上がりゃあ舞台は役者のもんなんだ。素人も玄人もない。好きにすりゃいい。何をしようと僕が全部受けて立つよ」

まさしく喜劇王の貫禄に、スズ子は感嘆の息を漏らす。

棚橋健二と福来スズ子の初共演は、笑いと歌と踊りのカーニバル。そんなうたい文句につられた観客で、劇場は公演初日から大入りだった。

演出家「いったいどうすりゃいいんだ？　この期に及んで高山真智子の穴を埋めるなんて不可能だろう。オイ木下、お前何とかしろぉ」
木下「じゃあ雪子！　雪子だったらまぁ、大丈……夫、だと思うんだけどなぁ」
雪子「急にしおれてしもたなコレ。最初の勢いはどこへ行ってしもたんや」
木下「どこへ行ってしもたんや？」

雪子　「ほんま頼むで。あんたが言うたんやろ？」

スズ子のキャラクターを生かした雪子と、絶妙の掛け合いを見せる棚橋演じる木下に、客席からはくすくす笑いが絶えずこぼれる。

演出家「こんな新人に高山真智子の代わりが務まるはずないじゃないか。失敗したらお前責任取れんのか？』
木下「責任？　ワタシ、取れるんですか？」
演出家「お前に聞いてるんだよ！　取れるのか？」
木下「(雪子に) 取れるの？　……ねぇねぇ、取れるの？　ねぇねぇねぇ」
雪子「やかましい。あんたこそどないやねん？　あんたがきかれてんねやろ。さっさと答えんかいな！」

それは、焦ってしまったスズ子の、思わず出たアドリブだった。やってしまった、と視線で棚橋に詫びを入れる。けれど棚橋は怒るどころか、見てろと言わんばかりににやりと笑った。そして、「雪子さんの気持ちが知りたいんですよ、ワタシは今」と再びアドリブを入れる。スズ子が、元のセリフを言いやすいように。
「……アカン、ワテ自信ないわ」と答えたスズ子に、棚橋は「なんでやねん！」とずっこける演技をしてみせた。それからは木下が演出家に責任転嫁し、演出家が怒って木下を追い回し、さらに雪子も加わって舞台上でドタバタと走り回るという、台本どおりの流れである。

失敗をものともせず、新たな笑いに作りかえてみせる棚橋の技量に、スズ子は惚れ惚れしながら観客の笑い声に身を浸した。次は、スズ子の見せ場だ。負けてられるかと、ついに初舞台に立つことになった雪子になりきって『コペカチータ』を歌う。

不思議なこの歌の魅力
君よ知らずや　コペカチータ
この歌の意味　みんな誰でも知らない

それは情熱の歌
コペカチータ　コペカチータ

本当に、不思議な歌だった。リズムがあちこちで変調して、いろんなジャンルの音楽がまざっているから、メロディに追いつくのに必死である。でも、楽しい。情熱が、胸の奥底からわきあがる。まるでこの舞台そのものだ。やっぱりセンセもすごい、と思いながらスズ子は高らかに歌い上げて壇上の喜劇を彩った。

幕が下りたあと、棚橋が言った。

「君の芝居は、間がずれている。が、そこが面白い。舞台に立った瞬間からなぜか目が離せなくなる。天性のものです。僕とは間が違うが、君はそれでいい。君は君のままでいなさい」

「ありがとうございます。でも……最初からそない言うてくれはったらええのに」

「答えは自分で探すものです」

「難しなぁ。歌もそうでっけど、長く続けてんのに何が答えかやなんて自分ではようわからへん。まだまだ精進せなあきまへんな」

「何事も、道のりは険しい。だから面白い」

「いや、しんどいわ」

舞台上のような軽妙なやりとりに、棚橋とスズ子は声をたてて笑い合った。

評判はもちろん、上々。タナケン・スズ子のコンビを絶賛する声も多く、愛助は雑誌や新聞の記事を見かけるたびに切り抜いて、大切に保存している。

「見てみ？『喜劇王と夢の共演！福来スズ子、新たな魅力が開花』やて」

「いつまでそんなんしてんねんな。もうええから、早よせな。約束の時間に遅れる！」

いよいよ小夜がサムとともに日本を発つ日である。空港まで送る暇はないので、いつもの闇市で――初めてサムを見かけたあたりで、四人は待ち合わせていた。

「サム、あの……この前はほんますんまへんでした。小夜ちゃんとワテはずっと一緒で、ほんまの家族みたいなもんやったからつい……」

声が、震える。気づけばぼろぼろと、スズ子は涙をこぼしていた。

「サム、サヨちゃんのこと、くれぐれもヨロシクな。ちょっとガサツなとこあるけど、この子、苦労人やねん。小夜ちゃんはずっと頑張って生きてきて、ほんまにええ子や。ようしゃべってうるさいところもある。お節介ばっかりで面倒なところもある。そやけど、こんなに優しいてこんなに頼りになる子は他におらへん」

　たまらず、小夜はスズ子に抱きついた。

「長い間、本当にお世話になりました！」

「生きて、また会おな」

「必ず！　……グッドラック！」

「グッドラック！」

　こうして小夜は、新しい道をサムとともに歩み始めた。

　それにしても小夜に先を越されるとは、と愛助は言った。一緒に暮らし始めて二年。いずれは正式に結婚、と誓い合ってはいるけれど、愛助の療養に戦争、落ち着いてからはスズ子の歌に芝居、愛助も働き始めたばかりでせわしなく、なかなか気が回らない。そもそも、結婚するには愛助の母、村山（むらやま）トミの許しがいる。以前のように別れろとせっつかれることはなくなったが、いったい二人のことをどう思っているのか――。

　矢崎（やざき）というトミの秘書に突然呼び出されたのは、そんな頃だった。

「若い男女が籍も入れず、半端なままでは世間体が悪い。そろそろ結婚を考えてはどうか。つきましては、福来さんには歌手をやめていただきたい」とトミの言葉を伝えられる。

　それは、歌手をやめて結婚するか、歌手を続けて別れるかのどちらかを選べという、最終通告であった。

第17章 ほんまに離れとうない

「ボンと結婚するというのはそういうことです。村山に嫁いでくる方はボンを支えるだけでなく、大勢の芸人の面倒も見なければなりません。社長だって大変な思いをして先代を支えながらそうしたんです。ボンもよくわかっておいででしょう」

「そ、それはわかってるけど……せやけどやな……」

「せやけどはありません」

言い切る矢崎に、愛助は絶句する。かわりに、同席していた坂口が口を挟む。

「とにかくやな、矢崎よ、いきなり結婚の話されても困るがな」

「これまで考える時間は十分にあったはずです。社長は戦時中の大変なときにボンを支えた福来さんに深く感謝しています。なので、いろいろ思うところもありながら、お二人のことを黙認し、将来のことを考える時間を与えた。それとも何も考えてなかったとでも？」

「そ、そないなことありません！　僕らは真剣に結婚の約束をしました。でも、福来さんが歌手をやめるやなんてことは考えてまへん！」

「だったらこの機会にしっかり考えてもらいましょう。社長はできるだけ早くボンに会社を任せたいと考えています。その暁には身を固めてほしいと思われている。言っときますが、決して福来さんが相手になることを反対してるわけではありませんから」

矢崎の言うことももっともだ、とスズ子は思った。何も考えないまま中途半端を貫いていた、と思われていてもしかたがない。坂口は、矢崎が出ていったあとも不機嫌だった。

「クソ、矢崎のドアホ、生意気になりよって。誰が新人のときに鍛えてやった思てんねん。来週にでも大阪行てきますわ！　もともと社長に二人の仲を認めてくださいい言うたんはワシや。責任あるがな。任してください！」

坂口の気持ちは、嬉しい。が、ちょっと……いや、だいぶ不安なスズ子と愛助だった。

「何言ってるの！　ダメだよ、ダメダメ！」

事の経緯を説明すると、羽鳥が絶叫した。久しぶりに自宅に招かれ、食卓を囲んでいるときのことである。

「君が歌手をやめるなんて僕が音楽をやめるようなもんだよ。そしたら僕はどうなってしまうのさ。絶対アカンて！」

「いいえ、まだやめるやなんて言うてまへんて。ワテかてやめたあらしまへんけど、それが愛助さんと一緒になる条件いうことで……」

「せやからそんな条件のんだらあかんて！」

そういえば、いつかもこんなことがあった。あれは確か、スズ子が日宝に引き抜かれそうになったとき。あいかわらず、我を失うと柄にもない関西弁が飛び出してしまうらしい。

「福来くん、僕はね、また君と面白いことをやろうと考えてるんだ。ね、そうだよね、麻里さん！ほら、あれ持ってきて、楽譜！」

「持ってきません。あなた少し落ち着いてください。今、あなたがやりたいことは関係ないの。大切なのはスズ子さんのお気持ちでしょう。大好きな歌と大好きな人のどちらかを選べなんて言われてるのよ。そんなときになんですか、子どもみたいに」

「それはそうなんだけども……君が歌手をやめるなんてのは僕にとってはね。あ、いや、申し訳ない。つい、取り乱して」

妻にひと睨みされて、ようやく羽鳥は口をつぐむ。今度は、麻里の番である。

「私、お話を伺いながら本当に腹立たしい気持ちになったわ。だってそうでしょ、どうしてスズ子さんだけがそんな残酷な選択を迫られなければならないの？　相手方のお母様だって同じ女性として何も思わないのかしら」

そのとき、四歳のイネコがべそをかきながらやってきた。兄のカツオが遊んでくれないという。カツオは「お人形さんで遊べなんて冗談じゃないぜ」とうそぶく。羽鳥を呼ぶときも、オヤジ。父ちゃま、と愛らしく懐いていた日ははるか遠い。

「兄ちゃまのバカ、鬼！」とイネコが泣いて、麻里の膝で眠っていたカツコもぐずり始めた。カツコは、羽鳥が上海にいる間に生まれた、幼い第三子である。

「泣かない、泣かない。麻里さん、ちょっとあっちに連れてって。大事な話だ」

「自分が連れて行けばいいじゃないですか。いつも私ばかり。だいたいあなたが好き勝手によくわからない音楽作って生きていられるのは誰のおかげ？　私がおうちのことを一手に引き受けているからでしょ？　あたし、そんな自分にも少しばかり疑問を感じてきてるの」

「参ったな、福来くん、どうも話の雲行きが怪しいから、この続きはまた今度だ。でも歌手だけはやめちゃいけないよ。ほら、君たち、外に遊びに行こう」

カツコを抱き上げ、羽鳥はイネコを連れて外遊びに出ていく。それでも麻里の鼻息は荒い。

「いつも我慢するのは女でしょ？　おかしいわよ、そんなの。あなたには歌手も好きな人と結婚することも、両方手に入れてほしいと思ってる。頑張ってね、応援するから。と言ってもつらい立場だろうけれど……」

これればかりは気合いと根性でどうにかなるものでもない。だが、寄り添ってくれる麻里の優しさが嬉しかった。愛助にも伝えると「さすがは羽鳥先生の奥さんや！」と勢いづく。

「おっしゃるとおりやな。なんでスズ子さんだけが我慢してどっちかやめなあかんねん。僕は両方手に入れるで。あ、僕ちゃうわ、スズ子さんが両方手に入れるように頑張るで！」

「ありがと。せやけど、ちょっとショックやったわ。麻里さんがあんなふうに思うてはったんかて。ええご夫婦や思うてたのに」

「ええ夫婦やろ。言いたいことを羽鳥先生に言うてるやんか。僕もスズ子さんには何でも言うてほしいわ。我慢せんで言うてや」

「ワテ、言い出したらたぶん止まらんで」

冗談めかして言うが、愛助にいやな思いをさせられたことは一度もない。だが、心配の種は尽きなかった。会社では愛助の上司である坂口が大阪に行っているせいで、愛助の仕事はふだんの倍以上に増えている。それに、最近、また咳き込むことが増えた。スズ子が笑わせるからだと愛助は言うが、聞き覚えのある、のどがかすれる音に、不安はぬぐいきれない。

案の定、というか、致し方ないと言うべきか、坂口がトミを説得することはできなかった。

「ワテは村山のことを考えて言うてるんや。あんたら社員や芸人もみんな家族や思うてます。ほんまの家族みたいに一致団結してやってきたからこそここまで来たんや。そやから愛助の伴侶になってくれはる人も同じ思いで来てもらわな困りますのや。片手間ではあきまへん！」

と、取りつく島もなかったという。坂口は肩を落とした。

「確かに村山は先代と今の社長が親みたいで、社員や芸人は子どもみたいに家族的なまとまりがありますんや。それが村山の経営方針いいますか……芸人がなんぞ悪さした言うても、先代がどやしつけて、社長が優しゅう励まして、ウケんでしょげとる芸人にこっそりみつ豆食べさせてくれたり。確かに社長は芸人らのお母ちゃんみたいやったんだすわ」

「僕はスズ子さんにそんなん求めてへんわ！」

「そらわかりまっけど……ただ、社長は福来はんのこと、人としてはほんまに認めてまっせ。やっぱり大変なときにしっかり看病しとったんが効いたんやろな」

そんなの関係あらへん、と愛助は怒り心頭である。母とスズ子のことになると、ふだんは穏やかな愛助もとたんに沸点が低くなる。スズ子は、ぽつりとつぶやいた。

「ワテ……歌手、やめよかなあ」

「そんなのあかん！」

「せやけど、それしかおまへんやろ。お母さんの言わはることも少しはわかりますのや。ワテが愛助さんと家族になれるんやったら、やめてもええような気がしてきましたわ」

「あ……あかん！　絶対あかん。それは芸能界の損失や！　ちゃうわ、日本の損失や！　そんなんやったら僕が村山の家を出るわ。スズ子さんと結婚するにはそれしかない！」

「アホなこと言うな！　村山の社員全員がボンを次期社長として迎えるために頑張っとるんや。そんなことは言うたらあきまへん！」

　本気で声を荒げる坂口に、スズ子も加勢する。

「あんた、チャップリンやらキートンやら……あと誰やったか世界中のオモロイ人、日本に集めて興行やるいう夢があるんやろ。村山やめたらその夢が叶わんようになってしまうで」

「スズ子さんかて歌手になるんはこまい頃からの夢やったやろ。簡単にやめてええんか！　それに……村山におらんでも僕は夢を諦めへん。いつか実現したる！　そやから」

「二人とも早まったらあかん！　ワシが何とかせえ言われてますさかい、ちょっと待ってくださ い！」

　坂口が止めに入るが、待ってどうなるというのか。

　スズ子とて、歌手をやめたいわけじゃない。村山の家に入って愛助を支えるなんてピンとこないし、そもそも歌をやめた自分なんて想像がつかない。だからといって、愛助から母親を、家族を奪うなんてことも絶対にしたくない。

　仕事の残っている愛助を会社に置いて一人家に帰ったスズ子は、とりあえず夕食の支度をすることにした。料理をしている間は、何も考えずにいられる。けれど、ふとした瞬間、無意識に自分が歌を口ずさんでいることに気づいて、はっとする。口をつぐんでも、無駄だった。いつの間にかまた歌いだして、その場で足を踏み鳴らしてさえいるのだ。

本当に、やめられるのか。歌を、客前で披露する喜びを、手放せるのか。

羽鳥が訪ねてきたのは、そのときだ。スズ子は鍋の火を止めて、居間に出迎えた。何も食べていないという羽鳥に、食事の支度を調える。これまで幾度となくご馳走になったことはあるが、スズ子の手料理を披露するのは初めてだ。「福来くんにこれほど料理の腕があるとは」と意外そうに言われて、ほっとする。

ひととおり食べ終えると、羽鳥は箸を置いてスズ子に向き直った。

「麻里さんにはまた自分勝手だと言われそうなんだけどもね。僕はやっぱり君に歌手をやめてもらいたくないんだ。それだけはどうでも阻止したい。僕なんかの出る幕じゃないとはわかりつつも、どうにもいてもたってもいられなくてね……。福来くんはほら、激情に駆られるところもありそうだから、愛する人と一緒になるためなら本気で歌手をやめかねないと思ってね。恋ってのは時に人を狂わせるしね」

まさに、激情に駆られる一歩手前のスズ子は、何も言えない。

「今の君を止められるのは、愛する愛助くんしかいない。君がバカな考えを起こさないよう、しっかり頼むよとどうしてもひと言ね……彼に直接伝えたくて来てしまったというわけなんだ」

「センセ……」

「お……おいおい、まさかもう手遅れなんて言わないだろうね！」

「言いまへん。愛助さんもまるっきりセンセと同じ考えです。ワテに何とか歌手を続けさせよう思うて苦労してはるんです」

「だ、だろう！　やっぱりそうだろう！　そりゃ福来スズ子に惚れるからには、歌手をやめさせるような奴じゃないとは思っていたよ。ぜひ彼にも僕の構想を聞いてもらいたくてここまで出張ってきたってのもあるんだけどね、えーと、どこだ、どこだ、ない！　ないよ！」

羽鳥は、このあいだスズ子に見せ損ねた譜面を探して、鞄をあさる。

「あった！　これだよ、これこれ！　福来くん、オペラの『カルメン』は知ってるだろ？　僕はね、ずっとこれをやりたかったんだ。戦争でこういったものは厳しくなったから諦めるしかないなんて思っていたんだけど、君がタナケンとやった芝居、あれに少しばかり感化されてね、ジャズミュージカルって手法でやってみようと思いついたんだ。名づけてジャズカルメン！　略してジャズカル……てのはよしとこう。とにかくこれをやれるのは福来くん、当然君しかいないんだ。これは間違いなく楽しい舞台になるよ。ぜひ一緒にやってほしい！」

あいかわらず口を挟む隙間もない。そして、スズ子に断られることなんて、考えてもいない。いつもなら呆れかえる羽鳥のその姿が、なぜだか今日はやけに胸を打った。この人に、ここまで入れ込んでもらえる今の自分を、果たして本当に自分は捨てる気なのか、と。

「この情熱的な愛の歌劇をだね、今情熱的な恋愛をしている福来スズ子が演じたらこれどうなると思う？　本場、フランスのカルメンなんて目じゃないと僕は思うね！」

「僕もそう思う！」

声を張りあげたのは、愛助だった。いつの間にか帰宅して、話を聞いていたらしい。

「やあ！　君が愛助くんか！」

「はじめまして。羽鳥先生の作られる歌は大阪時代のものからどれも大好きです。スズ子さんとのコンビももちろんどれも素晴らしいんですけど、僕なんかは意外とＵＧＫのものよりも戦時中の厳しい統制の中で作られた『アイレ可愛や』なんかにも大いに感銘を受けて……あ、すみません。大ファンの羽鳥先生が目の前におられると思うとついつい」

「いやいやいくらでも言ってくれたまえ。褒められるのは大好きだからね！」

「スズ子さん、僕も羽鳥先生とまったく同意見や。スズ子さんの『ジャズカルメン』、絶対に観たい！　僕は世界でいちばん観たいと思っている客やで」

「いや、残念ながら君は二番だね。いちばんは僕だ」

「先生はお客やないでしょう！」

「僕は関わる作品の常にいちばんのお客さ。客としての自分が存分に楽しめるものをやりたいんだからね。だから福来くんの『ジャズカルメン』もいちばんのお客は僕だね」

「お言葉ですが先生、スズ子さんの関わるものに関してはいちばんのお客は――」

「もうよろしいですって！」

本筋からそれて言い合いを始めた二人に、スズ子は肩の力が抜けるのを感じる。

「悩みは一つ解決しました。ワテはやっぱり歌いたい思います。せやけど……愛助さんとも一緒になりたいいうもう一つの悩みは解決してまへん！」

「解決しましょ！」と叫んだのは山下である。いつの間にやってきたのか、坂口と一緒に、どかどかと居間に入ってくる。

「なんですの、次から次に」

「爺、なんや解決するって。爺が解決してくれるんか？」

「ちゃいまんがな。ここまで来たら、ボンが社長と話すしかありまへんやろ。誰が行ったかてあきまへん。みんな返り討ちにされるだけや。せやけど、村山をやめるいう覚悟までしとるボンやったら話せるんとちゃいますか？」

　愛助は、目からうろこ、というようにぽかんと口を開けた。

「なんで初めからそうせぇへんかったんや。僕がお母ちゃんを説得したらええんや」

「でも、もしあかんかったら……くれぐれも愛助さんが村山をやめるやなんてことは」

「僕が村山をやめることはあらへん。スズ子さんが歌手をやめるいうこともあらへん。答えは一つしかないんや！」

「そうだ！　答えは一つしかない！」と羽鳥が拳を振りあげる。

「ボン、よう言わはりました！　カッコよろしいですわ！」と山下も興奮しきりである。

「ほな、僕は明日にでも大阪行って……」と愛助も勢いづいたそのときだった。急に激しく咳き込み、その場にうずくまる。いつもよりもっとひどい、耳に障る不協和音のような咳。病室で何度も何度も聞いた——。

「愛助さん！」

　スズ子が駆け寄るのと、愛助が喀血（かっけつ）するのとが同時だった。

「ボン！　しっかりしなはれ！」

「い、医者や！　医者呼んでんか！」

　山下と坂口が二人がかりで愛助を抱えてソファに運ぶ。くらりと眩暈（めまい）がしたかと思うと、スズ子はそのまま意識を失った。

「疲労もだいぶたまっているみたいですし、しばらくは入院したほうがいいでしょう」というのが医者の見解だった。病院のベッドで眠る愛助の顔色は、青ざめるのを通り越して土色である。スズ子も意識を取り戻したものの、血の気は引いたままだった。

翌朝、大阪からトミがやってきた。目を覚ましてはいたが顔色はあいかわらずの愛助を、体温をわけてやろうとするように強く抱きしめる。

「な……なんやお母ちゃん、大袈裟や」

「大袈裟なことあるかいな！　あんたがまた倒れたって聞いて、こっちが倒れそうになったわ。とりあえず大阪帰るで。ちゃんとした病院でゆっくり治療したほうがええ。ほんまは最初に倒れたときも連れて帰りたかったんや」

「スズ子さんにえらい看病してもろたわ」

「そやからワテはあんたらを信用したんや。せやけど……。それはワテの間違いでしたわ」

トミは、きっとスズ子を睨んだ。

「何言うてんのや！　お母ちゃんかてスズ子さんに感謝してるて矢崎さん言うてたで！」

「そやから間違いやったわ。あんたがこないなるまで気づかへんのはおかしい。坂口、あんたも何を見てたんや。山下も、あんたが愛助の近くにおるとほんまにロクなことがない。それも愛助を大阪に連れて帰る理由の一つや」

「待ってや、お母ちゃん。僕は大阪なんか帰らんで！」

「何言うてるんや！　こんなとこおったら死んでまうわ！」

担当医が来なければそのまま連れ出されていただろう。愛助を興奮させるなと釘をさしたあと、医者は続ける。

「しばらくは動かせませんよ。彼を見れば大阪の先生も同じことを言うと思います」

「そないに悪いんでっか？　それやったらワテがここに泊まり込みます！」

「お母ちゃん、ええ加減にしてや！　みんなおるから大丈夫や。お母ちゃんと一緒におったほうが具合悪なるわ！」

「あんた、そないなこと言う子やなかったわ……東京でおかしなってしもうたんか。そやな！」

愛助は、トミの目を見ようともしない。言いたいことは山のようにありそうだったが、医者に再び苦言を呈され、トミはしぶしぶ病室を去る。愛助は気遣うようにスズ子を見上げた。

「なんか甘いもん食べたいわ。おはぎとか」

「……まかしとき」とスズ子はむりやり笑みを浮かべる。けれど耳の奥では、トミに言われた言葉がいつまでも反響していた。闇市でもみくちゃにされながら買えるだけの砂糖を買い、小豆を煮詰めている間も、もち米を丸めてあんこでくるんでいる間も、トミの悲壮な様子がまばたきをするたび蘇るようである。

心配して、当たり前だ。怒りの矛先がスズ子に向くのも、もっともだ。

翌日、おはぎを持って病室に行くと、愛助は目を輝かせてほおばった。食欲なんてないはずなのに「ほんまに作って持ってきてくれるんやなんて」とにこにこしながら。

愛助は、優しい。自分の痛みをこらえてでも、他人を思いやることができる。そんな愛助に拒絶されて、トミはどんなにかつらかっただろう。

「愛助さん……ワテは、愛助さんが一度大阪に戻ってもええと思いますねん」

「な……なんでや。僕はスズ子さんのそばにおりたいわ！」

「きっとお母さん、愛助さんがそう言えば言うほど頑(かたく)なになると思いますわ。そしたら、ワテらの結婚によけいに反対しはると思いますねん。それに……山下さんも昨日言うてましたけど、お母さんは、自分の命よりも愛助さんのことを愛しています。お母さんが、愛助さんのことをどんだけ心配かもワテは考えてしまいますのや」

　愛助は、黙っておはぎを呑み込む。

「せやから親孝行のつもりで帰ってあげてもえんちゃうかとワテは思います。『孝行したいときには親はなし』いいますやろ？　ワテは自分のお母ちゃんのときにまさにそうやったんだす。危篤(きとく)と聞いたとき、早よ帰ればよかったとほんまに後悔してます。すんまへんな、不吉な話して。愛助さんのお母さんはお元気でっけど、せやけど病気の息子が遠くで苦しんでる思うと気が気やないと思いますのや」

　愛助は、観念したようだった。

「せやな。わかったわ。どうせ大阪に帰ろうとしてたんやし、そのほうがお母ちゃんの気持ちも落ち着いて、結婚の話もうまくでけるかもしれへん。一度大阪戻って、どうせやったら完全に病気も治してくるわ」

「説得は……お願いしますで」

「当たり前や！　病気治すんよりそれが先やがな」

愛助はスズ子の手を強くにぎった。

数日たつと喀血はおさまり、愛助が大阪へ移動する許可もおりた。いざ退院の日がやってくると、スズ子の胸に寂しさがこみあげる。自分で言い出したことなのに、離れたくないという想いばかりが募って、涙が出そうだった。そんなスズ子に、「一緒に旅行せえへんか」と愛助が言う。

「したいなあ。愛助さんが帰ってきたら、どっか行きましょ」

「帰ってきたらやない。今から行くんや。箱根まで、僕を送ってくれへんか？　芦ノ湖の湖畔にごっついええ宿があるんや。大学生になるまでは、毎年夏と正月にそこに泊まって、正月は駅伝見てた。ほんまにええとこやねん。そこで、一泊しょ」

「せやけど……早よ帰ったほうが。身体も……」

「何年この病気と付き合うてる思うねん。自分の身体は自分がいちばんようわかってる。そうしてくれたほうが、病気も早よう治るわ。な、行こ！　まだ二人で旅行したことないやんか」

押し黙るスズ子に「あかんか？」と不安そうに愛助が聞く。スズ子は愛助の胸に顔をうずめた。

「ちゃいますわ。嬉しいんや……」

箱根での愛助は、病気も完治したのではないかと思うほどに元気だった。湖畔ではしゃぎ、宿ではぴったりくっついて、誰の目もはばかることなく、二人だけの世界を満喫した。

「いつか、僕らに子どもができたら家族で来よな」

愛助に言われて、はっとする。愛助に、伝えたいことがあったのだ。だが今ではない、と言葉を呑み込む。かわりに愛助の夢に耳を傾ける。

「僕は早ように兄弟なくしたから四人は子ども欲しいな。そんなにいらんか?」

「ワテ、そんなに生めるやろか」

「まあ何人でもええけど、家族で楽団や劇団みたいなの作って、おもろいことやるんも楽しそうやなあ。そんな想像してるときが、僕はいちばん幸せや」

スズ子の胸がいっぱいになる。そんな日が本当に来てくれたら、どんなに幸せだろう。


愛助と別れ、東京に戻ってきたスズ子には、羽鳥の構想する『ジャズカルメン』の仕事が待ち受けていた。稽古が始まるのはおそらく年明けて二月。今は十月だから、その前に他の仕事を入れる余地があるといえばある。だが、山下とスケジュールを打ち合わせているさなか、スズ子は急な吐き気をもよおして、トイレに駆け込んだ。

やっぱり、とスズ子は呑み込んだ言葉が真実であったことを悟る。

子どもが、できていたのである。

正式に医師の診断を受けたスズ子は、真っ先に山下と坂口に報告した。二人とも、言葉を失っている。最初に、おそるおそる口を開いたのは山下だった。

「失礼なことを聞きまっけど……生みはるおつもりでっか……?」

「はい。ワテら、子どもは欲しい思てたんです。せやからあの……授かるかどうかは流れに身を任せて、もしも授かったらそのときはすぐにきちんと結婚しようという話はしていたんです」

「そ……それにしても急や……」

トミに知られたときのことを想像しているのだろう。坂口は、泡を吹きそうである。山下のほうがまだ冷静だった。

「ボンは……このことはもう？」

「まだ知りません。手紙を書こうと思います」

「せやったら、まだ社長には内緒にしてもらったほうがよろしい思いますわ。今はピリピリしとるときやさかい、これで子どもまででけたやなんて聞いたらどうなるかわかりまへん」

山下の言うことは、もっともだった。めでたい話なのに手放しで祝えない申し訳なさで、山下も坂口も身をすくめている。それもまた、二人の立場を思えばしかたのないことだとわかっているが、切なくもなる。

家に帰るなり、スズ子は愛助に手紙を書いた。

〈お医者さんから聞いたときは、なんや不思議な気持ちになりました。

まだ全然知らん子がこのお腹の中におる。男の子かも女の子かもわからん。あんたはどこの誰？　なんでワテのお腹におるん？　そんな気持ちになりましたけど、一日たつと、まだぺったんこなこのお腹の中の子が愛おしくてたまりません。

ただ、こないなときに愛助さんが近くにおらんいうのは想像もしてまへんかったし、山下さんも坂口さんも、お母さまにこのことが知れたらどないしょいう心配ばかりで。ワテは初めての妊娠やし、ほんの少しばかり心細い気持ちにもなってしまいます……〉

スズ子は、筆を止めた。こんなことを書いても心配させるだけだ。すぐに、書き直しの紙を取り出し、筆を走らせる。


〈とにかくこの子がお腹におるいうだけで、ワテの身体には活力がわいてきます。元気いっぱいだす。せやからこちらのことは何も心配もせんと、愛助さんは早よ病気を治してこの子に会いに来てください。羽鳥センセの『ジャズカルメン』も身体が許せばやりたい思うてます。

それと男の子の場合と女の子の場合、両方の名前を愛助さんが考えてくれませんか？　お腹の上からでもめちゃくちゃかわいいのがようわかります。男の子やったら愛助さんに似て男前に、女の子でも愛助さんに似てえらいベッピンさんになりまっせ。ワテ、早くも親バカですわ〉

その手紙を、愛助は大阪の病院で受け取った。

「僕らが親になるんか……」

驚きと、こんなときにスズ子のそばにいてやれないふがいなさ、それ以上に嬉しさがこみあげて、布団の上でじたばたする。そこへ、トミがやってきた。

「あんたが好きやった鶴亀屋のおはぎ無理言うて作ってもろたで。ほんま、こっちに帰ってきてよかったわ。顔色がぜんぜんちゃいます。あのまま東京おったら治るもんも治ら……」

「お母ちゃん。僕な、父親になるんや」

トミは絶句した。

「あんたは何を考えてんのや。そんなん、許さへんで！」

「子どもがでけるんは覚悟のうえやったんや。二人でちゃんと話してたんや」

「無責任に子ども作って何が覚悟や！」

「無責任やあらへん！　そやから僕はスズ子さんと結婚する決意はかたかったんや！」

大喧嘩である。その様子はすぐに電話で、矢崎から坂口に伝わった。

「ほんま最悪や。ボンも何でこのタイミングで話してまうんや。社長、怒り狂うに決まってるがな」と坂口。「言うてしまう気持ちもわかるわな……」と山下。がっくり肩を落とす二人は、この数日で一気に老け込んだようである。スズ子は、おずおずと申し出た。

「あの……ワテ、大阪に行ってお母さんにお話ししてみますわ。きちんと愛助さんと結婚してからこの子を生みたいんです。この子を、父無し子（ててなしご）だけにはしとうない。……ワテ、もらい子ですねん。ほんまは香川の片田舎で、ええ家の父親と女中の間に生まれましてん。幸いワテはええ両親にもらわれたからよかったんでっけど……」

「ど、どっかにやる言うんか……？」

「そんなん絶対しまへん！　ただ、父親がおらんと心ないこと言わはる人もいてますやろ？　もちろんワテは必死に育てますけど、この子がちょっとでも嫌な目にあうかもしれへんし、ワテみたいにあとでいろんな事情を知るいうんは酷やから……」

スズ子の親はツヤと梅吉だけだ。めいっぱい愛情を受けて育ったし、その思いを疑ったこともない。だけど、だからこそ、真実を知らされたとき、言いようのない空虚さに支配された。

「この子にはちょっとも傷つかんように、つらい思いなんか一つもせえへんように生きてほしい思うてるんです。甘い言われるかもしれまへんけど……ほんまにそう思うてるんです。そやから、ワテからちゃんとお母さんに事情を話して結婚を許してもらいたいんです」

「ボンは、知ってるんでっか？　福来さんのそういう事情は」

「話したことはないです。知る必要もないと思うてましたけど、こういう状況になってしまいました、愛助さんにもきちんと話しとこうと思います」

「福来さんの気持ちはようわかりました。まずはワシが大阪行って、社長と話してきます」

覚悟を決めた表情で、山下が言った。

「今、身重の福来さんが向こうに行ったらえらいことになるんは火を見るより明らかや、ワシが行ったほうがええ。ボンもその事実を知るんは病気が治ってからのほうがええ思います。確かに社長とはいろいろあったけどもやな、言うても先代の頃からの古い付き合いや。よー話したらわかってもらえるはずや。任しときなはれ！」

だがやはり、坂口のときと同様、不安がぬぐえないスズ子である。


不安は的中。トミは厳として譲らなかった。スズ子と愛助の関係はこれでおしまい。堕ろすなら金はもつし、一人で生むなら勝手にすればいい。そのかわり、一切のかかわりをもってくれるな。いまさら歌手をやめると言っても許さない。順序を守ることもできない無責任な人間に愛助を任せることはできない、と。怒りの矛先は、山下にも向く。

「愛助が夢みたいなことボーッと考えるようになったんも、あんたのせいや。笑いを世の中に広げるのはええ。先代の思いや。せやけどな、肝心の世間の常識が学べてないがな。せやから何も考えんと無責任に子ども作ったりするのや」

「福来さんは歌手をやめてもええ言うてました。ボンが止めはったんです、福来さんが歌手をやめるんは日本の損失や言うて。ワシもそう思います。あれだけの才能をつぶしたらあきません。ボンはほんまにもっと先の日本のエンターテーンメントいうもんを考えとりますで。村山の将来は大丈夫ですわ。ボンがこれだけしっかりしとるし、若手の社員もよう育ってますがな。みんながボンを支えますわ。……社長、どうかボンを信じたってください。この山下、一生の頼みや」

そう言って、土下座までしてみたが、無駄だった。

「クサい芝居やめ。誰がなんと言おうとワテは許さへんで。子どもだけの問題やない。これは家族をどう考えるかの問題や。村山は家族や。家族は同じ方向を向いて頑張らなあかんのや」

その一部始終を報告されて、愛助は唇を嚙んだ。

「筋が通ってないのはお母ちゃんのほうやないか。子どもができたてわかったんは、結婚話が出てからや。結婚する意志があったから子ども作ったんや。お母ちゃんは、スズ子さんが歌手をやめへんのが気に入らんだけやろ。なんで結婚するんやったら好きなことをやめなあかんねん。家族なんか……うっとうしいだけや」

「ボン……変な考えだけは起こさんといてくださいよ。なんかええ手を考えますよって」

「とにかく、今のスズ子さんは身重で大事なときや。しかも一人や。僕のことで心配させたない。せやから信じて待つように伝えてくれへんか。お腹の子は必ず僕の子にするて」

言いながら、愛助は咳き込む。こんな状況では、治るものも治らない。

〈『ジャズカルメン』はとても楽しみですが、くれぐれも無理はしないでください。今のスズ子さんの最大のお仕事は、無事に赤ちゃんを生むことやと思います。ああ、スズ子さん、僕のスズ子さん。あなたは僕の生きる希望です。その希望がもう一人増えるかと思うと、こんな病気も吹き飛んでいきそうです。僕も頑張ってすぐに病気を治しますから、スズ子さんも十分に身体をいたわってください。その子を父無し子には絶対にしません。せやから安心して丈夫な赤ちゃんを生んでください。予定日には、必ず駆けつけるつもりです。それでは失礼します。あなたの愛助〉

スズ子から聞いた境遇を、山下は一切愛助には伝えていない。何も知らないはずの愛助からの手紙に、スズ子は涙ぐんだ。不安で支配されていた心が、ほんの少し、解きほぐされる。

「早よお父ちゃんに会いたいなあ」とスズ子はお腹をなでた。


問題はもう一つ残っていた。『ジャズカルメン』をどうするか、である。今はまだ三か月だからお腹も目立たないが、年明けには誰の目にもわかるくらい膨らんでいることだろう。

「腹ボテのカルメンか。まあ、それはそれで面白いかもしれないけどねえ！」とはしゃぐ羽鳥に、麻里がまなじりを吊り上げる。

「何をバカなこと言ってるの！　身重の身体で歌ったり踊ったりできるわけがないでしょう！」

「え……え、ちょっと待って。じゃ、何かい、『ジャズカルメン』は……」

「できるもんですか！」

「あの、ワテはお腹に赤んぼおっても『ジャズカルメン』だけは絶対やりたい気持ちでおります。ただ、やっぱりワテ一人では決めることはでけません。ワテがやりたい言うても、ほんまにでけるんかどうか。せやから病院の先生に相談してみようと思いますねん」

その言葉に羽鳥はぱっと顔を輝かせるが、麻里の目を気にしてもじもじしている。

「まぁ、そうだねえ。なんて言うかなあ、お医者さんは。見たところそんなにお腹も大きくないし、なんだかできるような気はするんだけどねえ」

「あなたはもう口を開かないで。スズ子さん、私がこの子たちを生んだ病院を紹介するわ。きっと相談に乗ってくださる。それと、何かあったらすぐに私に相談して。この人見ててもわかると思うけど、男の人はてんで役に立たないんだから。初産なんだし、お相手の方も入院中なんていろいろと心細いことも出てくると思うの。三人生んだ私が全力で面倒を見るわ」

「いや、僕だってオムツを洗うくらいのことはしますよぉ」

「ウソおっしゃい！　そんなことしたこともないくせに！」

スズ子は、また涙ぐみそうになりながら頭を下げた。誰にも頼れないと思っていた心細さが消えていく。

麻里が紹介してくれるだけあって、医師の村西も看護婦長の東も頼もしかった。二人ともスズ子のファンで、日帝劇場の再開公演も観に行ったのだという。『ジャズカルメン』の上演時期も、六か月で安定期を迎えるから大丈夫、と太鼓判を押してくれた。

「私の母親なんか私を生む前日まで旅館の女中として働いていましたからね。そんな人も世間にはたくさんいます。全責任を持って本番まで福来さんを診ます。私だって福来さんの『ジャズカルメン』はぜひ観たい！　なあ東くん」

「ええ。身体と相談しながらやっていきましょ。私たちが全力で支えていきますわ」

「よろしゅうお願いします！　……元気に出ておいで。お母ちゃんも頑張るで！」

スズ子は満面の笑みでお腹に向かって声をかけた。

第18章 あんたと一緒に生きるで

愛助が大阪に行ってから一か月、三鷹の家で一人、元旦を迎えるつもりでいたスズ子だったが、山下が正月料理を持って訪ねてきてくれた。五か月目に入り、急にお腹の中の子が育ち始めて、えっちらおっちら歩くスズ子には、支度を手伝ってもらえるだけでもありがたい。さらにあとから、羽鳥一家と坂口もやってきた。それぞれの正月料理はささやかだが、集めて並べればずいぶん豪勢になる。

愛助から届いたばかりの年賀状をテーブルに置き、彼もその場にいるような気持ちになって、みんなで新年の挨拶をかわす。一人じゃない、と思えるのがスズ子には何よりありがたかった。

〈身体の調子もだいぶようなったしジャズカルメン、行きます。あとはお母ちゃんを説得するだけや。待っててな〉と愛助は書いているが、果たして本当に来られるのか。状況がまるで見えないのが、もどかしい。

だが、心配ばかりはしていられない。二月に入ると、いよいよ『ジャズカルメン』の稽古が始まった。妊娠六か月とは思えない軽やかさでスズ子が歌い踊るのを、羽鳥がプロデューサーの小島ともに感心したように眺める。

「赤ちゃんできてから少し彼女の雰囲気も変わった気もするし、災い転じて……いやいや災いじゃないけど、むしろそんなカルメンもありな気がするねえ。いいじゃない、いいじゃない。やっぱり恋をしている人が歌うと違うねえ。こっちまで恋をしたくなるねえ！」

「ひょんなことからニューカルメンの誕生だ！」と調子よく小島も応じる。

スズ子も、ホッとしていた。これなら現場に迷惑をかけずに済みそうである。毎回、東が付き添ってくれるのも心強い。

ところが楽屋を出たところで、まばゆいフラッシュがスズ子を襲った。記者らしいハットをかぶった男が、にたにたといやらしい目つきでスズ子にカメラを向けている。

「やっぱりホントだったんだ。カルメンが妊婦さんてのは」

わざわざお腹にカメラを向けて、再び撮影する。

東が叫んでスタッフを呼ぶと、慌てて逃げていったが、立ち去りながらもスズ子を撮影するのはやめなかった。ゴシップ雑誌の記者らしい。何度も迷惑な記事を書かれているのだと小島がうんざりしたように言った。

「何を書かれても気にすることはないから。こっちは揉み消しのプロだ」

だがすぐに記事は出た。『カルメン、妊娠六か月！　舞台は中止か⁉　父親はいったい誰⁉』と煽り文句が躍っている。

「大きなお世話や。な、愛助さん」と、スズ子は衣紋掛けの丹前に目をやった。愛助がいなくなってからというもの、いつも彼が着ていたそれに、スズ子は語りかけている。

もちろん本物の愛助に語りかけるのも忘れない。スズ子はせっせと手紙を書いた。

〈おかしな写真撮られようが何しようが、ワテは愛助さんに早よう会いたい気持ちでいっぱいです。愛助さんが『ジャズカルメン』を観に来てくれはる日を待ちながら稽古に励みます……ただ、くれぐれもご自身の身体を第一に考えてください〉

その手紙を受け取った愛助も、『ラッパと娘』を病室に流しながら雑誌記事を読んでいた。目をまんまるに見開いてカメラを見つめるスズ子がおどけているように見えて笑ってしまう。内容はともかくとして、元気なスズ子の姿を見られたことが嬉しかった。

愛助は、筆をとった。

〈公演中、必ず東京に戻るつもりです。それだけが楽しみでなりません。くれぐれも体調にだけは気を付けて。必ずスズ子さんと籍を入れられるように、母を説得しますから、こちらのことは何も心配しないでください。お腹の子を絶対に父無し子にしません〉

書き終えると、咳き込みながら封をして、見張りのように毎日やってくる矢崎に渡す。矢崎が出ていくのと入れ替わりに、トミがやってきた。愛助が、呼んだのだ。

「なんや、話て。何をどう話しても、堂々巡りなだけやで」

愛助のことが心配でたまらないくせに、こればかりは譲るまいと顔も見ようとしない。愛助は聞こえよがしに深々と息を吐いた。

「なんでそんなに頑なやねん。なんで僕らの結婚を認めてくれへんねん。このままやとお腹の子も父無し子になってしまうわ」

「そらあんたらの責任や。ワテは認めへんとは言うてなかったやろ。歌手をやめて来てくれるなら歓迎やったわ。ほんまの家族になってほしかっただけや。……それも、もうあらへんけどな。家族は力を合わせて頑張るんが当たり前や。夫婦は二人で一人や。互いにそっぽ向いとったらすぐに壊れてしまうわ」

「そっぽなんか向いとらへんわ。僕らはお互いが前向いてるだけや。スズ子さんはスズ子さんの道を突き進めばええやんか。僕は僕で村山をもっともっと立派にしたいと思うてるで。ほんで、笑いの力で世の中を明るしたいとも思うてる。それはお母ちゃんの思いと同じとちゃうんか。お父ちゃんかてそやろ？　それでええやんか。何がほんまの家族や。結婚したら誰かてほんまの家族や。そやかて家族でも違う人間やろ。お母ちゃんの言うてることはおかしい。間違うてる。僕は……スズ子さんと結婚できなんだら村山を出る覚悟やで」

「そやったら出たらええ。家族の縁を切ってあの女と子どもと暮らしたらええ」

冷たく言い放つと、トミは出ていった。誰に聞かせるでもないため息が病室に響きわたる。絶望と怒りがごちゃまぜになって、愛助の身の内で爆発しそうである。

それから数日がたって、ついに『ジャズカルメン』の幕が切って落とされた。

チラシをにぎりしめ、期待に胸を膨らませる観客のなか、記者席にはパンをもしゃもしゃと食べる鮫島の姿がある。あのゴシップ記事を書いた男である。まったくふてぶてしい、と小島は舞台袖から睨みつける。だが癪なことに、今日の満席にはおそらく鮫島の記事も多少なりとも影響していた。もちろん、そんな記事がなくても、羽鳥善一と福来スズ子の黄金コンビに人々が食いつかないはずがないのだが。

楽屋では、スズ子が紫色のドレスに身を包み、カルメンに変身していた。派手な化粧も、役によく合っている。稽古着よりも腹は目立つが、羽鳥はご機嫌だ。

「似合うじゃないか。まさしくカルメンだ。腹ボテなのがまたいい味出してるよ！」

「腹ボテってやめてください」

スズ子が本気で睨むも、悪びれない。

「ごめん、ごめん。ついかわいくてね」

「安心して歌って踊ってください。舞台で産気づいても我々がいるから！」

村西も、かえって不安になるようなことを言う。男はなんにも役に立たない、と言っていた麻里の気持ちがいまさらながらによくわかる。

『カルメン』のメロディをブギで歌い上げるという羽鳥の試みは大成功だった。身重であっても自分らしさを失わず、輝きのど真ん中で歌い踊るスズ子の姿に、観客はみな胸を熱くした。日に日に口伝えで評判は広がり、『身重の福来スズ子、見事にカルメン演じきる！』『妊婦のカルメン、艶やかに！』などと新聞や雑誌も大絶賛の嵐である。ただし、『腹ぼてカルメン、お腹を抱えて大熱演！』という鮫島の署名記事を除いては。いや——鮫島も舞台そのものは褒めている。いちいち表現に品がないだけだ。

「腹ボテって表現は僕は好きだけどねえ。しかしこれからカルメンに限らず、全部妊婦さんの役にしちゃおうよ。どうだい福来くん」

「どうでっしゃろねえ。ウソっこやったらええんとちゃいますか」

「そりゃそうだ。そのつどホントの妊婦さんだったらえらいことになっちゃうよ」

はははと羽鳥が笑って、村西や小島たちも同調する。まったく呑気なものだとスズ子は白けた気持ちになるが、ツッコむ気にもなれない。東だけがスズ子を心から労ってくれる。

「本番のときは興奮状態だから、何かあっても気づかないかもしれないけど、私もちゃんと見てるようにするから安心して。あの人たちはあてにならないから」

東と、時折様子を見に来てくれる麻里。スズ子が頼りにできるのはこの二人だけである。

そんななか、愛助からの手紙が届いた。


〈どうやら一刻も早く『ジャズカルメン』を見たくて興奮して風邪をひいてしまったようや。アホや。ここで無理したらよけいに悪くなってしまうかもしれへんから、今回ばかりは死ぬほど残念やけど東京行きは断念するわ。千秋楽まで身体に気を付けて頑張ってください〉

本当は、行きたくてたまらず何度も医者に直談判したのだが、体調が日に日に悪化する一方で許可の出る状況ではなかったのだ。記事のすべてに目を通しスクラップしながら、悔しさを噛みしめる愛助の、苦渋の決断であることをスズ子が知る由もない。けれど、あれほど観たがっていたのを断念するのはよほどのことだ、というのはわかる。

〈お手紙読みました。大丈夫ですか？　心配です。病気、よけい悪うなってしまへんやろな〉と書きかけて、やめた。スズ子が不安に苛(さいな)まれているのではないかと、逆に愛助が心配してしまうだろう。


〈お手紙読みました。ワテもとても残念です。残念すぎてもう歌うことも踊ることもでけへんかもしれません。愛助さん、帰ってきたらたっぷりと責任とってもらいますよ。お腹の子もえらい怒ってますわ。せっかくお父ちゃんに会えるんかと思うてたのに……楽しみにしてたのに……会いたかった……会いたかった……〉


また、暗くなってしまった。でも今は、明るい言葉が思い浮かばない。あかん、と唇を噛むスズ子の腹を、ぽこん、と内側から蹴る感触があった。まるでスズ子を励ますように。そして手紙に書いたとおり愛助に怒りをぶつけるように、ぽこぽこと元気に動いている。

「なあ……怒るわなあ。怒れ、怒れ。愛助さん、この子、ほんまに怒ってますで。ワテも怒ってますで……」

そんな想いもすべてぶつけるようにスズ子は連日、見事に歌い上げた。それがカルメンの情熱と重なって、喝采は日に日に大きくなる。

そして迎えた千秋楽。上演前に訪ねてくる人があった。

「あいかわらず下品な化粧ねえ」

「そのイヤ〜な声は……」

　ふりむくと、そこにいたのはもちろん、りつ子だ。

「失礼ね。人をオバケみたいに言うんじゃないわよ。オバケみたいな化粧してるくせに」

「出た！」

「どうしはったんでっか、今日は。ワテの舞台、観に来てくれはったんでっか？」

「そうよ。妊婦がどんな踊りをしてるのか観に来てあげたのよ。みっともなかったら舞台から引きずりおろしてやろうと思って」

「そらわざわざどうも。お陰様でこのお腹が好評みたいですわ」

「世の中物好きが多いのね。で、何か月なの、そのお腹は」

「六か月です」

「だったらもう安定期ね。動いたりする？」

「この前、初めて動きましたんや。愛助さんが公演に来られへんようになってもうて、ワテもこの子も怒ったんです。なあ。ほら、茨田りつ子さんやで。怖ーい人やでぇ」

　からかうように突き出されたスズ子の腹を、りつ子は存外、優しく繊細になでた。

「ほんと、あなたのお母さんはメチャクチャよねえ、こんなときに歌って。でも、大変なのはこれからよ。ほんとの本番は生んでから」

「そんな、経験者みたいに」

「あら？　言ってなかったかしら？　あたし、子ども生んでるのよ」

「ええーッ！　聞いてまへんわ！　い、いつの話でっか？」

「あなたに話してもしょうがないものね。生んだのはあなたと出会うちょっと前よ。もう十歳。田舎の母に預けっぱなし」

「はぁ〜。旦那さんは誰なんでっか？　あ、差し支えなければ」

「あんたもゴシップ好きねえ。いいでしょ、誰でも。いい加減な男よ。生まれる前に消えちゃったんだから」

「そら……さぞかし大変やったでしょ。お一人で……」

「そりゃ大変よ。私はつわりもひどかったし、出産自体もすごく難産でね。生んでからも、しばらく体調が戻らなかったの。だからすぐに母の世話になって、そのままね。ま、あなたはこうして歌ってるんだから心配ないと思ったけど、あなたも男が近くにいないでしょ。いたって別に役に立ちゃしないんだろうけど、一人よりマシってこともあるじゃない。私みたいなことになってなけりゃいいと思って来てあげたのよ。優しいでしょ」

「ほんまに……せやけど、なんでまたお母様に預けっぱなしに」

「歌いたいからよ。なんらうしろめたいことのない生き方をしてきたつもりだけど、それだけが唯一のうしろめたさね。だから私は歌に命をかけるの。って、なんか言い訳がましいわね」

「すごい……ですなあ。ワテにはとてもでけまへんわ。この子と離れるやなんて」

「いいんじゃない、それで」

「人に歴史ありだねえ」

不意に声がして、指揮棒を手に持った羽鳥が割り込んでくる。こういうときは聞かなかったふりをするものではないかとも思うが、堂々としているのが羽鳥らしい。

「いや申し訳ない。立ち聞きするつもりはなかったんだけども……うーん、どうりでね。いや腑に落ちた。だから茨田くんの歌ってのはねえ……いや、そういうことかあ……」

と、一人でぶつぶつ言っている。

「おっと、僕は福来くんを呼びに来たんだった。さ、行こう。お客さんがお待ちかねだ！」

もっと話したいような気がしたが、客を待たせるわけにはいかない。スズ子は、りつ子をふりかえると、神妙に頭を下げた。

「今日はなんやええ話……言うたらちゃうかもしれへんけど、なんや茨田さんの優しさに触れさせていただいて少ーし嬉しかったです。お礼に今日の切符代はタダにさしてもらいます」

「当たり前じゃない。どうして私がお金を払ってあなたの歌を聴かなきゃならないのよ」

「ウフフ。さすがですわ」

「ウフフじゃないわよ、さっさと行きなさい」

スズ子はぺこりと頭を下げて、羽鳥とともに壇上へと急ぐ。

スズ子は、全公演をやり遂げた。最後の挨拶では、会場中が拍手に包まれ「よかったぞー！」「元気な赤ちゃん生めよー！」などの声が飛んだ。そんなスズ子を、羽鳥はこれまでにない畏敬(いけい)の念を抱いて見つめた。りつ子も、ふん、と鼻を鳴らしつつも満足した表情で席を立つ。スズ子は観客にキスを投げ、手を振り、舞台袖にはけた。そして、

「あんたもよう頑張ってくれたな。おおきにな」

お腹をなで、いちばんの功労者に声をかける。

さすがにこれ以上の仕事は入れず、あとは出産の日を待つばかりだったが、気がかりがあった。もちろん、愛助のことだ。いつもは何枚も便箋を使って論文のような長い手紙をくれるのに、公演の成功を知らせたスズ子に対する返事は、はがき一枚きり。

〈『ジャズカルメン』を観られなくて本当に残念だった。素晴らしい舞台やったんやろなあ。動くお腹にも触りたいです〉と簡潔に終えられた文章に胸が騒ぐ。手紙を書けないほど、悪い状態なのだろうか。

昭和二十二年五月になり、出産予定を約十日後に控えても、愛助が東京に戻ってくる気配はなかった。いてもたってもいられず、大阪に行ってもいいかと村西に聞いたが、さすがに止められる。当然だ。いつ陣痛が始まってもおかしくはない身なのだ。

でも、こんな状態では安心して出産になど挑めない。愛助からのたよりは、最近ではすべてはがきで〈だいぶ具合もようなりました。もうすぐで帰れると思います〉と同じようなことばかりが短く記されている。もちろん、帰ってくる気配などない。

「もう、いやや……」とスズ子は人知れず打ちひしがれていた。

つらいのは愛助も同じだった。いや、それ以上かもしれない。喀血と発熱をくりかえし、自分の身体から命が少しずつ抜け落ちていくのを感じながらも、スズ子を思い、必死で耐えていた。

病床でうわごとのようにスズ子を呼び続ける愛助に、さすがの矢崎もトミに言った。

「結婚を許す許さないは別として、ボンと福来さんを会わせてあげてはどうでしょうか。そうしたほうがボンの体調も持ち直すということも……」

だがそれを止めたのは、ほかならぬ愛助だった。

「あかん……」とうわずった声で、意識を朦朧（もうろう）とさせながらも訴える。

「それは……絶対にあかん……い、今の僕の……ゴホッ、ゴホゴホッ」

「は、話さんでええ！　あんたの言いたいことはわかる！」

「今の……僕の姿を見たら、スズ子さんは心配しておかしなってしまうわ……。あの人はそういう人やねん。安心して、赤ちゃんを生んでほしいねん。せやから……絶対内緒や。僕は必ず病気治して、スズ子さんと子どもに会うんや……」

そんな愛助の手を、トミは必死でにぎりしめる。

だがスズ子は限界に達していた。山下と坂口に鬼気迫る形相で詰め寄った結果、そして村西についてきてもらってでも大阪に行くと脅した結果、愛助の病状がよくないのだということを白状させた。そうと聞けばなおさら飛んでいきたかったが、スズ子にそんな姿を見せたくないと、スズ子と赤ん坊に会うために懸命に頑張っているのだと聞いては、どうすることもできない。

〈予定日には何とか戻りたいと思うてます。ほんまに情けない夫、父親で申し訳ないわ。子どもが大きなったら、一緒に遊びたいし身体を鍛えなあかんな。毎日腕立て五回や。ウソや。二十回やな。スズ子さんもたまには一緒にやろな……〉

そんな手紙が届くほどに、胸が締めつけられる。どうしてスズ子と愛助は、こんなときにも一緒にいられないのだろう？

ぼんやり歩いているうちに、気づけば羽鳥の家の前に立っていた。呼び鈴を鳴らすと、カツコを抱いた麻里が出てくる。スズ子の、今にも消えてしまいそうな立ち姿に息をのんで、招き入れてくれる。

麻里にうながされるままに、スズ子は状況のすべてを吐き出した。嗚咽しそうになるのを懸命にこらえるスズ子の背中を、麻里が優しくなでてくれる。

「すんまへん。こんな話聞いたかて麻里さんも困ってしまいますよね。どうしようもあらへんのに……」

「そんなことないわよ。確かに何もできないけど、私に話すことで少しでも楽になるなら」

「……すんまへん」

「謝らないで。状況は全然違うから比べるのは申し訳ないんだけど、私もカツオを生むときはいろいろ不安だったの。ウチの人、あたしがつわりで苦しんでいるときから臨月になってもずーっと音楽のことばっかりで、ほんとにこの人と子どもを育てていけるのかしら……なんて思ったりもして。そんなときにね、小さな支えになってくれたのが、お腹の中にいたカツオだった。私が不安になったりすると、タイミング良くカツオが動いてたのよね。僕がいるぞ！　僕を忘れるな！　なんて言われてる気がして、そのつど踏ん張ってね。……ごめんなさいね。スズ子さんは、私なんかとは比べ物にならないくらいつらい状況なのに」

「いいえ、そのとおりです。ワテがオロオロしてたらこの子まで不安になってしまいますわな」

「つらいだろうけど、今は無事に出産することだけを考えてもいいと思うわ。愛助さんの望みでもあるでしょうし」

「ありがとうございます。やっぱり来てよかったですわ。いつも麻里さんには助けられます」

「ウチの人がいなくてよかったわ。いたらどうせ自分の音楽の話しかしないんだから」

そう言って笑う麻里に、スズ子もつられて笑う。――大丈夫、まだ笑う力は残っている。そう自分に言い聞かせて、お腹にそっと手をあてる。

スズ子は祈った。愛助の丹前を抱きしめ、神様に「どうか愛助さんをお守りください」と、「どうか治したってください」と。そして不安に押しつぶされそうになるたび、お腹の子に語りかけた。

「お父ちゃんが頑張ってるのに、お母ちゃんが落ち込んどったらあかんな。……愛助さん、この子もお父ちゃんに会いたい言うて待ってるで。絶対ようならんとあかんで……」

そして時間を埋めるように、愛助の着るものを繕(つくろ)い始めた。シャツにズボン、下着やら普段着やら、裁縫の苦手なスズ子が針を何度も指に刺しながら、絶対に愛助はこの家に戻ってくると信じて。そんなスズ子のもとに、愛助もはがきを送り続けた。

〈今は食欲も出てきて、快方に向かってるで。この病院、ご飯がえらくうまいんや。毎日おかわりしてるわ。あとはお腹の子の名前を考えるのが毎日の楽しみや。あー、早よ出てこんかなあ。帰る帰るばっかりでなかなか帰られへんで申し訳ないけど予定日には絶対に戻るつもりです〉

〈あんまり期待せんように待ってますわ。とにかく、まずは早よう病気を治してください。こんなにほっとかれたら、ワテ、どうなるかわかりまへんで……〉と返事を書きかけてやめる。びっくりして、よけいに悪くなってしまうかもしれない。かわりに〈愛助さんに手紙を書くときは、お腹の子がよう動きます。〉と愛助が喜びそうなことを綴る。嘘も方便だ。

食事に手をつけることもできなくなった愛助にとっても、スズ子から届く手紙だけが救いの光だった。会いたい、と思う。スズ子にも、まだ見ぬ我が子にも。男の子だろうか、女の子だろうか。目は、鼻は、いったいどっちに似ているだろう。ときどき、箱根の旅も思い出す。あんなにも満たされた時間は、生涯でなかったかもしれない。家族劇団を作りたいなんて話をしたなあと、つかの間、心があたたかくなる。でも、愛助にはわかっていた。自分はもう、そのどれも叶えることができないかもしれないと。

「お母ちゃん……僕、もうあかんねやろ……」

近頃では、ベッドのわきから離れることのほとんどないトミに、愛助は言った。

「な……何を言うてるねん！　愛助、あんたは絶対治る。治すんや！　お母ちゃん、大阪中の医者を集めてでも治したる！」

「僕な、お母ちゃんの子ぉで、ほんまによかったわ。楽しいこと、ぎょうさんあったし……何より僕をようけ笑かしてくれてありがとう。……おおきに」

ひくっとトミの鼻がひきつる。

「僕な、生まれ変わるとしたら……またお母ちゃんから生まれたいわ。そんでな……次はお母ちゃんの望むような人生を生きて、お母ちゃんを喜ばせたいわ。せやけどな……今回の人生は好きに生きるで。僕は……スズ子さんと結婚するで……」

愛助は幸せそうに遠くを見つめ、目を細めた。

「僕は……あの人の明るさに救われたんや……。あの人は僕の人生を明るうしてくれた唯一の女の人や。あ、お母ちゃん以外やな。せやから……絶対一緒になるんや」

「そやったら……病気治し！　あんたが病気治したら、お母ちゃん、なんでも言うこと聞いたるわ。そやから、治して……！」

「絶対治して……結婚するで」

——この直後、愛助の容態は悪化する。

苦しむ愛助の横で、トミは泣いた。自分の命と引き換えに助けてほしいとどれだけ神に祈っても、その願いが届くことはない。


一方、スズ子は産気づいていた。土の中のものは身体を冷やさない、と勧められて作った筑前煮を一人、夕食に食べようとしていたときである。ずん、と鈍器で殴られるような鈍い痛みが腹の内側に走った。

「はい、いただきま……ま……せん！」

無理だ、と椅子から立ち上がり、その場に膝をつく。これが音に聞く陣痛(じんつう)というやつだろうか。スズ子は、慌てた。予定より、少し早い。明日でいいかと、入院の準備もまだである。どうにか引っ張り出した鞄に、おくるみや着替えなどをつめこむ間、痛みはどんどん強くなる。ふうふうと荒い息をこぼし、スズ子は這うようにして電話口へと向かう。

「あいたたたたー！」とこらえきれずに叫ぶと、玄関の戸ががらりと開いた。誰！　と驚く間もなく、山下と坂口が飛び込んでくる。愛助危篤の知らせを聞いて、スズ子に知らせるべきかどうか悩んで、玄関前をうろうろしていたのだ。

しかし今は、それどころではない。

二人に支えられて病院に運び込まれたスズ子は、どんどん陣痛の間隔が短くなり、痛みが増すのをこらえながら、愛助の丹前を抱きしめた。あまりの痛さに、うっかり丹前を引きちぎってしまいそうである。やがて分娩室に運び込まれても、丹前を決して手放さなかった。

「い、いったー！　センセ、痛いわこれー、ほんまイタイ！　愛助さん、痛いでー！」

「いやいやでも上手だ上手だ」

「赤ちゃんもお母さんも上手よー」

「へ、下手でもええから早よ出てきて……！　ドワーッ、愛助さーん！　お、おかあちゃーん！」

「ほら、もう見えてる、見えてる！　こんにちは、赤ちゃん！」

やがて、ほぎゃあ、と声が聞こえた。スズ子の絶叫に、うずくまり頭を抱えているしかできなかった山下と坂口も、廊下でその声を聞いて、はっと顔をあげる。

「ボ、ボンに教えたらな！」

坂口は、公衆電話に走る。知ればきっと、愛助は元気になる。赤ちゃんを見れば、トミの気持ちだって変わる。坂口は慌てるあまり間違えそうになりながら、大阪の病院の番号を告げた。矢崎を呼び出し、興奮してろれつの回らない口でまくしたてる。

「う、生まれたわ！　まだ見てへんけどめっちゃくちゃかわいいわ。ワシにそっくりや！　ちゃうわ、ボンにそっくりや！」

――だが。

電話口から聞こえる、押し殺したような矢崎の声が、坂口を絶望へと突き落す。

子どもは、女の子だった。

赤ん坊というのは、いるだけで人の心を和ませ、笑顔にする。だが、山下と坂口だけは、うまく笑えずにいた。むしろ赤ん坊の健やかな寝顔を見るたび、泣きだしそうになってしまう。「早よ、お父ちゃんに名前決めてもらわなな」なんて言うスズ子の顔も、まっすぐ見ることができない。

それでも、黙っているわけにはいかないのだった。

愛助は、死んだ。スズ子が娘を生んだのと、同じ日に。

山下に告げられたそのときから、スズ子の視界から色が消えた。話しかけられる声も遠く、うまく聞きとれない。ぼおおおお、と船の汽笛のような耳鳴りが始終響いていて、スズ子は両耳をおさえた。――何も聞きたくない。見たくない。スズ子は、黙った。焦点の合わぬ目で、ぼんやり虚空を見つめ続けるスズ子を見て、山下と坂口は泣いた。けれどスズ子は、泣かなかった。ただ最後に箱根で別れたときの愛助の笑顔、抱きしめられたときのぬくもりを取り戻すように、じっと内側にこもり続ける。

食事も手につかず、みるみるうちにやつれていくスズ子を誰もがそっと見守るなか、やってきたのは矢崎だった。まだ話せる状態じゃない、と坂口が止めても、病室に入る。スズ子に、渡さねばならないものがあった。

「ボンから、福来さんに渡すように預かっていたものがあります。預金通帳です。ボンはずっと、お二人の結婚生活のために貯金をされていたようです。福来さんの名義になっています。それと……これはボンが最後に書いた福来さんへの手紙です」

目の前に置かれた通帳も手紙も、スズ子の視界には入らない。そっと頭を下げて、矢崎が出ていったことにも気づかず、ただひたすらぼんやりし続けた。

誰にも、どうすることもできなかった。それをよく理解している麻里は、スズ子を見舞おうとする羽鳥を止めていた。

「今はおやめになったら？　でも、きっとスズ子さんはあなたを必要とするときがくるわ。それまでは……」

何の力にもなれないのが悔しい。どうしてスズ子がこんな目に、と考えるだけでそれも悔しい。みんな、気持ちは同じだった。

「なんで……やろ……」

数日たって、ようやくスズ子の唇から漏れたのは、聞くだけで胸が締め付けられる、悲痛な声だった。

「ワテ……なんぞ悪い事でもしたんやろか。なんで……ワテの大切な人は早よういなくなってしまうんや。なんで……」

最初は、ツヤだった。次は、六郎。梅吉は生きているけど、ここにはいない。小夜も、遠くへ行ってしまった。そもそもスズ子は、生まれたときに、いちばん慈しんでくれるはずの母親から、捨てられた。そういう、運命なのかもしれない。大切な人はみんな、スズ子から離れていく。手の届かない場所へと行ってしまう。

「ワテも死にたい……」

坂口には、掛ける言葉もなかった。だが、

「ふ……福来さん。つらいんは……あんただけやおまへん」

歯を食いしばって、目を潤ませながら、山下はスズ子を真正面から見据える。

「ワシかて、坂口かて……矢崎も、何より社長は……。あ、あんな……あんなええ子が、なんでこんな早よ死ななあかんのや。もうワシ、悔しいて悔しいて……こんな悔しいことあらへん！　こうなったらボンのぶんまで、百歳まで生きたろ思いまっけど、ほんまにボンのぶんまで生きられるんは、福来さん……あんたしかおれへんのです。あんたは、ボンのぶんまで生きなあかんのです！　生きてください。頼んますわ！　ワシらができることはなんでもします！　何があってもあんたを支えますから！　次……次、死ぬ言うたらドつきまっせ！」

山下は、号泣していた。その隣で、坂口も嗚咽を漏らしている。

「山下さん……便所、行きましょ。顔、むちゃくちゃなってますわ」

「お前もや……！」

決壊したダムのように二人は涙をこぼしながら病室を出ていく。スズ子はしばらく二人のうしろ姿を見送ったあと、おそるおそる、手紙に手を伸ばした。

封をあけて、最初に出てきたのは箱根の湖畔で撮影した写真だった。スズ子も愛助も、まばゆい笑顔を浮かべている。胸が、えぐられるように痛い。便箋の、愛助が最後に力を振り絞って書いたのであろう、歪んだ文字を見たら、なおさら。

〈スズ子さん、僕はスズ子さんに出会えて本当に幸せやった。約束を守れなくて、本当に申し訳ない。ごめんなさい。生まれてくる子が男の子やったら、名前はカブトにしてください。僕みたいに弱い子になってほしないからその名前や。ほんでなカブト、お父ちゃんみたいに、お母ちゃんを泣かしたらあかんで。将来結婚するときは、お母ちゃんみたいな人を選ぶんやで。生まれてくるんが女の子やったら、名前は愛子にしてください。ごめんな。僕の字をつけたわ。愛助の愛は、愛に溢れた子ぉになるようにつけてもろた字や。僕がそうなれたかはわからんけど、その子にはそうなってほしいねん。そんでな愛子、お母ちゃんと友達になったってください。お母ちゃん、歌はうまいけど寂しがりやから。そんでな、将来お前が誰かと結婚するときは、身体の丈夫な、お前より一日でも長く生きてくれる人を選ぶんやで。〉

スズ子の目に、涙が浮かんだ。とじこめていた感情が、一気に押し寄せてくる。

〈そしてスズ子さん、ほんまにごめんなさい。赤ちゃんに会いたかったなあ。かわいいんやろうなあ。くやしいなあ。せやけど、いちばん悔しいのは、もう二度とスズ子さんの歌を聞けへんことや。ちゃうわ。スズ子さんを抱きしめられんことや。抱きしめてもらえんことや。スズ子さん、つらいことがあったら歌ってください。そして今、スズ子さんの横でかわいい顔してる赤ちゃんを見てください。その子は僕らの宝物や。きっと、その子と一緒なら何があっても生きていけるはずや。ほんまに、ごめんなさい。〉

あいすけさん、とスズ子はつぶやいた。愛助さん、愛助さん、愛助さん。名前を呼べば呼ぶほど、涙が溢れ出る。次にスズ子は、あいこ、と呼んだ。愛助さんの字をもらった、愛(いと)しい子。誰よりも大切な二人の宝物。

「愛子ぉ、愛助さん……愛子ぉー！　愛助さーん！」

泣きじゃくりながらベッドを降りて、廊下に出るより先にドアが開いた。愛子を抱いた東が、スズ子にそのあどけない顔を見せてくれる。ほぎゃあ、ほぎゃあ、と泣きながら愛子がスズ子を呼んでいる。

「愛子！　愛子、ごめん！　寂しい思いさせてごめんやで！」

愛子を受けとり、泣きながら頬ずりをする。東のうしろから顔を覗かせた山下と坂口が、せっかく止めた涙を、またこぼしそうになっている。

「ごめんなさい。ごめんなさい。お二人かて愛助さんが死んでつらかったのに……ワテだけこんなんなって……。ワテは……ワテはこの子と強う生きていきます。まだまだ泣いてしまいます。泣いてしまいますけど……これからも面倒見たってください！」

スズ子につられて、愛子もぎゃんぎゃんと泣き始める。スズ子は、やわらかい身体をつぶしてしまわないよう、けれど愛を込めて、できうる限りの力で抱きしめた。

「愛子、お母ちゃんな、あんたと一緒に生きるで。せやから今は泣き。思いきり泣き！　これ以上つらいことはもうない。おっきな声で泣き！　お母ちゃんも泣く！」

愛子は泣く。スズ子も、泣く。腹の底からこみあげる悲しみが、愛助への想いが命のかたまりとなって、スズ子を生かす。そうして失われた色と音が、スズ子の世界に戻ってくる。

――その晩、スズ子は夢を見た。

スズ子は三鷹の家で愛助と愛子の三人で暮らしていた。

朝食の味噌汁を作っていると、愛子がゆりかごのなかでぐずり始める。スズ子の手をわずらわせないようにと、自分でネクタイを締めようとしていた愛助が、慌てた様子で飛んでくる。ネクタイはいまだにうまく扱えないけれど、愛子を抱くのは手慣れたものだ。お腹がすいたのだろう、なかなか泣きやまない愛子を受け取る前に、スズ子は愛助のネクタイを締めた。どんなに慌ただしくても、それはスズ子の役目だ。

愛子を抱いて、仕事に出る愛助を見送る。お早ようおかえり。いってきます。他愛もない挨拶をかわして、微笑みあう。そんな、切なくなるほど幸せな夢だった。

第19章 東京ブギウギ

三か月がたった。愛子のほっぺは日に日にまるくなり、近づくとお乳の匂いがして、スズ子はその顔を見るたび、抱くたび、胸がいっぱいになる。けれど、愛助の遺影に手を合わせ、愛子の様子を話しかけても返事のない家の静けさに、言いようのない虚しさを覚えるのも止められなかった。時計みたいに三時間ぴったりでお腹をすかせて泣く愛子の存在がなかったら、ずっと、遺影の前で打ちひしがれていたかもしれない。

そんなスズ子に、山下が新しい仕事をもってきた。山下はスズ子を「スズさん」と呼ぶようになっていた。他人行儀だからと自分から言い出したことなのに、呼ぶのは照れるようで少しにやにやしている。

「スズさん、今日は折り入って仕事の話です。ワシはスズさんと愛子ちゃんを一生面倒見ていくとボンに誓いました。せやから愛子ちゃんのミルク代のこともそろそろ考えていかなあきまへん。それに……スズさんの歌を待ってはる人もぎょうさんいてはります」

「それはありがたいことでっけど……」

「まだ、歌う気になれませんか」

「気になれんとかそういうわけやないんでっけど、愛子のことでバタバタしてますし……」

スズ子のいちばんの観客は自分だと豪語していた愛助が、いつだって福来スズ子に夢を見てくれていた最愛の人が、失われてしまった日常で以前と同じように歌えるものか自信がない。

愛子は夜泣きが多かった。お乳をあげても、オシメを替えても、何が悲しいのか、ふにゃあふぎゃあとぐずり続ける。抱っこして揺らしてもやむ様子のない愛子の泣き声を、静まり返った広い家でひとり聞いていると、スズ子もまた泣きそうになってしまう。

愛子がおとなしく寝ているときでも、どうしようもなく涙がこみあげてくるときがある。一粒でも涙がこぼれてしまったらもうだめで、続いて溢れ出るそれをスズ子は止めることができない。そんなスズ子を、遺影の愛助が見守るように微笑んでいて、「ちゃうで、愛助さん。ちゃうんや」と言い訳するも、その名を口にするだけで涙はさらにこぼれるのだった。

そんなある日、坂口がやや憂鬱な知らせをもってきた。トミがスズ子に会いたがっているから会社に来てくれというのだ。愛助が死んだのはスズ子のせいだ、とまた責められてしまうのだろうか。それとも愛子のことで、何か話があるのだろうか。断れるはずもなかったが、できることなら行きたくなくて、約束の日の朝、支度する手ものろくなる。

それでも、いざ出陣と気合いを入れたところで来客があった。矢崎と坂口を引き連れ、トミみずから訪ねてきたのである。愛子を抱いて玄関で迎えると、トミは意外なほど破顔した。

「ええ子やなあ。おばあちゃんやで」

貸して、と言われるまま愛子を預けると、さらに頬をゆるめて愛子をあやす。だがすぐに、ぴしっと背を伸ばして坂口たちを睨みつけた。

「見てみぃ、母親いうんはあんたらなんぞよりよっぽど忙しいんや。……すんまへんな、突然に。ワテから訪ねさせていただきます言うたのに、このアンポンタン二人があんさんを会社まで呼び出したみたいで。ああ、よう泣いとる。ええ子や、ええ子や」

「こちらこそすんまへん、わざわざ……。あの、オッパイかもしれまへんわ」

「ほんならあんたらは表で待っとり」

トミは遠慮なく坂口たちを家から追い出す。スズ子はトミを家にあげると、居間で乳をあげたあと、おとなしくなった愛子をゆりかごに寝かせた。お腹が膨れて満足したのか、もうまぶたが落ちかけている。

「愛助と同じ顔して寝てるわ。……つらかったやろ」

愛子を見つめながらのトミの言葉が、自分に向けられたものだと最初、スズ子は気づかなかった。なんと返していいかわからず動揺するスズ子に、トミは続ける。

「何から話したらええんか……。まずは、この子を父無し子にしてしもうてほんまに申し訳ない思うてます。あんさんの事情は山下から聞きました。結婚を許さんかったワテのことをさぞや恨んではりますやろ」

深々と頭を下げるトミに、スズ子は恐縮するばかりである。

「ワテは、ただただ愛助さんと結婚したいいうのと、この子を父無し子にしとうないいう思いだけで……。ええ人ぶるわけやおまへんけど、恨むとか思いもしませんでしたわ。ようわからん怒りはありましたけど、それは誰にいうわけでもありませんし、それどころやないんが正直なとこで。ワテはええ両親にもらわれましたけど、それでもほんまの親子やないって知ったときはだいぶショックやったんです。父も母も、弟も大好きな家族やったから。愛子には、そういう悲しい思いや寂しい思いをちょっともさせとうないんです」

「ご両親は、ええ家族を作りはったんやな。……ワテは、間違うてたんやろか」

それは、初めて聞くトミの弱気な言葉だった。

「愛助が死んでから、それぼっかり考えてますのや。ワテは、村山興業いうんは一つの家族や思うてやってきました。せやからあんさんにも村山の家族になってほしかったんです」

「ワテはそのつもりで」と言いかけたスズ子を、トミは首を振って止める。

「家族ちゅうもんは、力を合わせて生きていかなあかんのとちゃいますのんか？　ワテは貧乏な家に生まれて、家族を養うために奉公に出て……先代の社長、旦那はんと出会って夫婦になって、二人で一生懸命頑張って村山をここまでしてきましたんや。力を合わせて同じ夢を見て、子どもや芸人らも同じ夢を見て、頑張ってきましたんや。それがええ夫婦、ええ家族や思うてましたし、それしか知りまへん。……せやけど、愛助はちゃいました。あの子は最後まであんさんと夫婦になる言うて死んでいきました。ワテは、最後まで許さなんだ……」

「お母さんは、間違うてないと思います」とスズ子はきっぱりと言った。

「愛助さんも間違いやない思います。家族や夫婦に、間違いも何もあらしまへん。そんなんあったら……ワテのお父ちゃんやお母ちゃんも大間違いになってしまいますわ」

トミは何かを言いかけて、口をつぐんだ。そしてやがて、言葉を探るように言う。

「こんなん言えた義理やないし、恥を忍んで言いまっけど……この子を引き取らせてもらえまへんやろか。この子は、愛助の子や。ワテの最後のわがままや思うて、聞いてもらえまへんやろか。大切に育てますよってに」

トミのまっすぐなまなざしが、スズ子のそれと交錯する。スズ子に、迷いはなかった。

「それは、お断りします。愛子はワテが育てます」

トミは、ふっと息が抜けるように笑った。

「そう言ようと思いましたわ。せやけど、男親なしで育てるのは、並みたいていやないで。ワテも旦那を早ように亡くしましたけど、世間の目は冷たい。ワテはなにくそ思うて立ち向かっていきましたけど、あんさんは……ワテ以上に向かっていきそうやな」

「そんなことあらしまへん。もうとっくに大変で、毎日泣いてますわ。せやけど……もしも、もうアカン思うたらどうか助けてください」

「当たり前や。孫やで。それにあんたと私は、同じ男をとことん愛した仲や。……ちょっと柄やなかったな。愛助、照れてるわ」

トミは、愛助の遺影に目をやると照れくさそうに笑った。

「また、歌とてくださいねえ。言われんかて歌わはると思いまっけど、あんさんの歌を愛助は天国で楽しみにしてると思いますわ。それにな、ほんまはワテもあんさんのファンやねん」

思いがけない言葉に目を丸くしたスズ子に、トミはからかうような表情を浮かべる。

「あくまで歌やで。……ほな、愛ちゃん。またな。いつでもおばあちゃんとこ来るんやでぇ」

そう言って、愛子の頬をちょんとつつくと、トミは出ていった。

本当は、愛助が生きているうちにこんなふうに笑い合いたかった。だけど、未練ばかり抱えていてもしかたがない。スズ子は、愛子の生きる未来をともに歩んでいかねばならない。いつまでもめそめそしてはいられないのだ。

「ワテ、そろそろ歌わなな」

そう言うと、写真の愛助が目尻に皺を寄せて笑った気がした。


スズ子が最初にしたのは、羽鳥を訪ねることだった。

「ワテに、新曲を作っていただけないでしょうか」

スズ子から、そんな申し出をするのは初めてで、さすがの羽鳥も驚きを隠せない。

「厚かましいお願いで申し訳ありません。ワテは、いつもセンセの歌に助けられてきました。東京出てきてすぐもそうでっけど、楽劇団やめるやめんいうときや、弟が戦争で死んでしもうたときも、センセの歌を歌うことで乗り越えてきました。せやからセンセ……もう一度、ワテを助けてください。ワテは今、ようやくまた歌いたいいう気持ちになってきたんです」

羽鳥が断るはずもなかった。一世一代の大仕事になりそうだね、と茶化(ちゃか)しながら内心で、麻里の言葉を思い出していた。スズ子が羽鳥を必要にするときはきっとくる。そのときまで待てと言われたとおりになった。

よかった。スズ子が絶望を乗り越え、また歌に戻ってきてくれて、本当に。その想いは、麻里も同じである。麻里はスズ子を案じ、なにくれと支えになろうとしていた。スズ子はなんでもかんでも一人で頑張りすぎるところがある。ちゃんと寝られているだろうか。大丈夫と笑っていたし、困ったときは頼らせてくださいと言ってはいたが、そもそも、誰かに頼るということを不得手にする子である。

麻里の心配は的中し、それから数日もしないうちに、病院から連絡があった。夜中に愛子が高熱を出し、スズ子が血相を変えて飛び込んできたというのだ。朝まで待てず、麻里もすぐさま駆けつけた。風邪が治ったばかりのイネコが愛子にべたべた触ったのもよくなかったのだろう。申し訳ない気持ちになりながら、まったく心配はないという村西の言葉にスズ子とともに安堵する。

「大丈夫、お母さんのオッパイから栄養たっぷりもらってますから。赤ちゃんは平熱も高いし、体温調節もまだまだ下手っぴだから。でも、不安に思ったらこうしてすぐ来てくれることが肝心です」

「せやけど、あんまりびっくりさせんといてな……死ぬかと思たわ」

青白い顔で愛子に語りかけるスズ子を見て、麻里は、こっちのほうが重症だと判断した。今はまだ大丈夫かもしれない。けれどこのままではきっと、早晩、スズ子が倒れてしまう。


また熱があがるのではないかと気が気じゃなくて、スズ子は家に帰ってもろくに寝られなかった。麻里が手伝いに来てくれる、と言っていたので、朝食の準備をしながら、愛子の様子を見守る。やってきた麻里は、働きづめのスズ子を見て、眉をつりあげた。

「今日のあなたの仕事は休むこと。もうここは私に任せて。粉ミルクも持ってきてるから」

そう言って、スズ子を居間から追い出す。しかたなくスズ子は寝室の布団に横になった。ふぎゃあ、と愛子が泣く声が遠くで聞こえるが、すぐに小さくなって、きゃっきゃと笑う声すら聞こえてくる。さすが、麻里だ。安堵すると、とたんに体の力が抜けた。何も気にせず横になるなんて、いったいいつぶりだろう。愛子が生まれてからはもちろんのこと、妊娠中は大きなお腹を抱えて寝苦しい夜も多かったし、愛助が倒れてからは、いつ病院から連絡がくるかもしれないと気が気じゃなかった。舞台に立つから、むりやりにでも体を休めていただけで、本当の意味で「休む」ということは長らくしていなかった気がする。

スズ子はそのまま、眠りに落ちた。夢も、見た。実家で飼っていたカメを捨てるか捨てないかでトミとツヤが大喧嘩する夢だ。風呂屋の常連客はみんな大笑いして、収拾がつかなくなるという妙な夢。腹の底から笑える映画を一本観たあとのような心地でスズ子は目覚めた。出汁のいい香りが寝室にまで漂ってきている。そっと起きだし、台所へ向かう。ことことと鍋を火にかける音がする横で、包丁で野菜を刻んでいる麻里のうしろ姿をじっと眺める。

麻里の作ってくれた夕食を一緒に食べながら、スズ子は気恥ずかしそうに言った。

「台所に立ってはる麻里さんが、なぜかお母ちゃんに見えたんです。ワテ、お母ちゃんが風呂屋の番台におる姿しか覚えてへんのに。夢に出てきたからやろか。麻里さんがいてくれはってほんまに心強いです。ありがとうございます」

「ほんと無理しちゃダメよ。一人でなんてできっこないわ。遠慮しちゃうだろうけど、いつでも私を頼ってちょうだい。あなた、何も言わないから、私、毎週曜日を決めて勝手に来てしまうわよ。羽鳥も必死になってるわ。あなたからリクエストされた曲、毎日ウンウン唸ってる。あんな姿、初めて見るわよ」

羽鳥はこんなことを言っていたという。

「今まではこう、パーッと目の前に音符が広がってきたんだけどねえ。あんなふうに人からお願いされて曲を作るなんて思いもしなかったもんだからね。ましてその相手が福来くんだ。今、どんなものを歌えば彼女は最高に輝いてくれるのか……」と。

スズ子は、なんだか申し訳なくなる。

「羨ましくなっちゃった。だってあの人、私には一曲も作ってくれたことないのよ。そりゃ私は音楽なんか興味もないけど……でもねえ？」

「ええやないですか。次は麻里さんのためにもとびきりな曲を作ってもらいまひょ。せやけど、センセほんまに働きすぎて倒れてしまうかもしれまへんね」

「本望なんじゃない。あなたのために曲作りできることが何よりの喜びなんだから。あ、ダメね、こんなこと言っちゃ」

ああそうか、こんなふうにカラッとしているところも、ツヤに重ねていたのかもしれないとスズ子は思う。けれど麻里はツヤじゃない。麻里にしかできない優しさで懸命に支えようとしてくれているのが嬉しく、あたたかいごはんとともに心がほぐされていく。

麻里が帰ったあと、スズ子は愛子を抱いて散歩に出た。月を見上げて歩くことも、夜風の匂いを感じることも、ずっと忘れていた。愛子をあやしながら、スズ子は自然と歌いだす。それは、ツヤが教えてくれた子守歌。ああ歌いたいなあ、と心から思う。

「ごめんこうむる！　新聞の集金半年分です！」

男が叫んで、スズ子の家の玄関の戸ががらりと開けた。ちょうど、本物の新聞配達人に集金の支払いをしていたスズ子は、口をへの字に曲げる。

「あいっかわらず間ぁ悪いし、しょーもない冗談言うなぁ」

たはは、と笑ったのは梅吉であった。久方ぶりの再会だというのに感動の欠片もない。

「スズ子やないか！　生きてたんか！　知っとったけどな！　わーお、スズ子やぁ！」

気をとりなおして腕の中の愛子ごとスズ子に抱きつく。その大声と突然近づいてきた見知らぬ男に、愛子が泣きだした。しかし、めげない。それが梅吉である。

「おお、君が噂の愛子ちゃんかぁ。えらいべっぴんやがな！　スズ子、ややこの面倒はお父ちゃんに任せて、お前はゆっくりしとれ」

気持ちは嬉しいが、まったく休める気がしないスズ子である。

だがさすがに、抱っこは堂に入ったものだった。二人育てただけのことはある。これなら任せられるかと、台所に入ったスズ子だったが、

「よう泣くなぁ。おじいちゃんやで。嬉しいんか？　嬉しいんやな、わかるでえ。あ、なんや。おしっこや！　スズ子、おしっこしたで。オシメ！　オシメどこや、スズ子ー！」

と騒がしい。スズ子は深々と息を吐いた。

「もうええわ、お父ちゃん、料理してんか！」

「そっちのほうが得意やがな！」

そう言って、梅吉は手早く焼き魚と味噌汁、野菜の和え物を作ってくれた。懐かしい、と素直に浸ることができないのは、一口食べるか食べないかというタイミングで「うまいやろ？　な、うまいやろ？」と梅吉がうるさいからである。

「思い出したわ、お父ちゃんの恩着せ。ほんま疲れるわー」

「何言うねん。ほら愛子も食べ」

「まだ無理や！」

「アホ、お食い初めやんなあ。お魚にチューや。はい、チュ。スズ子、お前にもしたったやろ。一生食いっぱぐれんようにいうて。そのとおりになったがな」

「……覚えてへんわ」

「ほら、チューや、チュー」

「ふにゃあああ」

「もうええ！」

「何カリカリしとんねん。子育ては優雅にのんびりやらなあかんねやで。お父ちゃんかてツヤちゃんかて、お前と六郎をそないして育てたんや」

「お父ちゃんがおると、カリカリすんねん」

「イヤやなあ。お母ちゃん、カリカリしてなあ」

スズ子の渡した離乳食を食べさせながら、梅吉はどこ吹く風だ。あまりに昔どおりで拍子抜けするやら、なんだかホッとするやら、スズ子の感情が追いつかない。スズ子だって本当は、無事でよかったと喜びたかったのに、再会してからずっと文句ばかり言っている。

食事を終えて、愛子をゆりかごに寝かせた梅吉が、ふんふんとでたらめな調子で歌う子守歌は、ツヤが歌ってくれたもの――を我流でアレンジしたものだった。やっぱりお父ちゃんはお父ちゃんやな、ワテを育ててくれたんやなと、少しのこそばゆさを抱えながら風呂に入る。カラスの行水をせずに済んだのは久しぶりだった。

「ほんまスズ子によう似てるわ」と、風呂から出てもまだ梅吉は愛子を眺めていた。

「ゆっくりでけたやろ？　お父ちゃん、来てよかったやろ？」

「せやからそれが疲れるねん」

「それより一杯飲もや。香川の酒、持ってきたったで」

「アホ。まだオッパイ飲むこともあるのに、ワテ、飲まへんわ」

「一杯くらいええやろ。せやからもっと気楽にせなあかんで。こうしてお前と飲むんは、香川に帰る前以来やなあ」

スズ子を無視して、梅吉はグラスになみなみと酒を注ぐ。同じ透明でも水を飲むしかないスズ子は、おいしそうに飲む梅吉がうらめしい。

「あの屋台のバカオヤジ、元気なんか？　下宿のおばはんとデクの坊みたいなおっさんはどないしてるんや？」

「屋台のおっちゃんは戦争中にお店しめてもうたわ。チズさんや吾郎さんも行方知らずや」

「そうか。ま、みんな大変やったからなあ……。こうして孫と娘の顔見て酒飲めるワシはそれだけで幸せ者やな」

「そやで。こんなかわいい孫見せて、ワテ、日本一の孝行娘やろ」

「そやなあ。せやけど……孫より我が子のほうがどうでもかわいいけどな。親っちゅうんはそういうもんやねん」

しんみりする梅吉に、思い出したのはトミの顔だった。いくら愛子のことがかわいくても、きっと愛助の代わりにはならない。

「スズ子、大丈夫なんか？　つらかったやろ。ワシもな、ごっついつらかったわぁ。今でも、なたまーに、あ、ツヤちゃん、おらんのか……て思うことあるねん。立ちなおれんで、愛する者を早よう亡くすちゅうんは。ほんま……ほんま、かわいそうやな、ワシ……」

「自分かいな」

「ちゃ、ちゃうわ。互いに……早ように女房亡くした者同士、支え合おうちゅうこっちゃ」

「はいはい。ワテは旦那はんやけどな。で、お父ちゃんはどないやねん、向こうで。カメラ屋やってんねやろ。繁盛してるん？」

「カメラ屋言うな。写真館や。ごっつい繁盛しとるでぇ！　水着のオナゴ……ンンッ、なんでもないわ。お父ちゃんな、子どもの写真を撮るのんがうまいんやで。七五三の時期は大繁盛や。そうや、写真撮ったろ思うてカメラ持ってきたんや。ほれ、親子で撮ったるがな。そいつも入れたろ。幽霊写るかもしれへんでぇ」

梅吉は鞄からカメラを取り出し、愛助の遺影の前にスズ子と愛子を連れて行く。幽霊でもいいから写ってくれたらどれほど嬉しいだろう。

「笑え笑え。愛子ちゃんも笑わなあかんがな」

「無理やろ」

「歌うたうときみたいな笑顔せんかい。おう、そういうたら次はいつ歌うねん、香川の親戚連中も待ってんねやで」

「お父ちゃんには聞かせんわ！」

言われるままにスズ子はむりやり笑った。腹が立つけど、こういう梅吉とのやりとりに、否が応でも元気を引き出されてしまうのだ。来てくれてよかったかもしれないな、とうっすら、本当にうっすら、スズ子は思いかけていた。

それなのに、翌朝、梅吉は熱を出して寝込んでしまった。はしゃぎすぎての知恵熱である。

「愛子にうつったらかなわんから、熱下がったら香川帰ってや」

すまんのう、スズ子ぉ、とくりかえす梅吉の額に濡らした手拭いを置く。まったく、どうしようもない。けっきょく、スズ子の家で過ごした数日間のほとんどを、梅吉は布団で寝ていた。帰り際、祝儀と言って金をにぎらせてくれたのが唯一、親らしいふるまいだったかもしれない。いつでも香川に遊びに来い、と言って嵐のように去っていく。名残惜しさはまったくないが、不思議とスズ子の心には新しい風が吹き抜けていた。


愛助がいなくなってからというもの、次から次へと客が訪れる。

「福来くん！　福来くん、おーい！」と玄関をどんどんたたくのは羽鳥だった。いったい何事かと玄関に回るより先に、勝手口から入ってきたらしい羽鳥が庭に現れる。そして、

「これが、君の歌だ！」

差し出されたのは楽譜ではなく、レストランや喫茶店で見る小さなナプキンだった。そこにびっしりと、楽譜が書き込まれている。

何日も部屋にこもってスズ子との思い出をふりかえっても、何も思いつくことのできなかった羽鳥は、気分転換に外へ出て気がついた。列車に乗り込む満員の乗客たちは、みんなうつろで疲れたような目をしている。再起しなくてはならないのは、スズ子だけではない。この国全体に力

を取り戻すために、今、新しい音楽が必要なのだと。

揺れる列車の振動がブギのリズムに聞こえてきて、いてもたってもいられず、羽鳥は次の駅で降りて近くの喫茶店に駆け込んだ。注文するのも忘れて、ナプキンに頭の中で鳴り響く音楽を書き込んだのだ。

「まだメロディだけで申し訳ないが、読めないことはないだろう。すっごいのができてしまったよ！　いいかい、これは福来くんの復興ソングであると同時に、日本の復興ソングでもあるんだ。それじゃ、僕は今から作詞家を探す。これは藤村じゃないよねえ。だろ？　誰かなあ？　あー、もう僕は一刻も早くこの歌を聴きたいよ！　じゃ、失敬！」

と、何やら不思議なメロディを口ずさんで、体を揺らしながらあっという間に去っていく。梅吉とはまた違うタイプの勝手さだな、と呆れながらスズ子はナプキンの崩れた文字を見つめた。汚い字で書かれたタイトルは。

「東京……ボキボキ……？」

『東京ブギウギ』である。

「これは……いいですよ。キます、絶対にキます！」

正式に書き起こした譜面を読んで、コロンコロンレコードの佐原が、前のめりになった。

「目に浮かびますわ。スズさん、ごっつい踊りますでぇ！」と山下も高揚している。

「だろ。それに鈴木ちゃんのこの詞はどうだい！　やっこさん、僕の曲を聞いて十分で詞を書きやがったんだ。まったくこのいい加減な野郎はって思ったけど、最高にイカしてるよ。早く福来くんに見せたいよ。一刻も早く世に出そうじゃないか！」

「どのタイミングで出すか……舞台なのかレコードか」

「そこは君の腕の見せどころじゃない。でも、まずは大勢の人が一気に聴けるレコードを出してみて、それから舞台にかけたらどうだい」

「レコード出すんやったら……素人考えで申し訳ないんでっけど、レコーディングにＧＩ（アメリカ陸軍兵）を呼んだらどうでっしゃろ？」

「はぁ？　何を言ってるんですか。なんでわざわざ。意味がわからないですよ」

佐原は眉をひそめたが、羽鳥は何かひらめいたように、顔を輝かせた。

「いや……山下さん、それはグッドアイデアですよ！」

「いけますか？　いや、あいつらこういう感じの音楽好きやないかと」

「ブギはもともと向こうの音楽なんだし、連中は気に入ればすぐに踊り出す。いい試金石にもなるよ。それにこの復興ソングをぜひ彼らにも聴いてもらいいたねえ、僕は！」

「うーん……でも上がなんて言うかなあ。そんなことした前例ないしなあ」

「おいおい、何をつまらないこと言ってるんだよ。日本のブギってものを連中に見せつけてやろうじゃないか！」

その思いつきはすぐにスズ子にも伝えられた。

「えー、アメリカさんの前で歌うんでっか！」

ナプキンの楽譜を読み解いたその瞬間から、スズ子は『東京ボキボキ』ならぬ『東京ブギウギ』の虜（とりこ）だった。毎日、気づいたら口ずさんでいる。だからこそ、不安も募る。

「ただでさえ久しぶりの歌やし、外国人がぎょうさん見てる前で歌うたこともありませんし……

なんや妙な感じですやん」

「何を言うてるんですか、スズさんらしゅうもない。妙なことばかりしてきたでしょうが！」

「そうだよ！　それに、君なら絶対に連中に喜ばれると思うな。どっちかっていうと、君は向こうっぽいよ。奴らが喜べば『東京ブギウギ』は大成功なんだ。いっちょ連中をびっくりさせてやってくれよ。そうだ、ようやく詞もできたんだ。まあ見てよ。鈴木ちゃんは知ってるだろ、あのベレー帽の眼鏡。奴が面白い詞を書いてくれたんだよ、思わずスイングしちゃったよ、僕は」

「……東京ブギウギ、リズムウキウキ、心……ズキズキワクワク……」

ズキズキワクワクって、なんだ。聞いたこともない。だけど不思議と、心をつかまれる音だ。思わず、口ずさみたくなってしまう。

「そうだよ、ズキズキワクワクだよ！　いい響きだろ。ドキドキじゃない、ズキズキなんだよ。ズキズキワクワク！」

スズ子は想像した。米兵に囲まれながらこの歌詞を、リズムを、歌い上げて踊る自分を。悪くない、どころか、すごくいい気がした。山下や羽鳥のようにはしゃぐことはできないけれど、胸の奥底で、噴火する寸前の火山みたいに何かが爆発しそうな予感がある。


レコーディングには、十人以上の米兵が集まった。みんな、背が高くて体格もよく、ちょっとした迫力である。しかも誰もかれも、にこりともしない。久しぶりの緊張感に身をゆだねていたスズ子は、やや気圧されながらマイクの前に立つ。羽鳥は、まるで気にする様子がない。彼らを圧倒するほど素晴らしい音楽が今から生まれることを確信しているからだ。

「奴らを驚かせてやろう。頼んだよ」

そう言って、羽鳥は指揮台に立つ。人の気も知らないで、とうらめしく思うが、マイクの前に立てばそこにいるのは愛子の世話に追われる母ではなく、スイングの女王・福来スズ子だ。「兵隊さんたちも、楽しんで！」と手を振って、無反応を示されるのにはさすがに気が削がれるけども、考えてみればスズ子はいつだって、こういう客たちを巻き込み、虜にしてきたのだった。

羽鳥が指揮棒を振り、楽団の演奏が始まる。そのリズムに、米兵たちが少しだけ興味を引かれた表情になる。スズ子が、踊りだす。そして、歌いだす。軽妙で躍動感のあるそのリズムに、少しずつ米兵たちも身体を揺らし始めた。ぴゅうっと、口笛の音が聴こえて、スズ子は応えるように足を踏み鳴らす。

歌いながらスズ子は思った。音楽は海を渡り、異国の人同士を、見知らぬ誰かと誰かを結びつける。その証拠に、あんなに斜に構えていた米兵たちが、故郷に帰ったかのように生き生きと踊り、浮かれた笑みをこぼしている。歌は、希望だ。そしてその希望がきっと、これからの時代を生きる人々の心を照らすのだ。


『福来スズ子ワンマンショー』をやろう、と佐原が言った。レコード発売から間を置かず盛り上げることで日本中を席捲（せっけん）しようと。すでに、日帝劇場の空きを見つけて押さえているという。問題は、スズ子だ。

「もちろんワテは一も二もなくやりたいでっけど、舞台となると当然お稽古がありますやろ。そうなると愛子をどないしようかと……」

山下はオシメを替えるので精一杯。子守を雇うという選択肢もあるが、見知らぬ人に預けられっぱなしでは、愛子が寂しがるかもしれない。かといって、麻里にはこれ以上の迷惑をかけたくなかった。何よりスズ子は、できる限り自分で愛子の世話をしたいのだ。どれだけ大切な仕事を前にしても、愛子と離れるなんて考えられない。

そうなると、稽古場に愛子を連れて行くしか方法はないのだった。前例のないことだからと佐原は渋い顔をしていたが、けっきょくは折れた。彼もまた、スズ子のワンマンショーを諦める気など毛頭ないのだから、しかたがない。

「すんまへんな、ワガママ言うて」

銀座のガード下を通り抜けながらスズ子が頭を下げると、山下が首を振った。

「気持ちはようわかります。愛子ちゃんに一時も寂しい思いさせたないいうんも、いろいろあったスズさんならそらそやろなあ思いますわ。やるだけやってみまひょ！　ワシ、オシメ替えるん以外もいろいろできるようになってまんねんで。いないいないばあできまんがな！」

「そらすごい！」

そんな二人の前を横切る影があった。米兵相手に仕事する靴磨きの少年である。

「シュー、シャイン！　おばさん、お金持ってるでしょ。いい靴はいてるもん！　磨いてよ」

スズ子の靴は、磨く必要もないくらいシャイン、ピカピカ光っている。だが、薄汚れたぼろぼろの服を身にまとう少年を見て、スズ子は足を差し出した。

「そしたらお願いするわ。ボクは今、いくつなん？」

「俺？　八歳だよ」

「八歳いうたら小学二年生？」

「さぁ、知らねえ。学校は行ってないから。行きたくもねえし！　おばさんは何してる人なの？

こんな靴はいてる女の人はここいらじゃ珍しいよ」

「おばちゃんはな……歌手や」

「へぇ～、すごいね。なんか歌ってよ」

「うーん、タダでは歌われへんなあ」

「へん。別に聴きたかねえけど。はい、いっちょあがり！　六円！」

「ピカピカや！　十円でお釣りある？」

スズ子の取り出した十円札をすばやく手にすると、少年はにやりと笑った。

「釣りはねえなあ。かわりに今度サービスするよ。じゃあね！」

少年は、逃げるように駆けだした。「ちゃっかりしたガキや」と山下は呆れるが、スズ子は責める気になれない。八歳には見えないほど大人びた顔つき。戦禍（せんか）を生き延び、こうして幼いながらに働く子どもたちは、みんな実年齢よりしっかりしている。

「大変なんやろなあ。……頑張るんやで！」

少年は遠くで、親指を立てた。自然と、愛子を抱く手に力が入る。

稽古が始まった。佐原の不安は的中し、しょっちゅう愛子が泣いて、オシメやらお乳やらでスズ子が抜けるものだから、現場の不満が募っていく。陰口をたたかれている場に遭遇するのも、一度や二度ではなかった。

「稽古場に赤ちゃん連れてくるなんてどうかしてるよ」

「まったく。わきまえてほしいですよ」

「自分勝手なんだよ、スターさんは」

やはり子守を雇ってはどうか、麻里に頼んではどうかと、改めて提案される。けれどスズ子は、申し訳ないと思いながらも譲れなかった。

「ワテにとってもこのショーは……『東京ブギウギ』は特別な歌です。ワテがこの子と新たな一歩を踏み出すために羽鳥センセに作っていただいた歌です。もちろんワテだけの歌やおまへんのは重々承知しています。日本中みんなの歌やと思うてますし、当然そのつもりで歌います。せやけど……ワテにとってはこの子と生きていくいう決意表明の歌でもあるんです」

気持ちは、わかる。だけどこのままでは、ショーの成功どころか、まともに開催することすらかなわないかもしれない。どうしたものかと、みんなが頭を抱えていたとき、救いの手は意外なところから現れた。

「ちょっとあんたたちなんなのよ。さっきから聞いてれば、大の大人が雁首(がんくび)そろえて赤ちゃん一人にみっともない。みんなで面倒見ればいいじゃない」

茨田(いばらだ)りつ子だ。

「ほら、誰か手ぇ空いてるでしょ。あなたも、あなたも。ほら。あ、ダメ？　そ。じゃあたしが抱っこしてるから歌ってなさい。公演中も私が面倒みてあげる」

「茨田さんにそんなことさせられないです。いいですいいです、私が抱っこしてますから！」

慌てる小島を、りつ子は睨みつけた。

「ほら、手空いてるじゃない。でもいいわよ。ちょうど今は休みですから。私は麻里さんみたいに家事育児があるわけでもないから、いくらでも融通がききます」

スズ子は、深々と頭を下げた。りつ子なら、安心して愛子を預けられる。

「感謝しなさい。青森の人間は情が深いのよ。ねえ、愛子ちゃん。ああ、めんこい子だあ。めんこいめんこい」

「あ、泣きやむまではワテが……」

「大丈夫だぁ。泣き疲れれば寝る」

地元青森の言葉であやすその声は、いつもよりうんと優しかった。さっさと歌え、とばかりに背を向け稽古場を出ていくりつ子の背中に、スズ子は頭を下げずにいられない。

そうしてようやく、本格的な稽古が始まった。漏れ聞こえてくる音楽とスズ子の声を聴きながら、りつ子は誰にも見せたことのない穏やかな表情で、愛子に語りかける。

「ほんとによく泣く子だっきゃ。ヤマンバに食わせっどぉ……」

子どもを生んだきりろくに世話もせず、捨てたも同然のりつ子にとって、稽古場に連れてでも育て上げようとするスズ子の姿はまぶしく、手を差し伸べずにいられなかった。たいした人だ、とリズムに合わせて愛子を揺らしながら、りつ子は微笑む。


そうして迎えた昭和二十三年の一月。『福来スズ子ワンマンショー』は無事に開催される運びとなった。長いつけまつ毛を乗せて、入念にメイクをしたスズ子が「ほな、愛子、お母ちゃん行ってくるで！」とゆりかごを覗き込むと、愛子がびっくりしたように泣いた。

「お母ちゃん、もう誰だかわからないよね〜。そんなヤマンバみたいなメイクじゃね〜」

なぜかりつ子は嬉しそうである。ふん、と鼻を鳴らしてスズ子は愛子を抱き上げ、そのやわらかな頬にキスをする。

「愛子、お利口さんにしてるんやで。あとでぎょうさんオッパイあげるさかいな。あー、ほんまかいらしいわ。お母ちゃん、離れとうない。好きや好きや」

「ほら、さっさと行きなさいよ。あなたの下手な歌をお客さんが待ってるでしょ。愛ちゃんは私のオッパイ飲んどげな」

「あいかわらず、口悪いおばはんやな。まねしたらアカンで、愛子」

りつ子に愛子を預けると、いつだって陽気な羽鳥がやってくる。

「福来くん、お客さんが待ちくたびれてますよ！　僕だって早く指揮棒振りたくてズキズキワクワクしてるんだ。さあ、行こう！　トゥリー、トゥ、ワン、ゼロ！」

「ほんま、しゃーないセンセや。ほな、愛子、お母ちゃん、お客さんとズキズキワクワクしてくるわ！」

「ズキズキワクワクねえ。私にはよくわかんないわ。まねしちゃ駄目よ、ねえ、愛ちゃん」

そう言うりつ子もまた、ズキズキワクワクした表情を浮かべている。

誰より愛しい子と離れ、スズ子は舞台へと向かう。

軽快な楽団の音楽とともに壇上にあがったスズ子へ、満員の客たちから拍手が送られる。

♪東京ブギウギ　リズムウキウキ

心ズキズキ　ワクワク

スズ子が高らかに歌う。鮮やかに踊る。客はみんな身体を揺らし、リズムをとるうち、自然と笑みがこぼれだす。やっぱりだ、と羽鳥は指揮棒を振りながら思った。スズ子の歌には、聴く人の心を華やがせずにはいられない、何かがある。傷つき、痛みを抱えた人たちをむりやりにでも明るい場所へと引っ張りだす、不思議な魅力がスズ子にはある。

スズ子も、思った。やっぱり自分は、歌から離れられない。どんな悲しみも絶望も、すべて歌う力に変えて人々に届けるのだ。そうしてみんなが笑顔になってくれたとき、スズ子の心もまた、救われる。

ブギを踊れば世界は一つ　同じリズムとメロディよ
手拍子取って　歌おうブギのメロディ

劇場が、揺れる。熱狂に、包まれる。それはスズ子がスイングの女王からブギの女王へと進化し、新たな未来へと羽ばたいた瞬間だった。

第20章 ワテかて必死や

羽鳥が生んだブギのリズムに乗って、スズ子の歌う『東京ブギウギ』は日本中に響きわたり、人々の心を明るく照らした。歌を聴いたからといって、腹が膨れるわけでも、大切な人が帰ってきてくれるわけでもない。けれど、先行きの見えない不安をつかの間吹き飛ばす強さが、スズ子の歌声にはあった。それは、スズ子自身が母を亡くし、戦争に弟を奪われ、ようやく見つけた最愛の恋人すら失ってしまった苦しみを、歌うことで乗り越えてきたからかもしれない。

一歳にも満たないとはいえ、愛子はすでに米五升ぶんくらいの重さに成長していた。それでもスズ子は、舞台に立つときと眠っているとき以外は、いつも背負うか抱っこするかして、愛子と片時も離れようとしなかった。肩はこるけれど、それすら幸せだった。

今のところ、気がかりは羽鳥のことだけだ。次のワンマンショーに向けて新曲を依頼してからずいぶんたつのに、うんともすんとも言ってこない。新曲がなくても『東京ブギウギ』で盛り上げればいい、と言うスズ子に山下は眉をひそめた。

「何を呑気なこと言うてるんでっか。『東京ブギウギ』が盛り上がってる今やからこそ新曲が欲しんです。『ブギの女王』の次の一手は大注目や。そこへイキのいい新曲を投入して、まだまだ勢いづいていかな！」

それは羽鳥も、十分承知している。けれど、『東京ブギウギ』が空前の大ヒットを飛ばして以降、レコードに舞台、映画音楽と作曲の依頼が後を絶たず、スズ子の新曲を手掛けるどころではなかった。家にも、連日プロデューサーたちが押しかけ、羽鳥の仕事ぶりを背後から見守っている。否、監視している。気も休まらない。

だが催促されたからといって曲が仕上がるはずもないのだ。あまりの過密スケジュールは羽鳥からひらめきをすっかり奪ってしまっていた。

スズ子には取材の依頼も増えた。もちろん、そういうときも背中に愛子をおぶっている。

その日、やってきたのは『真相婦人』の記者・鮫島。妊娠中のスズ子を揶揄(やゆ)するように「腹ボテ」と表現した男だ。先月は『コブつきの歌姫！』なんて見出しをつけられた。

「鮫島さん、ウチの福来つかまえてコブつき言うのは少々言葉が乱暴やおまへんか？」

「そや、せめてもうちょっと聞こえのええ書き方してほしわ」

「言葉のアヤですよ。私はあなたの生き方を端的に言い表したいだけです。実際この記事のおかげで、『東京ブギウギ』の売り上げもどんどん伸びてるでしょ。乳飲み子を抱え活動を続ける福来スズ子に、日本中が大喝采だ！　これは新しい女性の生き方だと」

「ずいぶんと大仰な。この子育てんのに必死なだけや。なぁ？」

「本当ですよ。あなたの歌は、今や国民の生きる希望なんだから」

「そんなん言われたらムズ痒いけど……ま、みんな頑張ってはるからなぁ。少しでも元気になってもらえたら嬉しです」

「そこでだ！」と鮫島は急に表情を険しくした。

「今の日本には戦争に負けた弊害が噴き出してますねえ。特に治安に関しては問題が多い。路地に入ればパンパンどもが我が物顔で商売をしています。彼女たちについてはどうお考えですか？」

　派手な身なりと化粧で米兵を誘い、商売をしている街娼たちが、日帝劇場のある有楽町近辺で増えているのは、スズ子も知っていた。夜の女、闇の蝶（ちょう）、と呼ばれる彼女たちに眉をひそめる者も多い。けれどスズ子には、彼女たちがただそこにいて商売をしているというだけで、とやかく言う気にはなれない。

「悪う言われることもありまっけど、ほんまにそうなんやろか。どないな事情があるかもわからへんのに、良いも悪いも言えまへん」

「へえ、福来さんは、街娼を擁護（ようご）するんだ」

　鮫島はいやな笑みを浮かべる。

「じゃあ娘さんが彼女らのような生き方をしても構わないということですよねぇ？」

「そ……れは……ワテの願いは一つです。この子には、胸張って生きていってほしい。戦争を生き抜いたからこそ思いますねん。生きてなんぼやって。生きるためにしてることを他人がとやかく言えまへん」

「なるほどねえ」と大袈裟に鮫島はうなずいた。なんだか、いやな感じである。

　帰り道、いつものガード下を歩きながら、スズ子の表情は浮かなかった。

「ワテ、大丈夫でした？　なんや調子に乗って偉そなこと言うてしもて」

「そないなことありまへん。スズさんらしい、力強い言葉やったと思いまっけど」

ただ、鮫島の態度はいただけなかった。それを言ってもスズ子を悩ませるだけなので、山下は口をつぐむ。気をとられていたせいで足元の水たまりに気づかず、山下は泥のなかに思いきり靴を突っ込んでしまった。ばしゃん、と水が跳ねてズボンのすそも茶色く染まる。そこへ「靴磨きどうだい？」とやってきたのが、先日の少年だ。

「ちょうどええわ、ボク、このおっちゃんの靴ピカピカにしたってくれるか？」

だが山下は、懐疑的に少年を見下ろした。

「磨いてもろてもええんやけど……この水たまり、お前がこさえたんと違うか？　朝にはあらへんかったぞ？　雨も降ってへんのにこんなでっかい水たまりができるかなぁ」

「なんやボク、インチキかいな。よう考えたなあ」

笑うスズ子に、最初は否定していた少年も、観念したように唇を尖らせた。

「しかたねぇだろ！　母ちゃんは病気で寝てるし、俺が稼がなきゃならねぇんだよ」

「それも嘘と違うやろな」

山下が睨みを利かせると、少年は舌を出した。

「バレちゃしょうがねぇや。今日は客が捕まらなくて困ってたんだ。あーあ、いいことひらめいたと思ったのによ」

「坊主、商売は真っ当にやらなアカンぞ。インチキして稼いだ金なんぞ身につかん」

山下は決して、怒っているわけではなかった。少年を思い、まなざしは優しい。だが少年は、顔色を変えた。

「偉そうに。お説教なんか聞きたかねぇや！」

少年が蹴り上げた水たまりの泥が跳ねて山下のズボンを再び濡らす。咎（とが）める暇もなく走り去る少年を見送りながらスズ子は思う。本当に嘘だったのだろうか、と。


少年の名は、達彦（たつひこ）と言った。ガード下近くに密集しているバラック小屋の一つに母と二人で暮らしている。実際、母親は病気で、働くどころか起きることもままならない。病院に連れていく金を貯めるためには、どんな手を使ってでも稼がなくてはならない。母の伏せる布団の隣で、売り上げを空き缶にしまいながら達彦は最近よく耳にする歌を口ずさんだ。

「とおきょ、ブギウギ、リズムウキウキ～」

なんだか耳に残るリズムで、まともに聴こうと思ったこともないのに、いつの間にか覚えてしまった。それに、歌っていると自然と歌詞のとおりに少しだけうきうきした気持ちになれる。だが、母は厳しい声で止めた。

「達彦、それやめて。お母ちゃん、その歌嫌いなの。ごめんね」

達彦は首をかしげた。みんな、楽しそうに歌っているのに、何が嫌いなんだろう。

達彦は知らない。歌っているのが、ガード下でよく会うスズ子であること。そして母のタイ子（こ）が、スズ子と幼なじみであることを。


日帝劇場に向かうたび、スズ子は達彦の姿を探すようになっていた。最近では、すれ違えば挨拶をする仲だ。だが、ほとんど毎日顔を合わせるということは、達彦は学校に行く余裕がないということだ。達彦だけじゃない。今の日本には、子どもだったら当たり前にできるはずのことができない子どもたちがそこら中にいる。やりきれない。

そんなある日、劇場にスズ子を訪ねてくる人があった。

「福来スズ子ってのは、アンタかい？」

ラクチョウのおミネ。有楽町界隈を取りしきる、街娼の親玉のような存在である。警備員が止めるのも聞かず劇場に入り込み、山下を押しのけスズ子に迫ると、おミネは怒り心頭で週刊誌をたたきつけた。

「アンタがアタイらの味方だって？　笑わせるんじゃないよ。アンタ、どうやってアタイらを守るつもりなのさ！　馬鹿にしやがって……アタイらを甘く見たら承知しないよ！」

スズ子は雑誌を拾いあげた。それは、『真相婦人』。鮫島の書いた記事だ。

『ワテはパンパンの味方でっせ！』『ワテがパンパンを守る！』という見出しがスズ子の発言として躍っている。

「なんやこれ……ワテここまで言うてへんのに。あの記者また変な書き方して」

「アンタがそう言ったから書いてあるんだろ？」

「いやほんまに、ワテが言うたんは、皆さんにもうかがい知れへん事情があるんやろなて」

「それが偉そうだって言ってんだよ！　アンタみたいに訳知り顔でああだこうだ言ってくる奴らはたくさんいる。でもね、腹の底じゃみんなアタイらを見下してんのさ。アンタらの人気取りに利用されるなんてまっぴらごめんなんだよ！」

おミネの怒声で、ゆりかごで寝ていた愛子が起きて泣き出した。すかさず抱き上げながら、スズ子はおミネから目をそらさない。

「おミネさん、不愉快な思いさしてしもたなら、ホンマすんまへんでした。でもホンマに」

「悪目立ちして石投げられんのはこっちなんだ。どうせアンタにアタイらの気持ちなんかわかりゃしない。放っといておくれよ」

斬りつけるような眼で睨みつけたあと、おミネはほんのわずかに目元をやわらげ、スズ子の胸で泣く愛子に目をやり「邪魔したね」とつぶやいた。冷や汗をかくほどの迫力だったが、きっと悪い人ではない。誤解とはいえ、傷つけてしまったのが、スズ子は申し訳なくてならなかった。

鮫島という記者は、いったいどういうつもりなのだろう。

そんなことを、大阪から家に遊びに来てくれた秋山美月にこぼすと「スターも大変ですね」と大袈裟に目を丸くして見せた。

「スターなんてとんでもない。やってることは、これまでと何も変わらへんのやし」

スズ子自身は、子どもを生んだとはいえ、何も変わっていない。それなのに、まわりがスズ子を見る目や態度が急に変わってしまった気がして、切ない。秋山は「大変ですなあ」ともう一度つぶやいたあと、それよりも、とゆりかごの愛子をうっとりと眺めた。

「そやけどかわいいわぁ。ほんまに福来さんが生みはったんですか？　こんな子ぉがお腹の中から出てくるわけでしょう？　不思議やなあ」

「そやねん。お腹の中に血のつながった別人がおってな？『早よ出せ！』言うて蹴ってくんねんで。……ひゃあ、かいらしオシメ！」

　秋山のくれた手土産を開いたスズ子は、思わず歓声をあげた。稽古の合間に、古くなった衣装の端切れでみんなが縫ってくれたらしい。オシメは、いくらあっても足りない。助かる、というだけでなく、みんなが手縫いで、ところどころ刺繡をほどこしながら、スズ子のために用意してくれた気持ちが嬉しい。別の包みには、大人用のワンピースが入っていた。リリーからの贈り物で、彼女らしいハイカラなデザインである。彼女自身は、酒造会社の御曹司と結婚したと風の噂で聞いた。玉の輿どころの話ではない、大玉だ。さすがリリーである。

「リリーさん、ＵＳＫ退団されました。『着飾ることも減るし、代わりに着てほしい』言うてましたよ。『ママになっても福来スズ子なんやから、綺麗にしとかなアカン』て。……あの頃の仲間では、残ってんの私だけになってしまいましたわ」

「アンタはまだ踏ん張んのやろ？」

「はい。もうええかな思たこともあったんですけど、これ見てやる気が蘇りました」

　そう言って秋山が取り出したのは、一枚の雑誌記事。『コブつきの歌姫！』と書かれた、鮫島のものである。

「腹ボテでもコブつきでも言わしといたらええやないですか。それでも歌をやめへん先輩がおる思たら心強いですわ。私ら、心配してたんです。大切な人を亡くされて、福来さんが歌われへんようになるん違うかて。それが赤ちゃん抱えて『東京ブギウギ』ですよ。歌われへんどころか日本中元気にしてしまうんやから」

「そんなんたまたまや」

「今日かて何かお手伝いできれば思て来たんですけど、かえって邪魔しに来たみたいですわ」

「いや、助かる。オシメ干してくるから、ちょっとだけ愛子見ててくれるか？」

「まかせてください」と胸をたたいた秋山だったが、スズ子が洗濯桶を抱えて庭に出たとたんに泣きだした愛子に、途方に暮れている。

「どしたどした？　なんで泣くんや。オシメか？　……ちゃうな。オッパイ、は出ぇへんし、どないしたらええんや」

その場で踊り始めるが、まだ理解できない愛子には効果がない。けれどスズ子は、いつものように駆け寄って愛子を抱きかかえたりはしなかった。おろおろしながらも懸命に愛子をあやそうとする秋山が愛しくて、しばらくその姿を見ていたかった。邪魔なんて、とんでもない。スズ子は今だって、秋山をはじめとする劇団の仲間たちに支えられている。


秋山と話して元気が出たスズ子は、おミネに会いに行こう、と思った。見下していると誤解されたままなのは落ち着かない。けれど山下や佐原に止められてしまった。

「厄介ごとはゴメンですよ。おミネの素性は知れませんが、相当なタマのようです。百人以上いるパンパンを取りしきって、取材だって彼女を通さないとできないようですし」

「くれぐれも深入りせんようにお願いします。ワシもあの人らを悪う言うつもりはありまへん。そやけど世間はそうやない。彼女らに深入りしてんのがバレたら、またあの鮫島辺りに何書かれるかわからしまへん。スズさんはもうその辺の歌手やおまへん。日本を代表するブギの女王・福来スズ子、世間の注目の的なんやから」

「彼女たちのことを『社会のゴミ』なんて言う人間もいますからね」

そんなことを言われたら、誰だって怒る。ますますスズ子は、おミネに会いたくなった。そもそも、劇場まで怒鳴り込んでくるやなんて相当な怒りだ。あわあわするばかりで言いたいことを何も伝えられなかったのも心残りである。もう一度、ちゃんと膝を突き合わせて話し合いたい。そのためにも愛子を山下に預かってもらいたいが、協力してくれないならおぶってでもいく。そう決意をかためたスズ子に、山下もついに観念した。

「そこまで言わはるんやったら行ってきたらええ。お嬢はワシが預かります。気の済むまで話してきてください。その代わり、危ない目ぇに遭いそになったら一目散に逃げること。日付けが変わる前には戻ること。それとなんや……とにかく無事に帰ること！」

ただでさえ、彼女たちが活動する夜のガード下は治安があまりよくない。実際、女性たちが日米問わず男たちを誘うその情景は、いつもと違って妙に艶めかしく、目のやり場に困るほどあけすけで、スズ子はすっかり萎縮してしまった。

そんなスズ子の行く手を阻んだのが、三人の女たちだった。

「おばさん見ない顔だね。このシマで勝手に商売されちゃ困るんだけど」

「もしかして、行くとこないのぉ？　仲間に入れてほしいなら話聞くよ？」

スズ子は、つい及び腰になる。

「ちょ……ちょいと、お散歩でもしよか思て、ふらふらーっと来てもうただけで」

「冷やかしに来たのか。見せもんじゃねぇんだよ！　面白半分のつもりか知らねぇけど、ここいらを見せもの小屋か何かと勘違いしてるんなら容赦しねぇよ」

おミネと同質の怒りに触れて、スズ子の身がすくむ。話し合いたい、と思っていたのに、あのときと同じでうまく言葉が紡げず、そもそも耳を貸してもらえない。

「ホンマに、そんなつもりやないんだす」

いつの間にか、三人だけでなく他の女たちもスズ子を囲み、敵意をむきだしにした。「やっちまえ！」「たたんじまいな！」「のしちまえ！」と容赦ない野次が飛ぶ。たまりかねてスズ子は叫んだ。

「待ってください。ワテ、おミネさんに会いに来ただけなんだす！」

「おミネ姐さんに？」

「そうだす！　ワ、ワテ、福来スズ子言います！」

「福来スズ子って『東京ブギウギ』の？」

「すご－い！　アタシ大ファンなの！　ねぇみんな、この人、福来スズ子だって」

「アンタほんとバカだね。本物の福来スズ子がこんなところに来るわけないじゃないか」

馬鹿にすんな、担ぐ気か、とまた野次が飛んで、スズ子は声を張り上げた。

「ホンマだす！　おミネさんに会うて、どうしても話したい思て来たんだす」

「本当にあんたが福来スズ子だって言うなら歌ってみなよ、『東京ブギウギ』」

そうだ歌ってみろと騒ぐ女たちを前に、いつもどおり明るく楽しく歌えるとは思えなかったが、しかたない。いつもと同じように歌うだけだと息を吸い込んだスズ子だったが、指先が震え、力が入らない。のどが震え、声が震え、かすれて宙に消える。待ち構えていたように「ニセモノだ！」と声が飛んだ。にじり寄る女たちにもうだめだと目をつぶったとき、

「福来スズ子じゃないか」

救いの声があった。おミネである。

どうにか窮地を脱したスズ子は、おミネの住処（すみか）へと連れて行かれた。最初にすごんだ三人の女たちも一緒だ。それぞれ、ラン、マキ、タマというらしい。本物のスズ子だとわかっても警戒心を解かず、大ファンだと言っていたタマという女でさえ、睨みを利かせている。

おミネが暮らすのはバラック小屋の一つで、室内にはボロボロの椅子とテーブルが一つずつあるだけ。奥にはせんべい布団が並んでいた。みんなで雑魚寝しているのだろう。

「誤解を解きたいんだす」

おミネと向かい合って、スズ子は言った。

「ワテはアンタさんらを決して見下してるわけやありません。見下すも何も、おミネさんの言わはるように、ワテはアンタさんらのこと、ようわかってへん。そやから、ちゃんと腹割って話したいんです」

「腹を割ったところでアタイらとアンタじゃ立場が違うのさ。わかりあえるとは思えないね」

立場なんて関係ない、と言いかけたスズ子を、おミネは睨みだけで制する。

「アンタ、好きでもない男に抱かれたことあんのかい？　戦争で家族を亡くし、亭主を亡くし、金もない食いもんもないなかで、アタイらはそうまでしなきゃ生きられなかったんだ。誰かが勝手に始めて、勝手に負けた戦争だろ？　アタイらは巻き込まれただけ。こんな女にしたのは誰だい？　それなのに、街に出りゃギンバエ見るような目で見られて、口汚く罵られるのが日常茶飯事だ。石を投げる奴までいる。そんな汚い世間に持ち上げられて、お気楽に歌ってるアンタとは立場が違うって言ってんだよ」

返す言葉が見つからなかった。「わかったら、帰りな」と吐き捨てるように言うおミネに続いて、ランたちも帰れ帰れと声をあげる。だが、スズ子は動かない。懸命に、伝えるべき言葉を探す。確かにスズ子は、恵まれた場所にいるかもしれない。それでも決して、何の傷も負わずに、お気楽に生きてきたわけじゃない。それを、ちゃんと、伝えたかった。

「……そちらさんこそワテの気持ちなんて何もわかってへんやないか」

「なんだい急に。ずいぶんナマな口利くじゃないさ」

「ワテかて死に物狂いや！　病気でお母ちゃんが死んで、戦争で弟が死んで、しまいには一番大切な人まで、結核で死んでしもた。……愛助言うねん。べったりへばりついて暮らしてたのに、病気で引き離されて、それきり会われへんままサイナラや。泣いても喚いても、アホになって忘れたろ思たけど、それでもアカン。愛助さんが死んだいうんは変わらへん。祈っても拝んでも、愛助さんにはもう会われへん。いまだにあの人の丹前、抱いて寝てるわ。そやけどワテには愛助さんが遺してくれた赤ん坊がおる。何があっても育てなアカンねん」

まくしたてながら、大粒の涙が出る。泣いたらナメられる、と思っても止まらない。スズ子の傷痕はまだこんなにも生々しく、ちょっとでも触れたら血を流す。

「お気楽に見えるか知れんけど、娘を守ろ思たら寂しい悲しい言うてられへん。つらうても、へこたれそうでも笑うて歌うんや。そらアンタさんらと立場は違うかもしれへん。せやけどワテかて必死や」

気づけば、おミネたちはみんな口をつぐんで、スズ子の顔をじっと見つめていた。そのまなざしは、心なしか和らいでいる。やがてランがつぶやいた。

「……アタシもさ、亭主が戦死してしばらくは、あの人の寝巻きを抱いて寝たもんだよ。微かに匂いが残ってる気がして洗えなかった」

「ガラに似合わずガキみたいなことするんだね」と笑うマキを睨みつける。タマも言った。

「ウチには仏壇も写真もなかったからさ、アタシがお父ちゃんの似顔絵描いて壁に貼っつけたのよ。けど、ひょっとこソックリだって、手を合わせるたんびにみんな吹き出しちゃって」

「さっきは、帰れなんて言ってゴメンよ」

三人は、頭を下げた。「よろしいんです」とスズ子は首を振る。それだけ、彼女たちが傷ついてきた――戦争の爪痕だけでなく、尊厳を傷つけられて苦しんでいるのだということはわかる。それはスズ子に想像もつかない痛みだ。

「せっかく来たんだ、コーヒーの一杯くらい飲んでいきなよ」

もう少し話をしよう、と誘われたが、スズ子は断った。そうしたいのはやまやまだが、愛子が待っている。愛子にはもう、スズ子しかいない。スズ子にも、愛子しかいない。家族と離れる時間は少しでも減らしたかった。

ガード下を一緒に歩きながら、おミネが言った。

「アンタを誤解してたみたいだね。甘く見てすまなかった」

「ワテこそ、言いたいこと言うたらスッキリしました。誰にも言われへんかったのに……見ず知らずの皆さん相手に甘えてしもうたみたいですんまへん」

「たまには愚痴くらい言わなきゃやってらんないだろ。流行歌手も大変だね」

「それでも笑うて歌とてたらホンマに楽しなるんです。幸せが向こうから来てくれる。そう思てるんです。『福が来る』で福来スズ子。死んだお母ちゃんがつけてくれました」

「希望を持って、自分から笑わないと生きていけないもんね。また遊びに来ておくれよ」

「おおきに」と手を振って別れる。すべてを理解しあうことなんて、できない。けれど手をとりあうことはできるのだとスズ子は思った。会って、よかった。話せて、よかった。ここ最近ずっと心を曇らせていたものが、すうっと晴れていくような心地がした。


ところが、今度は思いもよらぬ衝撃がスズ子を襲った。

まず、達彦が二人の少年に暴行を加えられているところに出くわした。シマを荒らしている、という理不尽な理由でけがをさせられたあげく、売り上げも奪われた達彦は悔しさに震えていた。とりかえしてやる、と息巻く彼をおさえて、家まで送っていくことにしたのだ。

そこに、タイ子がいた。達彦に招き入れられ入った小屋で、薄い布団から起き上がった彼女の頰はこけ、スズ子の好きだった笑顔の気配もない。それでも、一目見てわかった。最後にツヤの葬式で会ったとき、結婚して東京に行くと言ってはいたけれど、まさか、こんな近くにいたなんて。

けれど、感慨に沸くスズ子に、タイ子は人が変わったように冷ややかなまなざしを向けた。

「どなたさんでしょう。すいませんけど、帰ってもらえますか？」

「何言うてんねん。ワテや……スズ子や。タイ子ちゃん、いったい何があったんや？」

タイ子は答えず、よろよろと立ち上がってスズ子に近寄ると、その肩を押した。伸ばした手の細さに、スズ子はハッとする。ぼろ、というよりは朽ちたという表現の似合う部屋の様子にも。

タイ子は、足にうまく力が入らない様子でよろめき、その場に膝をついた。

「無理したらアカン！　病院、行こ。先生に早よう見てもらわなアカン。お金が大変なんやったら、ワテが都合するさかい」

けれどタイ子は、支えようとするスズ子の手を、精一杯の力で振り払った。

「……帰って。お願いやから、放っといてください。スターさんには関係あらへん。施しを受ける義理はありません」

そう言って、崩れ落ちそうになりながらもスズ子を部屋から押し出す。ぼう然とするスズ子の前で、扉は無情にしまった。

――ウチもスズちゃんちみたいな賑やかな家庭を作りたいわ。

思い出すのは、未来に期待を膨らませるタイ子の笑顔だった。「タイ子ちゃんやったらきっと楽しい家庭になるわ」とスズ子は言った。あのときすでに膨らんでいたタイ子のお腹をなでながら。そうか、あれが達彦かと思い至る。

夫となる人は、出張で大阪に来るたび、芸者のタイ子を指名してくれていた人だと聞いていた。子どもが生まれたら彼のいる東京で一緒に暮らすのだと幸せそうにしていたのに。そうしたらまた、スズ子とも会えると喜んでいたのに。いったい何があったというのだろう。

翌日、劇場に行く途中で達彦を見つけると、スズ子は「磨いてくれんか」と靴を突きだした。

達彦は渋い顔をして目をそらす。

「なんやアンタ、インチキやめた思たら、今度はお客を選ぶ気ぃかいな」

「よそへ行きなよ。母ちゃんに叱られるんだ」

「タイ子ちゃんには黙っとったらええやろ？　頼むわ、靴がピカピカやと気合い入んねん」

そう言うと、達彦はためらいがちにうなずき、靴を磨き始めた。そして、あいかわらずスズ子の目を見ないようにしながら言う。

「こないだは、ウチの母ちゃんがゴメンよ。まさか、おばちゃんが母ちゃんの知り合いだとは思わなかったよ。……おばちゃん、福来スズ子なんだろ？」

「お、よう気ぃついたな」

「前に、歌手だって言ってたから。それに母ちゃんが『東京ブギウギ』は嫌いだって。歌うと怒るんだ。それでピンと来た」

「ほうか……やっぱりタイ子ちゃんに嫌われてしもてたか」

「でも、俺は好きだよ『東京ブギウギ』。なかなかお客がつかない日でも、歌えばへっちゃらな気分になる」

「そらよかった、おおきに。……お父ちゃんは、どないしたん？」

「戦死したよ。昔は商社に勤めてたんだってさ。家も立派だったって母ちゃんが言ってた。俺はよく覚えてないけど。父ちゃんが戦争で死んで、家は空襲で焼けちゃって……それからあのボロ家に越したんだ。母ちゃんは行商に出て働いてくれてたんだけど……」

「身体壊してもうたんやな。そらそうや、あんな細い身体で」

「だから俺が母ちゃんのぶんまで働く。ずっと貧乏だけどね。父ちゃんが死んだときも、母ちゃんが病気になった今だって、誰も助けちゃくれなかった。親戚もみんな死んでしまって、頼れる人なんて誰もいないから」

「これからは、おばちゃんを頼ってくれてええで。ワテとタイ子ちゃんは心の友やで。助けるんは当たり前やろ。ちょうどアンタくらいの頃、毎日一緒やってたんで。ワテに歌手になる道を開いてくれたんも、タイ子ちゃんやったわ」

祭りの露店で、タイ子は花咲のブロマイドを指さして言った。自分がスズ子のように歌がうまかったら花咲に入ると。それくらいスズ子の歌はすごいのだと。

「それがすべての始まりや、タイ子ちゃんがおらへんかったらワテは福来スズ子になってない。うん、そうや。タイ子ちゃんは福来スズ子の生みの親や！」

「そりゃすげぇや」

「そうや、アンタのお母ちゃんはな、ホンマにすごい人なんやでぇ。そんなタイ子ちゃんが、病気のままでええわけない」

スズ子は拳を握った。

本当は、すぐにでもまたタイ子に会いに行きたかった。けれどきっとまた拒絶されて終わるだろう。だから代わりに、おミネに会いに行くことにした。事情を話すと、無理もないとおミネは首を振った。

「貧乏して病気して、変わっちまった自分の姿なんか、見られたかないさ。ただでさえ惨めなのに、施しを受けるなんてまっぴらごめんだろうよ。施しを受けるんじゃなく、自分らの力で何とかしたいんだよ。だからアタシたちも石投げられても奥歯食いしばって、自分らで商売してるんだから」

そう言われて、思いついた。だったら、商売が繁盛するように手助けすればいい。スズ子はおミネに頭を下げた。おミネと仲間の女性たちに、靴を磨くなら達彦に頼んでほしいと。達彦の仕事ぶりが丁寧なのは、身をもって知っている。おミネは、快く受け入れてくれた。強力な後ろ盾がついたおかげで達彦は売り上げを奪われることもなくなり、一石二鳥である。

だが、さっそく女性たちが押しかけ、いつになく稼いで帰ってきた達彦に、タイ子は眉をひそめた。盗んできたのか、あるいはスズ子から施しを受けたのではないかと疑った。

「返してきなさい。こんなお金、お母ちゃん嬉しくない！」

達彦を送りがてら、外で様子をうかがっていたスズ子は、愛子を背負ったまま慌てて二人の間に割って入った。

「これはほんまにこの子が稼いだお金や。ワテはお客さんを紹介しただけや」

「手助けやなんてやめて。他人のアンタには関係ない」

「まだそやって、ワテのこと知らんぷりすんのか。ほなら思い出さしたる。ワテの名前は花田鈴子や。大阪の福島にあるはな湯の娘で、あんたの同級生で大親友やった。そやろ？　毎日よう一緒に遊んだなぁ。天神さんのお祭り行て、お面買うて、綿菓子食べて」

「やめて……」

「ワテはタイ子ちゃんのことよう覚えてんで。一年生で転校してきたワテに初めて声かけてくれて、それからずっと大好きや。お母ちゃんは芸者さんしてはって綺麗な人やった。ワテら一生懸命お稽古したなあ」

「やめて！」

「片想いしてたアイツ……誰やった？　恋文出す出さへんで傷つけてしもたこともあったわ。せやけどちゃーんと許してくれて。タイ子ちゃんは優しい子ぉやった。そやろ？　なぁ？」

「なんやのアンタ。ほんまひどいわ。そんなん言われたら、ますます惨めやわ。ウチ、もうボロボロや。お母ちゃんは空襲で死んで、旦那さんは戦死した。他に身寄りもないまま一人息子働かして、生きていくのに精一杯や。それやのに……こんな不幸のどん底にいてんのに、聞こえてくんねん。どこにいたかてあんたの『ブギウギ』いう歌が。地べた這いつくばって、なんとか生きてんのに、夢かなえた鈴ちゃんとウチでは、天と地や。なんでこうも違てしもたんやろ。ホンマに惨めで、恥ずかしい……」

「恥ずかしない！　一人で達彦くんをこんな立派に育てたんやろ？　お母ちゃんのためにて毎日靴磨きして、タイ子ちゃんのことが大好きで、お母ちゃん思いの、ホンマええ子や。タイ子ちゃんはほんまにすごいわ。そやから、この子のためにも早よ病気治さなアカン」

「お母ちゃん、お願い」

　ぼろぼろ涙をこぼすタイ子に、達彦は今日の売り上げをもう一度差し出した。

「ワテのためにも頼むわ。いくらでも協力する。そもそもワテが歌手になったんも、タイ子ちゃんのおかげなんや。ワテに義理返させてえな」

　タイ子は真っ赤な目で達彦を、そしてスズ子を見上げた。そして口の端を歪ませ、ふっと笑うような吐息を漏らす。義理を返したい。そう言って、あの恋文騒動のときも、スズ子はタイ子の日常をむちゃくちゃにかき回したのだ。

「あいかわらずおせっかいやな。子どもの頃からなんも変わらへん」

「おせっかいでええ。アンタが言うたんやで。ワテのおせっかいがいつか人を助けることがある。せやからワテはそのままでええ、それがのうなったら鈴ちゃんやないって」

「ホンマやなあ……」

タイ子は肩の力を抜いた。スズ子は本当に、変わらない。おせっかいで、こうと決めたら一歩も引かず、だけどいつだってタイ子のことを自分事のように一生懸命考えてくれる。今だって、悔しい気持ちがないわけではなかった。それでも、と達彦の手からお金を受け取る。

「わかった。このお金でちゃんとお医者さんに診てもらう。……おおきに、達彦。鈴ちゃん」

「こちらこそおおきにや！」

泣き出しそうな声で叫んでスズ子はタイ子を抱きしめた。それは、タイ子が久しぶりに感じる、安心できるぬくもりだった。


医師の診断は、脚気（かっけ）だった。栄養不足で手足がしびれたり足がむくんだりしてしまう、多くの人が発症する病である。栄養をとるようにすれば少しずつ体も動くようになるはずだ、と言われて、スズ子も食料を差し入れすることにした。タイ子の家で調理し、一緒に食事をするうちに、タイ子はときどき、昔のような笑みを浮かべてくれるようにもなった。そう報告すると、おミネも安心したように笑ってくれた。

「つらく厳しい世の中だけど、食らいついて生きなきゃもったいない。誰だって、どこからだってきっとやり直せるはずさ。ウチにもね、へこたれて消えちまう子はたくさんいるんだよ。せっかく生き延びてアタシのとこまで流れてきたってのに、いったいどこへ行っちまったんだか……アタシの夢はね、この仕事をやめたいって子のために、職業訓練所を作ることさ。手に職をつけさせりゃ、これ以上落ちていくこともないだろ」

「そらよろしですわ。ワテにできることがあったら言うてください。駆けつけまっさかい」

「アンタにできることはね、歌だよ。あれからウチの子たち、みーんなアンタに夢中さ。アンタのまねして歌って踊って、床が抜けちまうよ。みんなアンタに力もらってる。滅入っちまうことも多いけど、アンタの歌で忘れられるってさ」

「ほならワテ、一生懸命歌います。ワンマンショーにもぜひお越しください」

そう言いながら、いつかタイ子もスズ子の歌で笑ってくれたらいいなと思う。そのためにも、スズ子はうかうかしていられない。

向かった先は、羽鳥の自宅だった。居間で待機しているプロデューサーたちをよそに、仕事場の扉を勢いよく開ける。

「もう待たれへん。ワンマンショーは目の前や、ワテの新曲をお願いします！」

羽鳥はげっそりした表情でふりかえった。

「いやー、取りかかりたいのは山々なんだが、なんせ前の仕事がつかえていてね」

「お願いします。来月のショーで新曲を披露したいんですわ。どーしても友達に聴かしたい。友達いうんは、ラクチョウのおミネさんです。もちろんパンパンの子ぉらにも。みんなええ子らですわ。恐ろしいことも、やましいこともあらへん。みーんな生きんのに必死なだけや」

「そういえば、ずいぶん前に、とある監督から映画の主題歌を依頼されていたのを思い出した。この歌詞に曲を付けてくれって。ガチャガチャ急かされることはないんだが、こだわりの強い監督でね。半端な曲じゃ通用しないといったん保留していたのさ。さっぱり意味のわからない歌詞なんだが、君の話を聞いていたら……」

　ジャングルだの女豹だの、わけのわからない単語をぶつぶつぶやきながら、羽鳥の表情に活気が戻ってくる。スズ子は、黙って見守った。この横顔は知っている。羽鳥が深く〝潜って〟何かをつかもうとしているときのものだ。やがて、羽鳥は叫んだ。

「キタ！　福来くん、新曲が生まれそうだよ。これは君の新境地になる！　一時間……いや、三十分待ってくれ」

　そうしてきっかり三十分後、羽鳥はスズ子に譜面を渡した。

「これまで誰も聴いたことのないような、力強く強烈で、野獣のような曲。これこそが福来スズ子の新境地だ！」

　そして一か月後。日帝劇場の楽屋でスズ子は、黒い羽根飾りをつけ、豹のような派手な衣装を身にまとった。何度も見ているはずなのに、山下は「今度の衣装はなかなか強烈ですな……」と改めて目を白黒させている。

「赤ん坊の母親がするよな格好とも思われへんけど……」

「そんなん関係あらへん。こんなん着こなせんのはワテしかおらへんのやから」

　愛子も山下の腕のなかできゃっきゃと笑っている。まるで、お母ちゃんかっこええ、と言ってくれているみたいに。スズ子は両手の爪を立て、威嚇する獣のようなポーズをとりながら「ウワーオワオワオ」と歌った。愛子はまた、おかしそうに声をたてて笑った。

　その威嚇する声こそが、新曲の歌詞。

羽鳥が作った『ジャングル・ブギー』の出だしである。

颯爽と舞台に現れたスズ子に、会場中から歓声があがった。悠然とスズ子を眺めているおミネの横で、ランたちが興奮した様子で目を輝かせている。その隣には達彦を連れたタイ子もいる。スズ子は彼女たちに向けて、そして会場中、いや日本中の戦う女性たちに届けるように高らかに歌い始めた。

南の海のどこかにある山が火を吐く島で生まれた女豹に自分をたとえて、両手の爪をたてながら「ワオワオ」と歌う。これまで羽鳥がつくったなかでも群を抜いて突飛な曲だが、観客はその血沸き肉踊るようなメロディーに夢中だった。

スズ子が「ジャングルで」と歌うと客席から「ジャングルで！」と大きな合いの手が返ってくる。もうおとなしくはしていられないと、おミネも含めた女性客が立ち上がり、スズ子と一緒に踊り歌い始めたのを見て、スズ子の歌声もまた威勢を増した。

その歌は『東京ブギウギ』とはまた違う、女たちが生きるたくましさの象徴となって、新たに歌い継がれていくことになるのである。

第21章 あなたが笑えば、私も笑う

　愛子が生まれて二度目の夏がきた。お乳を求めて泣くことはなくなったが、かわりに手足の使い方を覚えてそこらじゅうを駆け回り、障子を破くわ寝室の本をひっくり返すわ、レコードの山を崩すわで気が休まらないことに変わりはない。「愛子、やめてやめて！　ちょっとー！」と叫び追いかけるのがスズ子の日常となった。だが、怒られてしゅんとなり、たどたどしくも「ごめんなさい」と謝る愛子がまたかわいくて、すぐ抱きしめてしまう。愛助の丹前を抱きしめて眠る習慣は今も続いていたが、愛子のおかげで泣きながら目を覚ますことも少なくなった。

　タイ子がときどき、達彦を連れて遊びに来てくれるのも安らぎだった。

「こうしてタイ子ちゃんとお茶飲みながら話ができるやなんて嬉しい」と言ったスズ子に、けれどタイ子は、言いにくそうに口をすぼめる。

「鈴ちゃん、実は今日、報告があってお邪魔したんや。ウチな、大阪に戻ろ思てんねん」

　スズ子はお茶を飲む手を止めた。

「体もようなったし、そろそろ働きに出よ思てたところへ昔の芸者仲間に会うてな。大阪で、仕事紹介する言うてくれて。生まれ故郷で、一からやり直したいねん。ごめんな。鈴ちゃんにはいろいろようしてもろたのに」

「なんも謝ることない。タイ子ちゃんがようなったんが、何よりや。何の仕事すんの？」

「旅館の女中や。達彦が安心して学校行けるように、これからはしっかり稼がんと」

「無理したらアカンで。達彦、しっかり勉強するんやで」

「わかってるって！」とスズ子からもらった煎餅(せんべい)をほおばりながら、達彦は胸を張る。今も靴磨きで家計を支える達彦は、朝から晩まで働き、学校に行く暇などない。けれど、出会った頃に漂っていたすさんだ雰囲気はすっかり消え失せていた。大阪なら、タイ子を支えてくれる人も今よりたくさん見つかるだろうし、二人の生活は今後、もっとよくなっていくだろう。

それでも、二人の背中が小さくなるまで見送っているうち、無性に寂しくなった。みんな、スズ子の前からいなくなってしまう。生きているだけ、十分なのだけど。

ため息をついたそのとき、家の中から何かがひっくり返る音がして、慌てて駆けつけると愛子が小麦粉の入った袋をひっくり返し粉まみれになっていた。

「ああもう、やらかしてしもて……」

立ち尽くし、片付けの手間を考えて途方に暮れながらも、おかしくなってスズ子は声をあげて笑う。一人じゃない。スズ子には愛子がいる。寂しがっている暇などない。

『東京ブギウギ』に続き『ジャングルブギー』をヒットさせたことで忙しくなったのはスズ子だけではなかった。スズ子以上に羽鳥には仕事の依頼が殺到し、映画の主題歌として制作された

『青い山脈』はラジオでも街中でも耳にしない日はないほどの人気だった。

羽鳥もその歌をずいぶん気に入っているようで、仕事場を訪ねると、三人の子どもたちとともに合唱させられた。確かに名曲だとスズ子も思うが、何度も歌わされてはさすがに疲れる。それなのに「何度歌っても飽きのこない素晴らしい歌じゃないか」と自画自賛して、十回目の指揮をとろうとする羽鳥を麻里が止めた。

「あなた、いい加減、時間稼ぎは止めてください。この歌が大当たりしてまた仕事が殺到したもんだから、忙しすぎてうんざりしてるんでしょ？」

「誤解だよ！　ちょっと息抜きがしたかっただけだ。頼む、もう一度歌ってくれ」

もちろん麻里は聞く耳をもたず、子どもたちとスズ子を居間へと連れて行ってしまう。羽鳥は一人、うなだれて仕事場に残り、しぶしぶと机に向かった。売れっ子も、苦労が多い。

スズ子にも映画の仕事が舞い込んでいた。歌手ではなく、役者として。タイトルは『タナケン福来のドタバタ夫婦喧嘩』。棚橋との共演再びである。明治を舞台に長屋に暮らす、棚橋健二演じる久三とスズ子演じるお米の夫婦の悲喜交々（ひきこもごも）を描いた人情喜劇。スズ子のセリフはすべて関西弁、と棚橋があらかじめ指定してくれていたおかげで苦労せずに済みそうだった。

スズ子演じるお米が家で繕い物をしているところに、タナケン扮する久三が帰ってきて、お米に持たされた手拭いが、すべて売れたと伝える。お米が売り上げを聞くと、久三は歯切れが悪い返事になる。

お米「（嗅いで）酒くさ。アンタまさか、全部飲んでもうたんやないやろな？」
久三「バカ言うな！　せっかくの稼ぎを飲んじまう訳ねぇだろ（息を吐いて自分で嗅ぎ）酒くせぇ。飲んじまったみてぇだな」
お米「こんの……アホんだらぁ！」
久三「なんだとコンチキショー！　亭主つかまえてアホだぁ？」
お米「亭主ヅラするんやったら銭持ってこんかい！」
久三「銭ならお前が稼ぎゃいいだろ！」
お米「これ以上どないせぇ言うねん！　繕い物だけで稼がれへんからアンタに手拭い売りに行かしたのに、飲んでまいよって……！」

こんな具合で夫婦の掛け合いが軽妙に展開していく。映画と舞台は勝手が違い、常に大きなカメラを向けられていてはさすがのスズ子も緊張する。足がすくんでセリフがつっかえそうになることもあったが、棚橋という存在の安心感に生き生きと演じることができた。

それよりも懸念は、愛子のことだ。一度泣き始めると、愛子は赤ん坊のとき以上に、スズ子でなければ手がつけられない。かといって、じっとしていられない愛子を、山下ひとりで見張るにも限界があった。山下には、マネージャーとしてスズ子の仕事を管理する仕事もある。ゆえに、制作助手の畑中（はたなか）という青年に、愛子の相手を頼むことにしたのだが……。

「大変や、お嬢がけがしました。楽屋で転んでしもて……机の角で頭ぶつけてしもたらしんです。たった今、病院へ」

休憩に入ったスズ子のもとに、山下が駆け寄る。スズ子は血の気の引く思いで病院に向かった。病院、と聞くだけでスズ子は今も、目の前がまっくらになりそうになる。

幸い大事には至らず、頭にぐるぐると包帯を巻かれているものの、愛子本人はけろりとしていた。打ったときは泣いたのだろう、頰に白いかぴかぴとした涙のあとが残ってはいるが、スズ子に会えた嬉しさでぱっと顔が華やぐ。

目を離したのはほんの一瞬だったらしい。だが、その一瞬で命を失うような大惨事を起こすのが子どもというものだ。それでもスズ子は、畑中を責める気にはなれなかった。そもそも子守は彼の仕事ではない。無理を言って面倒を見てもらったあげく、撮影まで止めてしまった。これ以上は迷惑をかけられない。やはり撮影中は山下に見てもらうよりほかはない。

「愛子、もうおてんばしたらアカンよ？　今日みたいに痛い痛いなんねんで。みーんな心配したんやから。……聞いてるか？　マミーの言うことわかってんのか？」

帰り道、手を引いて歩きながら優しく諭すも、愛子はいつものように「ごめんなさい」とは言わない。かわりにスズ子を見上げて「抱っこ」と甘える。

「アカン。もうおうちなんやから自分で歩きなさい」

「スズさん、抱いたったらどうだすか？　お嬢も心細かった思いますよ。頭ぶつけて知らん病院連れて行かれて。そら甘えたなりますて」

山下に言われ、それもそうかと愛子を抱く。愛子はスズ子にぎゅうとしがみつくと、柔らかいほっぺをスズ子の顔に押しつけた。とたんに、胸がいっぱいになる。しかたがないとはいえ、我慢させているのは確かだ。怒ってばかりなのも申し訳ない。撮影が休みとなった翌日は、スズ子はできるだけ愛子のそばから離れず、求められるままに遊ぶようにした。

　二日後、撮影が再開するとスズ子は真っ先に棚橋の楽屋を訪れ、頭を下げた。

「棚橋センセ、この度は撮影に穴あけてしもて、大変申し訳ありませんでした。今後はこのようなことのないよう気をつけまっさかい」

「子どものしたことだ。しかたないさ。ただね、撮影が一日延びれば、そのぶん現場の負担は増える。そのしわ寄せが作品の質を下げてしまうかもしれない。観客は、君が母親かどうかなんて知ったこっちゃないんだ。苦労も努力も関係ない。つまらんものを見せたら最後、そっぽ向かれて終いだよ。気を引き締めて、よろしく頼むよ」

　返す言葉もなく、スズ子は深々と頭を下げる。休んで迷惑をかけたぶんは、仕事ぶりで返していくしかない。そう思うのに、脳裏に愛子の包帯が、抱っことせがんだ瞳が離れず、なかなか集中しきれない。

「もう少し、元気にハキハキやってもらえますか」と監督から指示され、すんまへんと頭を下げるものの、その声はやはり、いつもよりも一段弱かった。


　仕事につまずいているのはスズ子だけではなかった。日帝劇場でワンマンショーの舞台に立つりつ子もまた、苛立(いらだ)ちを隠しきれずにいた。「素晴らしいステージでした！」と楽屋で満面の笑みで迎えるマネージャーを激しく睨みつける。

「マネージャーのくせに、何もわかってないのね。……思ったように声が出ない。チケット代を返したいくらいよ」

「もしお疲れのようでしたら、今回の公演を終えたあと、少し歌をお休みしてはどうでしょうか。出版社から打診のあった、自伝の執筆に時間を充ててみては」

「馬鹿言うんじゃないわよ！　歌手が歌わないでどうするの。……もういい、一人にしてちょうだい」

マネージャーとスタッフを追い出すと、りつ子は鏡台の前で一人、やるせない息を吐いた。その帰り道のことだ。路地裏から不意に現れる人影があった。

『真相婦人』の鮫島です。お話を聞かせてもらえないかと。五分でいいんです」

「お断りします。舞台以外でのどを使いたくないのよ」

「さすが茨田りつ子だ。福来スズ子とは心構えが違う」

りつ子は立ち止まった。

「あの子がどうかしたの？」

かかった、とばかりに鮫島は笑い、「ここだけの話ですが」とわざとらしく声をひそめる。

記事が出たのはその一週間後のことだった。『真相婦人』の誌面に、りつ子の写真とともに『フン！　福来スズ子なんて歌手は終わりよ！』と大きな文字が躍っている。

「あのカス、茨田さんにまで話聞きに行きよったみたいで」と鼻息を荒くする山下に対し、スズ子の表情は浮かかない。

「茨田さん、ホンマにこんなん言うたんやろか」

「鮫島のデタラメやとは思いまっけど。まったく、どこまで性根腐っとんねん、アイツ」

「……茨田さんに、会いに行こかな。もしこれがホンマなんやとしたら、なんで急にこないないけず言わはるんか知りたい」

「しかし、今はそんな時間おまへんで？　お嬢の件で撮影も押してしもうてんのに、休みをくれやなんてワシよう頼めまへんわ。それにこないデタラメな記事で騒がれたら、茨田さんも迷惑や思いますよ。これ以上は鮫島の思うツボや。忘れましょ」

それもそうだ、とスズ子は思うが、おミネのときと同様、気分は晴れない。

それでも気持ちを切り替え、芝居に集中しようとするスズ子の前に鮫島は現れた。楽屋裏まで侵入してきた彼は、スズ子の足元でじゃれつく愛子を見つけるなり、「おじさんとお話ししようか」としゃがみこむ。

とんでもない、と山下が愛子を抱えて楽屋に逃げた。そのあとを追わぬよう、スズ子は鮫島の前に立ちはだかって廊下をふさぐ。鮫島はやれやれと肩をすくめた。

「まだ小さいのに現場にまで連れ出してるんですね。可哀想に」

「関係あらへんやろ。それよりアンタ、なんでこないなとこにおるんや」

「取材に決まってるでしょう？　僕は芸能記者なんですから」

「書いてることはデタラメばっかりやないか！」

「デタラメじゃありませんよ。茨田りつ子はあきらかにアナタを挑発しています」

「またそやって騒いで商売しよて魂胆（こんたん）やろ。お話しすることなんか一つもありまへん。お帰りください」

「茨田さんはこうも言ってたなぁ。『ブギなんかもう終わりよ！』ってね。疑うなら茨田さんに直接聞いてみてはどうですか？　こちらで対談の場を用意しましょう。言われっぱなしじゃ癪（しゃく）でしょう？」

　ぐらりと一瞬、気持ちが揺れる。癪というより、もし本当にそう言ったのならば、どういうつもりなのか聞きたい。でも。

「しまへん！　そんなら無理にでも時間作って、茨田さんと直接話したほうがええ」

「なるほど、怒鳴りこみだ」

「そうやない！」

「しかし茨田さんはそう取るでしょうね。批判した相手が突然話しに来るんだから。ですから対談という形で、互いにとって公平な場を用意するべきなんです。ね、そうでしょう？」

「そやけど、茨田さんに受けてもらえるかわからへんでしょう」

　鮫島はにやりと笑った。「すぐに確認します」と言って、スズ子の返事も待たずに立ち去る。また口車に乗せられた、と気がついたのはその姿が見えなくなったあとだった。

　数日後、撮影を終えたスズ子は、日帝劇場の稽古場でりつ子と顔を合わせることになった。部屋に入るとすでに鮫島とりつ子、りつ子のマネージャーに速記者が待ち構えていて、準備万端である。そのものものしい雰囲気に、やはり一人で直接訪ねたほうがよかったと思ったが、いまさら後にはひけない。スズ子はりつ子の向かいのソファに腰を下ろした。

「茨田さん、お久しぶりです。本日はよろしゅうお願いします。なんや、かしこまって対談やなんて、居心地が悪おますなぁ？」

「そう思うなら直接話しに来ればいいじゃない」

「いや、そのつもりやったんでっけど、こちらの鮫島さんに……」

「今日は福来さんたってての希望もあり、二大スター歌手の対談が実現いたしました！　読者も大変楽しみにしていると思います。お二人には存分に思いをぶつけ合っていただきたい」

鮫島の物言いでは、まるでスズ子が発案者のようである。腕を組んで、ふん、と鼻を鳴らしてそっぽを向くりつ子に、「ちゃうんです」と言いたくても言えるような空気ではなかった。「さあ、はりきってどうぞ！」と鮫島に促され、スズ子は肚をくくる。

「あの、何かの間違いやとは思うんですが、この記事に書いてある内容は、ほんまに茨田さんのお気持ちなんでしょうか？　『福来スズ子は終わった歌手』やなんてほんまに」

「言ったわ」

スズ子は、一瞬、言葉を失う。「ガセに決まってるでしょ」、と言われることを想像していたのに。

「そんな……なんで？　ずっと仲良う……はないかもしれへんけど、うまいことやってきたやないですか。愛子の面倒まで見てくれてワテほんまに嬉しかったのに」

「それはアタシが、アンタを歌手として認めてきたからよ。それが今のアンタは何？　『ブギの女王』だなんて持ち上げられて浮かれてんのか知らないけど、そんなんじゃあっという間に忘れ去られてお終いよ。ブギの人気だってすぐに終わるわ」

「それや。その『ブギが終わり』いうんが気に食わへん。茨田さんにブギの何がわかるんですか？　何をもってそないなことを……偉そうに」

「映画の撮影にも夢中になって、ずいぶんとよそ見してるみたいじゃない。それとも、やっぱりこの男の言うとおり、本格的に歌を捨てる気でいるの？」

「歌を捨てるやなんてそんなわけ」

「だったらなぜ歌だけで勝負しないの？　映画なんかにうつつを抜かして、歌を極めたつもりにでもなってるんじゃない？」

「そんなことありまへん！」

「そうにしか見えない」

一触即発の空気である。それを煽(あお)るように、鮫島がまたよけいな茶々を入れた。

「そういえば聞きましたよ、福来さん。映画に本気になるあまり、撮影中はスタッフに娘さんを預けっぱなしだそうで。あげく現場で娘さんにけがをさせたらしいですね」

「けが？」

りつ子の顔色が変わった。

「現場は大混乱だって話です」

「ちょ、ちょっと待った！　大混乱て……確かに迷惑はかけてしもうたけど、現場の皆さんには謝罪して話は収まってる」

慌てて口を挟んだのは山下だ。スズ子も続けた。

「そうや！　ワテかて必死にやってんのに、なんも知らへんアンタになんでそないな言い方されなアカンねん！」

「福来さん、少し、落ち着いてください」

「落ち着けまっかいな！」

そのとき、愛子がすっと山下のうしろに隠れた。怯えたように、スズ子を見ている。それほどスズ子の表情が険しかったのだろう。向けられたことのない愛娘からの視線に、スズ子は一気に全身の力が抜ける思いがした。

「もうええ。山下さん、帰りましょ」

「え、終わりにするんですか？　盛り上がるのはこれからじゃないですか」

鮫島は挑発するが、スズ子は応えない。また、やってしまった。鮫島に、乗せられた。後悔ばかりが胸の内をうずまき、うなだれ、部屋の外に出る。

「大けえ声だしてゴメンやで」と愛子の頭をなでて、そのまま劇場をあとにした。誰より大事にしなくちゃいけない愛子の身体も心も傷つけ、自分はいったい何をしているのだろう。

予想どおり、対談は鮫島の手によって大いにねじ曲げられていた。『福来・茨田、二大女王の泥仕合』『犬猿のブギ対ブルース』『歌を捨てたブギの女王はもう終わり』などと煽情的な見出しで埋め尽くされた記事は、スキャンダルを好む多くの人たちの手に届いたことだろう。楽屋はスズ子と山下のため息で覆いつくされ、撮影前だというのに心はすさむばかりである。

そこへ、棚橋がやってきた。その手には『真相婦人』がある。

「大丈夫かい？　派手にやり合ってるようだね」

「散々ですわ。雑誌には好きに書かれて、茨田さんには叱られて、誤解を解こうにもうまくいかへん。……茨田さんは、ワテが歌を捨てるつもりや思てるみたいです」

「バカな。福来スズ子が歌を捨てるなんて」

「そやけど、歌も映画もやなんて、中途半端になってしもてんのかな。自分では、一生懸命やってるつもりなんですけどね。子育てしながらやなんて、無理やったんかもしれへん」

「続けるしかない。邪魔されようが誤解されようが、芸で伝えるしかない。生き方でわかってもらうしかないんだ。歌手も、役者も、母親だって同じかもしれないよ。君の精一杯の姿、きっとこの子には伝わってるはずさ。……お嬢ちゃん、お母さんのこと、好きかい？」

愛子は、お絵かきしている手を止め、こっくりとうなずいた。

「ほら見ろ！　この子はわかってる。いちばん近くで君を見てきたこの子が君を認めてる」

「センセ、それを言いに、わざわざいらしてくださったんですか？」

「いやね、前に厳しいことを言ったろ。君をむやみに追い込んでしまったかと、少し気がかりでね。今日は最後の撮影だ。君の精一杯の姿を見せてもらうよ」

やっぱり棚橋健二はカッコいい、と颯爽と去るその背中を見てスズ子は思った。

棚橋のおかげで最後の撮影――久三とお米が仲直りをするシーンを無事に終えることができた。集中しきれず、反省することも多い撮影だったが、最後に棚橋と見事な掛け合いのシーンを撮れたことで、スズ子の胸のつかえもとれた。山下はしばらく休んで愛子とゆっくりしてはどうかと言うが、棚橋にあそこまで言ってもらったのにじっとしているなんてできない。
棚橋は言った。スズ子が歌を捨てるなんてありえない、と。そのとおりだ。歌を捨てたくないからスズ子は悩んでいるのだ。愛子を慈しむことと仕事の道を突き進むこと。その両方をどうすれば成立させられるのか、わからなかったから。

今でも、わからない。でも、意地でも走り続けるしかないのだと思った。誰に何と言われても我が道を。それが福来スズ子なのだと、ふつふつと闘志が湧いてくる。

「明日、羽鳥センセのとこ行きまっせ。『歌を捨てる』やなんて冗談やない。変な噂は吹き飛ばさんとな。なぁ、愛子？」

何もわかっていないはずの愛子が、にこっと笑ってくれた。ような、気がした。それだけでスズ子は、頑張れる。


新曲を書いてほしい、と言うスズ子と山下に、羽鳥はうなずきながらも歯切れが悪かった。

『東京ブギウギ』『ジャングル・ブギー』とブギが続いてるだろ？　そろそろ毛色を変えたほうがいいのかと思ってね。ブギばかりじゃ面白みが」

「いや、次もブギでお願いします。ブギで勝負したいんだす」

ゴシップに興味がなく、記事の存在すら知らない羽鳥に経緯を説明する。「ブギは終わりかぁ」と羽鳥は気分を害した様子もなく顎をなでる。

「そやけど、ブギで勝負や言うたらまた、張り合ってるやなんやて騒がれへんやろか」

案じる山下に、羽鳥は愉快そうに膝をたたいた。

「その喧嘩、買おうじゃないか。茨田くんのおかげで目が覚めたよ。危うく日和見するところだった。ブギはまだ終わらない。最優先で書き上げるよ」

「センセ、よろしゅうお願いします」

頭を下げるスズ子の目も躍っている。スズ子は知っている。こういう、面白がっているときの羽鳥は、誰より強い。

りつ子が「ブギは終わり」だなんて言ったのには、もちろんわけがあった。鮫島がりつ子にこんなことを言ったせいである。

「福来スズ子は歌を捨てる気です。今後は女優業に専念するようで。その証拠に彼女の予定は映画の撮影でいっぱい、実質歌手活動は休止状態だ。福来スズ子を贔屓にしてるタナケンが彼女の後ろ盾となっているため、映画の現場では女優気取りでわがまま放題だそうです」

それでもりつ子は信じなかった。スズ子が歌を捨てるだなんて、ありえない。でももし、本当に女優の道を選ぶのだとしたら、それはそれで好きにしたらいい。りつ子には関係のない、スズ子の人生なのだからと。そんなりつ子に、鮫島は追い打ちをかけた。

「こうも言っていたそうですよ。『ワテと違て、歌しかない茨田りつ子は可哀想や〜』って」

さすがに、聞き捨てならなかった。

「歌だけ？　何がいけないの。それでいいじゃない。本当にそんなことを言ってるようならあの子はもう終わりね。ブギも終わりよ」

その言葉を、鮫島がねじ曲げた。

対談のあと、りつ子も憤慨していた。何が「福来スズ子は歌を捨てるつもり」だ。そんな気配は欠片もなかったではないか。

懲りずに日帝劇場の稽古場にやってきた鮫島を、りつ子は責めた。けれど鮫島はうそぶく。

「福来スズ子というのはとんだ食わせもんですよ。いやいや、デタラメじゃありませんよ。ま、多少の誇張はあったような気がしなくもないが、女優気取りの福来スズ子が現場で問題を起こしているというのは本当です。対談の場でも言ったでしょう？　子連れで現場に来るわ、あげくにけがさせるわで、ありゃ母親失格ですよ」

「母親失格？　アンタに何がわかんのよ！　デタラメな記事で稼いでるだけのアンタに、女の苦労なんてわかるはずがないわ」

視線で人を刺せるのなら、鮫島は一突きにされていただろう。さすがの鮫島も青ざめる。

「いや、あの、母親失格というのは言葉のあやで」

「羽鳥先生があの子の新曲に取りかかるって聞いたわ。何が『歌を捨てる』よ」

「え……」

「言い訳と誤魔化す言葉しか出てこない。自分がない証拠ね。目障りよ、消えなさい」

「僕らが消えて困んのは、アンタらだけどね。そうでしょう？　僕らがわざわざ話題にするからアンタも福来スズ子もスターでいられるんだ。持ちつ持たれつじゃないですか。仲良くやりましょうよ。あんたら人気商売だろ。話題にも上らなくなったら終わりですよ」

「上等じゃない。人気が欲しくて歌ってるわけじゃない。客なんて一人でもいいのよ。たった一人でも、一生忘れられない歌を聴かせてあげる。あなたも聴きにいらっしゃい。招待するわ」

「遠慮しますよ。飯のタネにならなきゃ興味ないね」

その捨て台詞に、いつもの余裕はなかった。つまらなさそうに逃げていく鮫島を、りつ子は心の底から哀れだと思った。

　その夜、りつ子はスズ子を訪ねた。謝ろうと思ったのである。久しぶりに愛子の顔も見たかった。けがをしたと聞いて、心配していたのだ。けれどすでに包帯のとれた愛子は、穢（けが）れ一つ知らないあどけなさで、りつ子のあげたあめを嬉しそうに受け取った。

「この子の顔見たら、ちょっと落ち着いたわ。……私、最近どうかしてるのよ。どうも気分が晴れない。戦争が終わって、自由に歌えるようになったはずなのに、歌がまっすぐお客に届いていない気がしてね。私たちも色眼鏡で見られることが増えたでしょう？」

「ほんまですね」

「新聞を開けば誰と誰がくっついた離れた。雑誌を開けば誰がどこで問題起こしたって。歌が良ければそれでいいはずなのに。歌で勝負しなきゃって焦ってるところに、アンタが映画に乗り換えるって聞いて、カッとなっちゃったのね。まんまと鮫島に乗せられてしまった」

「ワテもですわ。まんまと噂の的になってしまいましたな。そやけど茨田さん、ワテは歌をサボってるつもりはありまへんのやで？　歌一本の茨田さんとは違て、ワテ、お芝居はお芝居で楽しいんです。はじめは慣れへんかったけど、呼ばれたら断れへんし、ウケたらちょっと嬉しいし。それにこの子を食べささなアカン。そのためやったら歌でもお芝居でも、なんでも頑張らな。けがさしてしもたんは大失敗やったけど」

「女が一人で仕事も子育てもなんて、生半可じゃつとまらない。連れ回しても面倒みられないんじゃ意味がない」

「おっしゃるとおりですわ。この先もどないしたらええんか……」

　スズ子は苦笑して愛子を抱き上げた。なんで、鮫島の与太話（よたばなし）なんかを信じてしまったのだろう、とりつ子は思う。自分とは違うやり方で、歌を愛し、道を貫き、母としても一人で踏ん張りぬこうとする彼女の強さを、そうするしかない切なさを、りつ子は誰より知っていたはずなのに。

りつ子と和解したと聞いて、羽鳥はなぜだか残念そうな表情を浮かべた。

「なんだ……新しいブギを茨田くんにぶつけて、反応を見たかったのに」

そう言って『ヘイヘイブギー』とタイトルの書かれた楽譜をスズ子に手渡す。

「ジャングルから一転、今度は陽気な恋の歌だ。恋すればみんな、おかしくなるもんさ」

いったいこの先生の頭の中はどうなっているのかとスズ子は思う。傑作を生んだかと思えば、次は期待を超えるさらなる傑作を生む。メロディを聴いただけで踊りだしそうな、気がかりなんて吹き飛んでしまうような、陽気なそのメロディにスズ子はすぐさま虜になった。

「センセは恋の歌や言うてたけど、愛子、これはアンタとマミーの歌やで」

眠っている愛子に語りかけ、スズ子は口ずさむ。

♪あなたが微笑む時は　私も楽し
あなたが笑えば　私も笑うヘイヘイ
二人で笑って暮らせば　ラッキーカムカム

この歌を口ずさめば自然と口角があがる。無理にでも笑う、というのは大事なのだとスズ子は思った。わはは、いひひ、ふふふ。歌詞に組みこまれた笑い声を口にするだけで、沈みそうになる心も引っ張り上げられる。この曲はきっとまた世の中に必要とされる曲になるとスズ子は確信した。

そんなある日、見知らぬ女性が両手に大荷物を携え、スズ子の家を訪ねてきた。大野晶子。今日から家政婦として働くために来たという。その手ににぎられている紹介状には、茨田りつ子の名前があった。そういえば、家に来たとき、誰か頼れる人はいないのかと聞いていた。いない、と答えたスズ子を気にかけてくれていたのだと知って、胸が熱くなる。

だが、見知らぬ人を家にあげて任せるのは、やはり気が引けた。迷うスズ子に、大野は強引にあがりこんで、今すぐにでも家事を取りしきろうとする。しかたなく合鍵を渡し、次の日から試しにお願いしてみることにした。

その翌朝、味噌汁のいい匂いが鼻をくすぐり、スズ子は目を覚ました。

「ちょ、大野さん？　早ないでっか？　まだ六時でっせ」

「勝手がわがんねはんで、はえぐに来ますた」

早すぎるだろ、と思うが、ツッコむより先に、大野が焼いてくれた干物の匂いでお腹がぐうと鳴る。病気で倒れたわけでもないのに、誰かに食事の世話をしてもらうのは久しぶりのことだった。焼き加減が上手なのか、なんてことない干物なのに身がほくほくしていて、味噌汁も出汁がきいて疲れた身体にしみる。

愛子に対しても、上手に食べられずに汚した口のまわりを丁寧に拭くばかりでなく、「お嬢さん、食事はゆっくり行儀良ぐ食うんですよ」と諭してくれる。愛子も、そのきりっとした佇まいにつられたのか、いつもよりおとなしく食事を続けてくれる。

あまりの頼もしさに感動していると、上野は生真面目な顔でスズ子を見据え、おでこに手を伸ばした。額に、米粒がついていたらしい。

「福来さんも、ゆっくり行儀よぐ」

「はい……」

自然と、背筋が伸びる。言うことを聞かざるをえない気迫が、彼女にはあった。

大野は、仕事に出ようとするスズ子に、有無を言わせぬ口調で「お嬢さんは、お留守番です」と言った。家のことをしてもらうだけで十分だと言ったのだが、ものは試しに頼んだらどうかと山下も言う。確かに今日は映画の試写会にコロンコロンレコードでの打ち合わせと、愛子が泣きだしたら困る仕事が続いている。いつものように、自分も一緒に行く気まんまんでスズ子に手を伸ばす愛子を抱き上げたい気持ちを、スズ子はぐっとこらえた。

「愛子、マミーはお仕事行ってくるから、大野さんとお利口さんにしててな。すぐに帰ってくるからな、泣いたらアカンで？」

置いていかれる、と悟った愛子が「マミー！」と涙声で呼ぶ。ふりきってスズ子は山下とともに家を出た。大丈夫や、愛子は強い。りつ子の紹介してくれた大野さんになら任せられる。何度も何度も、自分にそう言い聞かせながら。

映画『タナケン福来のドタバタ夫婦喧嘩』は想像していた以上にいい出来だった。夫婦仲直りの場面でスズ子の歌う『恋はやさし野辺の花よ』にも幸せがこぼれ出ていて、観ているだけで笑みが浮かぶ。映画は、編集され音楽がつくことで現場とはまるで違う仕上がりになるのだとスズ子は初めて知った。

　エンドロールが終わった瞬間、自然と拍手が湧き起こり、スズ子と棚橋はかたい握手をかわした。スズ子は改めて、かけた迷惑の多くを詫びたが「そんなこと、みんな忘れてるよ。このときのために頑張ったんだ」という棚橋の言葉で救われる。過程も大事だが、仕事はやはり結果を出してなんぼなのだと改めて感じ入る。

　とはいえ、映画を観ている間も「マミー」と呼んだ愛子の姿がちらつき、集中しきれないスズ子なのだった。お昼はちゃんと食べただろうか。好き嫌いを言って大野を困らせているかもしれない。そもそも大野は何歳なのだ。愛子はすばしっこく、ちょっとでも目を離すと何かをひっくり返すし、縁側まで走って転ぶこともしばしばで、また頭をけがしたらどうしようかと落ち着かない。そんなスズ子に、山下が苦笑する。

「大丈夫やないのはお嬢やのうて、スズさんのほうやがな。そないに心配ですか」

「心配に決まってるやろ。あの子に何かあったらワテの責任。それこそ母親失格や」

「わかりました。スズさんは先にお帰りください。打ち合わせはワシ一人で行きます。隣でソワソワされたらこっちが落ち着かへん」

「おおきに。ほんまおおきに！」

　スズ子は一目散に家へと帰った。ところが、早く抱きしめてやらねばと威勢よく家に飛び込んだスズ子を出迎えたのは、大野の隣で行儀よく、見よう見まねで洗濯物を畳む愛子の姿だった。落ち着きのないスズ子を、大野はたしなめるように見上げる。

「シィ！　家の中は走らねごど。埃（ほこり）が立ぢます。どうすたんですか、慌ででで」

「いや、愛子に何かあったら思て……大野さんを信用してへんわけやないんですよ。ただ、迷惑かけてることもあるやろし、ほらウチの愛子はおてんばなとこがありまっさかい」

「お嬢さんはお利口ですたよ。ねー、愛ちゃん」

「うん」と愛子は畳んだ洗濯物をスズ子に差し出した。そんな愛子を見るのは初めてである。ほっとするやら、拍子抜けするやらで、へなへなとスズ子はその場に座り込んだ。そしてふと、ビリビリだった障子が張り替えられ、花形の切り絵が貼りつけられていることに気づく。

「お嬢さんにも手伝ってもらいますた。女の子だもの、お花の障子は破りませんよ、きっと」

誇らしげにうなずく愛子に、スズ子の目から涙が溢れた。自分でも驚き、ごまかすように笑うと大野が手拭いを差し出してくれる。

「ずっと一人で頑張ってきたんはんでねぇ。これがらは私がいます。頼ってけ」

力強いその言葉に、スズ子の涙は止まらなくなる。これまでだって手を差し伸べてくれる人たちはたくさんいた。けれど、スズ子は知っている。みんな、自分の生活があり、家族があり、いつスズ子の目の前からいなくなるかわからない。迷惑をかけてはいけないし、何があっても自分一人でやりぬかねばならない。それが愛助に対する誠意なのだとも。それでも、この手は信じられる、とスズ子は思った。この人は、大丈夫。きっと、ちょっとやそっとスズ子が頼ったくらいじゃ、倒れない。

「ほんまに、ほんまにおおきに。今後とも、よろしくお願いします」とスズ子はその手をにぎり、頭を下げた。

こうしてスズ子は、強力な助っ人を手に入れたのである。

第22章 あ〜しんど♪

大野が住み込みの家政婦となって半年がたった。愛子も日に日に育ち、かわいいばかりではいられなくなった。その日も、嫌いなにんじんを残して頑なに唇を引き結び、愛子は匙を投げだした。食事を終えるのを見届けられないまま、スズ子は慌ただしく家を出る。いってきます、と声をかけても返事をしないどころか、目も合わせてくれない。

以前ほど一緒にいる時間がとれないせいかとも思うが、だからといってまた現場に連れていくわけにもいかない。それにスズ子には、他にも考えるべき問題があった。『ジャングル・ブギー』も『ヘイヘイブギー』もヒットしたが、二年前に発売された『東京ブギウギ』を超えてはいない。

「そろそろ世間を騒がすヒットが欲しい。思いきって、ガラッとイメージを変えるのはどうでしょう？　今度のワンマンショーの目玉は、福来スズ子の新たな姿であるべきです」

コロンコロンレコードの佐原はそう言うが、簡単にできることではない。それでも福来スズ子ならできるはずだと信じてもらえるのは嬉しいが。

「なんや、自分と競争させられてるみたいでんな。どう歌とたらヒットするかやなんて考えたことあらへん。ずっと気持ちよう歌とて、それをお客さんに楽しんでもろうてきただけやのに」

「スズさんはそれでええ。それが福来スズ子や」

山下にそう言われて、スズ子はほっとする。

――私たちも色眼鏡で見られることが増えたでしょう？

りつ子が言っていたように、いつの間にか福来スズ子という名前が独り歩きして、自分がどうあるべきか見失いそうになってしまうときがある。山下が、ありのままのスズ子を「それでいい」と背中を押してくれることが何より心強かった。


マミーのいない家は灯りがひとつ消えたようで、愛子は寂しく、おとなしくなってしまう。大野のことは好きだけど、マミーがいるときのように大騒ぎして走り回ろうという気にもなれない。食べられないニンジンを前にむっつり黙りこむ愛子に、大野は言った。

「さてお嬢さん、始めますが！　ちょっとお手伝いしてけ」

てっきりニンジンを食べさせられると思っていたのに、大野はお椀を持って台所に行ってしまう。愛子は首をかしげて、そのあとを追った。

大野は大きなすり鉢を取り出して、ニンジンをその中に放り込む。大嫌いな塊が、大野の手ですりつぶされて小さくなっていく。次に大野は、ごはんをその中に入れ同じようにすりつぶした。

「こうして工夫すれば、ニンジンも、んめぐなる」

砂糖を加えてこねながら、大野はいたずらっぽく愛子を誘う。泥遊びをするようにこねていると、手のなかにあるのがニンジンだということを忘れて楽しくなってくる。こんなにぐちゃぐちゃにして、どうするんだろう。食べ物で遊んでいいのかな。不思議に思っていると大野は、まじりあったごはんとニンジンをくるくると丸め、ひらべったく押しつぶした。不格好な煎餅みたいな形のそれを、最後に大野はフライパンで焼いた。

「『がっぱら餅』です。今日は特別にニンジン入りで、んめぇぞ？　さっそぐ食うべし」

皿に並べられた餅は、確かに香ばしい匂いがする。でもニンジン入りだということはわかっている。独特の青くささが愛子は大嫌いなのだった。

「お嬢さん、ニンジンを食べれば美人さなるんですよ？」

「……いただきます」

匂いと好奇心には逆らえず、愛子は手を伸ばしてひと齧りした。……おいしい。

「んだべ？　めぇべ？　これは特別なオヤツだはんでな。マミーさは内緒」

内緒、という言葉が楽しくて、愛子は餅を持ったまま空いた手で「シーッ」と指を立てる。大野も同じように「シーッ」と指を口に当て、二人はくすくすと笑い合った。


喫茶店でりつ子と待ち合わせたスズ子も、愛子に内緒のおやつを楽しんでいた。コーヒーと一緒に運ばれてきたドーナツはこんがり揚がって、まぶした砂糖の甘い匂いが漂う。スズ子は改めてりつ子に、大野を紹介してくれた礼を述べた。

「おかげさまでえろう助かってます。突然訪ねてきはったときはびっくりしましたけど、なんでもちゃっちゃとしてくれはるし。昔から知ってはるんでっか？」

「子供の頃、よーく叱られたわ。実家の呉服屋で女中してたのよ、大野さん。私は蝶よ花よと育てられてわがまま放題。『お人形買ってけ！』『お菓子よこせ！』って毎日泣きわめいて。親も他の女中も私を持て余して……でも大野さんにだけは通用しなかったわ。『いい加減にすろ！　そんな事せば誰さも相手にされなぐなる』って」

　容易に想像がつく。大野は、人を見て態度を変えたりしない。だから、信頼できる。

「まさか女中に怒鳴られて驚いたけど、そのとおりよね。金持ちの子だからって、そんなんじゃ人は離れていくばかり。あの人くらいよ、しっかり向き合ってくれたのは。あんな人、他にいないわ。でも……私は十五で実家を離れたから、大野さんとはそれっきり。彼女は旦那さんと死に別れて息子さんのいる東京へ出てきたんだけど、そのあとよ、あの人が苦労したのは。その息子さんを戦争で亡くされて、残されたお嫁さんも、お孫さんまでも空襲で」

「ほんなら、一人ぼっち……？」

「あまり話したがらないけどね。久しぶりに会った大野さん、誰だかわからなかったわ。女中をしてるって言ってたけど、昔の面影はなかった。打ちひしがれてしまって……。だからね、また昔みたいに元気になってほしいのもあって、あなたに大野さんを紹介したのよ。あなたなら彼女の気持ち、わかるんじゃないかと思って。それに、そんな大野さんだからこそ、きっとあなたの力にもなってくれるはず」

「……ええ、ほんまおおきに」

　スズ子は改めて頭を下げた。初めて家にやってきたとき、強引にでも家に上がり込み、スズ子の力になろうとした大野の気持ちが、ようやくわかったような気がした。

縁側でお絵かきをしている愛子を見守りながら、大野はその向こう側に別の影を見ていた。愛子より少し大きい、三歳だった孫娘。空襲の炎で真っ赤に染まる空のもと、彼女の手をひき大野は逃げた。抱えてやりたかったけれど、荷物もあってかなわなかった。でも、荷物なんていらないから、抱きしめているべきだったのだ。人込みでふと手が離れて、そして——。

「オーノさん！」

愛子に呼ばれて、我に返る。描き終えた絵を見せつけるようにして、愛子が唇を尖らせている。でもその瞳は、ちょっと心配そうだ。優しい子だ、と大野は目元を和らげる。

「ごめんなさい。……うん、上手だ。こりゃうまぐ描げでる」

はじけんばかりに笑う愛子の愛らしさが、大野を癒やす。

スズ子が帰ってくると、愛子は朝のふくれ面などなかったかのように出迎えた。

「なんや愛子、機嫌直ったみたいやな。ニンジンは食べられたんか？」

「うん！　オーノさんがね」

「まねまね！　秘密だっていったべ。な？」

「あっ。シー……」

思い出したように唇に指をやる愛子に、大野は笑う。きょとんとしているスズ子の顔も子どもみたいで、愛子とそっくりだなと微笑ましくなる。母娘水入らずにしてやろう、と大野は買い物籠を手にとった。

「では、私(わだし)は買い物さ出ますがら、お嬢さんのことをお願いしますね」

「あ、ワテも行きます。愛子も一緒に」

「そんな大袈裟な。味噌とば買いに出るだけですがら」

「一緒に行きたいんだす。な、愛子」

「いっしょにいく！」

「よっしゃ、三人でお散歩や！」

戸惑いながらも、喜ぶ愛子をむげにするわけにもいかず、大野は二人と外に出た。スズ子の手をにぎる愛子が、もう片方の手で大野の手をとる。夕陽の照らす道に、三人が一つなぎになった影が映し出される。

「あらお嬢ちゃん、お母さんとおばあちゃんと一緒で楽しいねえ」

通りすがりの女性に言われ、愛子が上機嫌でうなずいた。おばあちゃんだなんて、と笑いながら「今の方、勘違いしてましたね」と大野が言うと、スズ子が微笑みながら返す。

「ええやないですか、それで」

大野は、愛子とつなぐ手にそっと力をこめた。悲しみは、癒えない。後悔がいつまでも追ってくるのは、忘れてはならないと自分を戒めるためだ。それでも、ときどきはこんな幸せな瞬間があってもいいのかもしれない、と。


棚橋がけがをしたという知らせが入った。古傷の痛みが再発し、公演中の舞台も中止。再開は未定だという。病院に見舞いに行くと、廊下にまで棚橋の怒号が響きわたっていた。部屋を覗きこむと、ベッドに横たわったまま、棚橋がマネージャーを怒鳴りつけていた。

「勝手なことをしないでくれ！　僕は二、三日休むと言ったんだよ。全公演を中止しろとは言ってない。今すぐ撤回してくれないか。お客さんが待ってるんだ！」

「でも先生、担当医からは向こう半年の療養を命ぜられております。二、三日の休養ではとても復帰などできません。どうかここは身体を休めて、半年後の復帰に備えてください。焦ったところでまた同じことになりますよ」

唇を噛む棚橋に頭を下げ、出ていくマネージャーと入れ違いでスズ子は部屋に入る。棚橋は、バツが悪そうに口元を歪めた。

「見苦しいところを見せてしまったな」

「足がお悪いやなんて知りまへんでしたわ」

「その昔、舞台セットの下敷きにしちまってね。これまでも騙し騙しやってきたんだが、今度ばかりは立っているのもつらい。痛みでセリフどころじゃないんだ。なぁに、少しばかり休んで、痛みが引いたらすぐに戻るつもりさ」

「焦らはるんはわかりまっけど、今は無理せんと、しっかり治したほうがよろし」

「わかってる。……ただ、どうしても不安でね。舞台から離れている間に、僕のことなんて忘れ去られてしまうかもしれない」

「まさかそんな、みんな棚橋さんが元気に戻ってくるのを待ってくれるはずや」

「そんな甘い世界じゃないよ。僕の代わりなんていくらでもいるんだ。喜劇王だなんて言われちゃいるが、席が空いたら他の誰かが奪いに来る。それが業界の常だよ。福来くん、僕はまだまだお客を笑わせたい。君もわかるだろう？　僕たちはお客を楽しませなきゃならないんだ。次の本だってある。こんなところで寝てる場合じゃないんだよ」

そう言って、無理にでも立ち上がろうとする棚橋をスズ子は止めた。止められずとも動ける状態などではなく、棚橋は悔しそうに包帯をさする。

「僕はもう、これまでのような動きはできないらしい。身体はもうとうに限界だそうだ。チクショウ！　ヤブ医者め、僕を誰だと思ってる。見てろ、見事に復活してみせる」

それが単なる強がりでないことは、気迫で伝わってくる。棚橋は、やる気だ。たとえ足が折れようとも、痛みでどうにかなってしまいそうでも、諦めずにまた立ち上がる。舞台にあがり続けるのだろう。それは自分の芸のため、というよりもすべて客のためだった。客が笑ってくれる、そのためなら棚橋はどこまでだって自分を追い込むことができるのだ。

負けてはいられない、とスズ子は思った。

翌日、スズ子は羽鳥を訪ねた。新しい曲を、一刻も早く作ってもらわねばならない。ところが、仕事場からはクラシック音楽を奏でるピアノの音が聴こえてきた。また、現実逃避に遊んでいるのかと思いきや、弾いているのは、長男のカツオである。羽鳥顔負けの腕前に驚いていると、羽鳥が「違う違う違う！」と止めに入った。

「力に頼らず、軽やかなタッチで弾くんだ。もう一度。ほらそこ！　心が踊っていないからそうなるんだよ。もっと甘い胸の高鳴りを両手に伝えて、右手がズキズキ、左手がワクワク」

十分上手なのに、と見守っていると、カツオがむっつりした表情で席を立った。

「オレ、そろそろ宿題しないと」

「勉強なんてどうだっていいじゃないか！　レッスンのほうが百倍タメになる。ほら続けて」

「オヤジ、もう勘弁してくれよ！」

「ちょ、カツオ！　……せっかくいい感じになってきたのに、実にもったいない、今がいちばん伸びる時期なのに。音楽漬けになれる時間がどれだけ貴重かアイツにはわかってないんだ」

スズ子に気づいて、羽鳥は肩をすくめる。

「純粋に音楽と向き合えるのは今だけだよ。僕がカツオくらいの頃はそうだった。ただ音楽が好きで、音楽を聴くのも奏でるのも、純粋に楽しめた。たまに考えてしまうんだ。あの頃みたいに楽しめているか、って。音楽が仕事になってしまったら、依頼主の要望は無視できないし、締め切りに追われることもある。あの頃の気持ちをつい忘れそうになることもあってね」

「羽鳥センセも、そうなんや。実はワテも、もっとレコードを売らなアカン、『東京ブギウギ』を超えな！　て言われてしもて、どないしたらええやら。昔は好きで歌とてただけやのに」

「またあの頃みたいに音楽に向き合えたらいいけどねぇ」

羽鳥も悩みのさなかにいるらしい。ブギはネタ切れ、なんて頼りないことを言う。けれど、今の羽鳥に何を言っても新しい曲は浮かんできそうもなかった。焦ってもしかたがない、とスズ子も棚橋に言ったばかりだ。今日のところはおとなしく引き下がることにした。

「スズ子さん、考えごとに夢中でお買い物を忘れないようにね？」

麻里に言われて、スズ子は腕に提げた買い物籠を見やる。うっかりしていた。大野に「ついでに何か買ってくる」と言ったら、山のようにお使いを頼まれてしまったのだ。

「おネギとニンジンとゴボウに、ジャガイモとお砂糖。おネギとニンジンとゴボウ、ジャガイモとお砂糖。そやそや、買うて帰らな。ほんなら失礼します！」

この、なんてことない一瞬が、羽鳥の心に火をつけることになるのである。

大量の食材を抱えて帰ったスズ子を待ち受けていたのは、山下と思いがけぬ訃報だった。ゆうべ、愛助の母であるトミが亡くなったという。原因は、肺結核。

二日後、葬儀に出席するため、スズ子は愛子と山下とともに大阪へ向かった。大勢の記者が詰め寄り、トミの孫娘でもある愛子を連れたスズ子にも、容赦なくマイクが向けられる。スズ子に言えることは何もなかった。愛子が生まれた直後に話をして以来、一度も顔を合わせていなかったのだ。二歳になりました、と遺影に紹介し、愛子とともに手を合わせる。

葬儀には坂口と矢崎もいた。病は、愛助が亡くなったすぐあとに見つかったらしい。スズ子はさておき、長い付き合いなのに何も知らされていなかった山下は不服顔である。

「なんで教えてくれへんねん、水臭い」

「社外には漏らすなとキツう言われてまして」と坂口も気まずそうだ。

「せめて福来さんにはと説得したんですが、アカンの一点張りで。よけいな気をつかわせたくなかったんだと思います。生真面目言うか、融通が利かんいうか……社長らしいわ」

矢崎の言葉に、スズ子は「らしいな」と微笑んだ。

「愛助さんもそやった。自分がいちばんしんどいときも、ワテにも、まわりにも心配かけへんようにて大丈夫なフリして。……もっとしゃべりたかった。母親として、女として、聞きたいこといっぱいあったのに。ワテらのわがままぜーんぶ飲み込んでくれて、愛子のことも……」

もっと早く、愛子を連れて会いに来ればよかった。まさかこんなにも早く逝ってしまうと思っていなかったから、スズ子は受けた義理を何一つ返せないままだ。

「社長、福来さんの活躍を楽しみにしてましたよ。コソコソーッとレコード集めて聴いたり、タナケンとやった映画観に行ったり。社長と福来さん、意外と気ぃ合うたかもしれへん」

「そんなん聞かされたら、よけい会いたなるわ。……仲良うなりたかった」

同じ男を愛した者同士、そう言って照れていたトミの顔を思い出す。愛助のことも、そうでないことも、語れることはたくさんあったはずなのに。

その晩、スズ子は愛子をいつもよりしっかり抱きしめて眠った。帰りの列車では、山下も、いつになく口数が少なかった。祭壇の前でぼんやりと佇んでいた山下を見て、坂口の言ったことが思い出される。

「社長とは長い付き合いですからなぁ。ボンのことだけやない。芸人のマネージャーとしても、気持ちをぶつけ合って村山興業を盛り上げた戦友や。思うところも多い思いますよ」

東京に帰るなり、スズ子は改めて愛助の遺影に手を合わせた。

「愛助さん、お母さんにお別れ言うてきました。愛子をしっかり育てるて約束してきました。愛助さんも、お母さんも、天国から見守っていてくださいね。……もしかしたらもうそっちで会うてるかもしれまへんな？」

「おそらくは」とスズ子のうしろで正座する山下が言う。その声に、力はない。手を合わせ、スズ子が立ち上がったあとも、山下はぼんやり遺影を眺めていた。

「なんや、気が抜けてしもたな……」

急に小さくなってしまったような山下に、スズ子が掛けられる言葉はなかった。

羽鳥から、新曲ができたという知らせが届いた。また突拍子もないタイトルである。その名も『買い物ブギ』。スズ子が買い物籠を提げた姿に、なぜだか急にひらめきが降りてきたという。羽鳥の仕事場で譜面をめくり、スズ子はタイトルを聞いたとき以上に、あぜんとした。――なんだ、これは。


「歌になってへん。いや……なってるなぁ」

「曲だけじゃない、今度のは歌詞も全部僕が書いたんだ」

「『タイにヒラメにカツオにマグロ』。なんやこれ、冗談みたいな詞ぃや。息継ぎでけへん」

「それがおもろい」

「急に大阪弁……」


譜面を読みこめば読みこむほど、その曲の突飛さ、詞の難易度が浮かびあがってくる。同時に、それが歌になったとき、どれほど〝おもろい〟仕上がりになるのかも。

スズ子はため息をついた。


「……こら、すごい歌や。こんな歌、聴いたことない」

「そう！　大阪の人間やないと作られへん歌や」

「こんなんワテ、歌い切れるやろか」

「何言うてんねん！　こんなん歌えんのは福来くん、君しかおらへん。……久しぶりにワクワクせぇへんか？　これは事件になんで？」

「そやけどコレ、ぎょうさん練習せなアカンわ。ほんまややこし歌や。まるで早口言葉やがな。あー、ややこしややこし」

「ややこしか。確かにそやな」

うなずくと、羽鳥はスズ子に背を向け、机に向かって何かを書き始めた。スズ子に渡したのは、まだ制作途中のものだという。つまり歌詞には続きがあるのだと。浮かれている羽鳥の背を見つめながら、スズ子は言葉を失う。いったい、この先生はどこまでいくつもりなのだ。スズ子にどこまで、壁を打ち破らせる気なのか。今回ばかりはスズ子も頭を抱えた。確かに、すごい歌だ。ワクワクするに決まっている。でもそれ以上に、難しい。

それから、暇さえあれば譜面とにらめっこして、ぶつぶつ歌詞をつぶやき始めたスズ子に、さすがの大野も苦言を呈した。けれど、そうまでして向き合わねばとても歌い切れそうにない。しばらくはこの歌のこと以外、考えたくなかった。それなのに。

「マネージャーを、やめさせていただきたいんです」

唐突に山下が申し出た。スズ子は、笑った。笑うしかなかった。

「冗談はやめなはれ。新曲もろて、ワンマンショーに向けて準備していかなアカンのに」

「冗談やおまへん。もう決めたことなんだす」

「え……な、何を言うてまんのや。急にそんなわけのわからん。なんででっか?」

スズ子と膝を突き合わせながら、山下は深い息を吐いた。

「ワシのマネージャー人生は、トミ社長の元で始まりました。村山でトミ社長に世話になって、ボンの面倒みるようになって、今度はボンの頼みでスズさんのお手伝いさせてもろて……そうやってスズさんとの縁が生まれて。それが先日、トミ社長が亡くなりましたやろ? ワシとスズさんをつなげた二人がのうなって、なんや、心の糸が切れてしもうたんです。このままではご迷惑をおかけしてしまいます」

「そんなん勝手すぎるわ！　山下さん言うたでしょう！　愛助さんが亡くなったあとに『何があっても支える』て。ワシらができることは何でもします、って。嘘やったいうことでっか？」

「嘘やありまへん。そうやない。スズさんはもう、ワシなんかがおらんでも立派にやれます」

「マネージャーもおらんのにどないしたらよろしんでっか？　山下さんがおらんと困る！」

「代わりの者は考えてあります。……ワシがスズさんにできることはもうない。お役御免や」

「嫌や！」

「スズさん！　……ワシらの時代は終わったんだす。せやけど、スズさんは違う。スズさんはこれからの人と仕事をすべきやと思うんです」

スズ子は、泣きだしそうになるのを必死にこらえた。なんで。嫌や。やめんといて。そんな子どもの駄々みたいな言葉ばかりが浮かぶ。山下の代わりなんて、いるはずがない。山下の「スズさんはスズさんのままでええ」という言葉以上に、頼もしいものなんてないのに。

けれどスズ子の想いに反して、山下は日を改め、後任の男を連れてきた。ずいぶん、若い。聞けば山下の甥だという。

「あ、はじめまして！　私、柴本（しばもと）タケシと申します！　えー、福来さんの話は前々から伯父さんに聞かされておりまして、えー、素晴らしいお人柄だと」

「柴本さんは、今は何をされてるんだすか？」

「特に何も。あ、いや！　人生を懸けて打ち込める仕事は何かないものかと求職中でした」

「仕事は決まらずにおったんですが、大学は出ておりますし、何よりやる気は十分にありまっさかい」

「やる気、あります」

タケシにまっすぐに見つめられて、スズ子はたじろぐ。悪い男ではなさそうだ。やる気も、確かにみなぎっている。というより、今のところはやる気しかわからないが、きっと山下の身内なら信頼が置けるだろう。それでも、山下の代わりが務まるとは思えなかった。

返事ができずにいると、庭から愛子がスズ子を呼んだ。

「マミー！　ふうせん取ってぇ！」

「あの、僕行きます！　担当歌手の子守もマネージャーの仕事ですから」

すかさずタケシが立ち上がり、ふわふわ飛んできた風船を手に取り、愛子の元へと駆け寄る。突然登場した若いお兄ちゃんに愛子はびっくりした様子だったが、すぐになついてきゃっきゃとはしゃぎ始めた。子どもの相手も、任せられそうである。すぐに腰が痛くなる山下と違って、あれだけ愛子に合わせて飛んだり跳ねたりできれば、上出来だ。

「……ほんなら山下さん、やめる気持ちは変わらへんいうことでっか」

諦めまじりに小声でつぶやくと、山下はうなずいた。

「ワシがおらんようになっても、アイツやったらスズさんを支えてくれる思います」

「そやけど何の経験もない子をいきなりマネージャーにするやなんて」

「経験はあらへんけど、やる気はあります」

「ワンマンショーを控えた大事な時期やし」

「若うて体力も有り余ってる。ちっとばかし調子のええところはありますが、決して悪い人間やない。それはワシが保証しまっさかい」

「なんで、そないにあの子を……？」

「……使い物にならへんようやったら、そのときはクビにでもなんでもしてもらってかまわん。そやから、どうかタケシを一人前にしたってください」

両手を畳について頭を下げた山下に、スズ子は慌てた。

「ちょ、そんな山下さん、やめてください！」

けれど山下は動かない。トミの戦友、という言葉が思い出される。だとしたらきっと、一度決めたことは誰も曲げられない。スズ子は、提案を受け入れることに決めた。

翌日から、さっそくタケシはスズ子について回ることになった。毎朝、山下が迎えに来るのが当たり前だったのに、彼のおはようございますの声がないだけで、気合いが入らない。それでも、決まってしまったものはしかたない。スズ子は言った。

「今日はこれから新曲の受け取りや。大作曲家・羽鳥善一センセやで？　知ってるやろ？」

「羽鳥？　善一？　えぇ、もちろんです！」

「なんや、歌好きなんか。どんなん聴くの」

「どんなんと言うよりは、幅広く？　ポップスもクラシックも聴きますし、民謡とか、古今東西いろいろですかね」

「ほんまかいな。ワテは歌うばっかりで、専門的な知識とかそんなんはサッパリやから、わからんことがあったら教えてな」

「はい、お任せください……」

意外と頼りになるのかもしれない、という期待と不安をないまぜにしながら羽鳥の家へと向かう。羽鳥を前にしても、タケシは調子がよかった。

「羽鳥センセ、この子、音楽に詳しんですわ。な、羽鳥センセも好きやろ？」

「はい……。特に、えー、初期の楽曲が好きで」

「嬉しいねぇ。特にどの曲が好きなんだい？」

「えーと、いや、一曲に絞るなんてとてもできませんね、はい」

「それはしかたないよ。数え切れないほど作ってきたからねぇ」

やや挙動不審なタケシを横目に、スズ子は羽鳥から『買い物ブギ』の譜面を受け取る。

「ほんまのほんまにこれで完成ですな？」

「ああ、完全に書き切った。やり残したことはない」

「ほんなら」と読み始めたそれは、最初に受け取ったものよりさらに難解な仕上がりになっていた。「こんなややこしい歌、なかなか歌いこなされへん……」とつぶやくその目に「ややこしややこし」というフレーズが留まる。スズ子のセリフから拝借したらしい。よりいっそう、歌がややこしくなっている。だが羽鳥は「よけい『おもろくなった』と言ってもらいたいね」と自信満々である。

「……やりたい放題やな。ワンマンショーまでにはしっかりモノにせな」

「これを書いて久々に思い出したよ。音楽は自由だってね。あ、ワンマンショーだが、実は参加できそうにない。すまん、作曲仕事が詰まってしまってどうしても手が離せないんだ」

「不安やわ。ただでさえややこし歌やのに、センセに側にいてもらわれへんやなんて」

「大丈夫さ、僕の代わりは腕ききに任せてある。福来くん、君はもう一人前だ。今回は君に任せるよ」

「わかりました。ほんなら柴本くん、あとで劇場に確認しておいてな、センセの代役」

「代役……劇場に？　あ、はい、はい。了解しました！」

ますます、不安である。


スズ子の稽古中を見計らって、山下は家を訪ねた。愛助の遺影に手を合わせ、最後の別れをするためだ。ずっと、愛助の代わりにスズ子を支え続けていたかった。だが、引き際なのだということを、トミの死で思い知らされた。

「本当に、やめでしまわれるんですね。寂しぐなります」と大野がお茶を出してくれる。

「考えてはおったんです。最近は体もよう動かんようなってきて、スズさんにご迷惑かける前にやめなアカンなぁて。それに、スズさんには若い人を引っ張っていってほしい。ただ、スズさんの支えになることはボンとの約束でもありましたから、なかなか踏み切れへんままで」

「愛助さんて言いましたが……ずいぶんとかわいがっていらっしゃったんですね」

「生きがいでした。亡くなったときはホンマがっくりしたわ。よりどころがのうなって、一気にへこたれてしもて」

「つらいよなぁ。私も身内を亡ぐしましてね。いまだにどうすても、くよくよ考えでしまう。大空襲の夜、あちこちがら火の手が上がる中、確かにこの手ぇにぎりしめでだはずなのに……どうして生き残ったのが、私なんだべぇ」

「大丈夫や。ボンが亡うなって、お嬢が生まれて、ワシはスズさんのおそばで必死にやりました。そんなしてるうちに、いつの間にかつらい思いやなんぞどっか行ってしもうた。スズさんのおかげや。ハラハラすることもありまっけど、一緒におったらなんでか元気になる。大野さんかて、きっと乗り越えられます。スズさんというのはなんや不思議な力がある人です」

「わがる気ぃがします。だげど……本当に会っていがれなくていいんですか？」

「顔見たら、やめる決心が揺らいでまうかもしれへん。もうタケシのことを、スズさんには託しましたから……」

新しい光を、まばゆい希望をくれたスズ子のそばから離れたいと、心から願うはずがない。それでも老兵は去らねばならぬのだ、と山下は自分に言い聞かせていた。

後を任されたタケシはというと、スズ子が懸命に稽古するかたわらで舟を漕ぎ、こっぴどく叱られていた。

「柴本ぉ！　あんた、マネージャーやる気あるか？　そら眠たなるときもあるとは思うけど、ワンマンショーに向けて大事な時期やねんで？　ワテも必死でやってんのに。アンタ、歌謡やら芸能には興味あんねやろ？」

「あ、あります！　もちろん！」

「やる気もあんねんな？」

「あります！　もう、一生寝ません」

一生は無理やろ、と思いながらスズ子はため息をつく。

「頼むでほんま……」

だが、それからもタケシの気はなかなか引き締まらなかった。居眠りはなくなったものの、メモを取ってくれと頼めば上の空、スズ子の歌を聴いている様子もない。

「大野さんは、柴本くんのこと、どない思います？」

「若くて、元気もあって、いいど思いますけど。お嬢さんもなついでるみたいですし。働きぶりは、いかがなんです？」

「イマイチ身が入らんようで。力になるどころか正直、足手まといで。今回は羽鳥センセもおらんし、やっぱり山下さんがおらんとうまいこといかへん」

「……大丈夫」

大野は、山下の言葉を思い出しながら言った。

「山下さんは福来さんを見捨てだわげでねぇ。もう自分がいなくても大丈夫だど思ったがら、やめでいったんでしょう。柴本くんのごどだって、福来さんだがらこそ預げだんだと思います。まだもう少し、あの子を信じであげだらいかがですか」

これからの人と仕事をするべきだ、と言った山下の顔を思い出す。その信頼を裏切りたくなくて、スズ子は肚に力を込めた。

ところがワンマンショーの当日、タケシは寝坊してしまったのである。スズ子を迎えに行ったときはすでに出発したあと。出迎えてくれた大野を前に、タケシはうなだれた。

「またやっちまいました。もうクビでしょうね。俺、いつもこうなんですよ」

と、諦めて玄関先に座り込む。

「大学は留年、仕事も続かない。夢中になれるものもないのに、それでも働かなきゃならなくて。流行歌手のマネージャーだって言われて、華やかな世界なら務まるかと思ったのに、このありさまです。ダメなんですよ、俺……」

「自分のごど、そんなふうに言うもんでね」

「親にも先生にも、そう言われて生きてきましたから。……俺、どうすればいいんすかね」

「正直にぶつかれ。嘘もごかましもせず、正直にぶつかって、一生懸命働け」

「でも、きっともうクビです」

「それを決めるのはアンタでねぇ。福来さんだ。ほら立で！　福来さんが待ってる！」

それでも煮え切らないタケシの肩を、そっとたたいたのは愛子だった。

「お兄ちゃん、だいじょうぶ？」

心配そうに言われては、大丈夫、と立ち上がるしかない。

タケシは何度も逃げ出したくなるのをこらえて、日帝劇場へと向かった。楽屋で出番を待つスズ子は、いつもと違って派手な化粧で、目が合うだけで取って食われそうな気がしてしまう。おそるおそる様子をうかがうも、鏡に映ったせいで、すぐにばれた。居眠りをしたときの鬼の形相を思い出し、身構えたタケシだが、スズ子は挑発的に笑うだけだった。

「お、来たな。逃げたか思たわ」

タケシは背筋を伸ばし、一歩進み出た。

「福来さん……本当にすいませんでした！　こんな大事な日に遅刻してしまって。それに、あの……前に言った『音楽に詳しい』とか『興味がある』ような話も、実は全部」

「嘘なんやろ？　バレてるわ。あんたがこの仕事に興味ないのもようわかった。それで？」

「これ以上、ご迷惑をおかけするわけにもいきませんし、ケジメをつけなければと思って……」

「福来さん、まもなく本番です。舞台のほうにお願いします」

そのとき、スタッフから声がかかりスズ子は立ち上がった。

「よっしゃ！　行こ。……アンタ、ええからよう見ときや」

ついてこい、といわんばかりに顎をくいとやられる。クビじゃないのか、怒られないのか。びくびくしながらタケシは舞台袖までついていく。最後くらいマネージャーらしくふるまえということなのだろうか。

「お待たせいたしました。福来スズ子でございますー！」

買い物籠を提げたエプロン姿という、およそ歌手とは思えないいでたちに、客席から小さなどよめきが生まれる。けれどスズ子は狙いどおりとばかりに、にっと笑った。映画のオープニングのような期待感を煽るメロディが奏でられ、観客の表情は困惑から期待に変わる。

♪今日は朝から　私のお家は　てんやわんやの　大さわぎ
盆と正月　一緒に来たよな　てんてこまいの忙しさ
何が何だか　さっぱりわからず　どれがどれやら　さっぱりわからず
何もきかずにとんでは来たけど　何を買うやら　何処で買うやら

こんな歌だっただろうか、とタケシは思った。スズ子はいつもぶつぶつとつぶやき、歌っては止め、止めては歌ってをくりかえしていた。同じメロディ、同じリズムばかりでなんて退屈なんだろうとあくびをかみ殺していた。だけど。

まずは魚屋に飛びこんで、鯛やヒラメ、カツオにまぐろ、あらゆる魚の名前を歌いあげた。次は八百屋でニンジン、ごぼうにレンコン。やっぱりあらゆる野菜の名前を羅列して歌う。まるで早口言葉のように食材を口ずさんでいく、こんな曲をタケシは聴いたことがなかった。

描かれるのは、ただの主婦の日常だ。それがこんなにも、愉快でわくわくする音に変わるなんて。買うものがありすぎて「ややこし、ややこし」と困り果てるなんてことない主婦の情景が軽やかに浮かび上がってきて、気づけばタケシは全身でリズムをとっていた。歓声をあげて身体を揺らす、観客たちと同じように。踊りだしそうで、笑いがこらえきれなくて、楽しくてたまらなくて。

汗だくになって舞台袖に戻ってきたスズ子は、「お客さんの顔、どんな顔してた?」と聞いた。

「最っ高の笑顔でした!　福来さん、本っ当にかっこよかった!」

タケシは身を乗り出した。もっともっと、伝えたいことはたくさんあるはずなのにそれ以上の言葉が出てこない。スズ子は、誇らしげに口の端をあげた。

「そやろ?　これが歌や。これがお客さんを楽しませるいうことや。それがどんなに素晴らしい仕事か、アンタにはもっとちゃーんとわかってほしい。そやからな、アンタのことは、まだやめさせへん」

はい、とうなずくタケシの声がかすれる。

「羽鳥センセ、タナケンさん、山下さんもそうや、ワテはいろんな人から、人を楽しませる面白さ、厳しさ、いろいろ教わってきてる。今度はワテがそれをアンタに教える番や。これからも、一緒に頑張ろな」

タケシは目を真っ赤にして、首をぶんぶんと縦に振った。

「よろしくお願いします。ありがとうございます……！」

お礼を言うのは自分のほうだ、とスズ子は思った。

山下がやめると言い出したとき、またかと思った。また、スズ子は置いていかれる。みんな、スズ子を必要としなくなる、といじけるような気持ちもあった。だけど、違った。みんながスズ子に注いでくれたたくさんの想いを、スズ子が受け取ったかけがえのないぬくもりを、今度はスズ子が別の誰かに渡していく番なのだ。そんなふうに出会いと別れをくりかえして、新しい未来へと進んでいくのだと。

第23章 マミーのマミーや

二か月がたち、タケシのマネージャー業もなんとか板についてきた。居眠りすることも遅刻することもなく、愛子の面倒もよくみてくれている。

愛子も三歳の誕生日が近づいて、ずいぶんと大きくなった。大野と三人で暮らし、食事時にはタケシも加わるこの家は、やや手狭である。迷った末、スズ子は広い庭のある家に越すことを決めた。ここは愛助との思い出がつまった大事な家だが、愛子がのびのびと遊ぶ姿が見られたほうが愛助も喜ぶだろう。三鷹から都心に近い場所に移れば、移動時間が減って愛子と過ごす時間も多少は増える。

アメリカに行く話をもちかけられたのは、そんな頃だった。スズ子を呼びだした羽鳥が、興奮した面持ちで迫った。

「鈴村(すずむら)興行は知ってるだろう? あそこの社長が向こうの興行師とつながりがあるみたいでね、ホノルルを皮切りにアメリカ本土にも渡って四か月ほど回ってみないかって言うんだ。君、これは大きなチャンスだよ。外国になんてめったなことじゃ行けないんだ。もともと僕は、君は向こうむきだと思っていたし、本場の音楽を全身に浴びてこようじゃないか！」

「この話をいただいてからずっと興奮しっぱなしなのよ」

　麻里はいつもどおり呆れている。

「そりゃそうですよ。こないだまで戦争してたって言っても、僕にとってはやっぱり憧れの音楽を生んだ国だ。一度はこの目で見てみたいじゃないか。……なんだいなんだい、冴えない顔しちゃって。どうしたってての？　君にとっても大きなステップアップだよ、これは！」

「なんや夢みたいなお話で……」

　ブギを生んだアメリカに、ブギの女王たるスズ子が行きたくないはずがない。本場の客を前に自分の歌がどこまで通用するかも挑戦してみたかった。けれど。

「もしもほんまに行かせてもらえるなら……愛子も一緒に連れて行けますやろか？」

「ああ、それが申し訳ない！　これがどうしても君とマネージャーの柴本くんだけしかダメなんだ。ＧＨＱの渡航許可がおりなくてねえ。まあでも、愛子ちゃんはほら、茨田くん肝入りで来たお手伝いさんがいるんだろう？　大丈夫なんじゃないかい？」

「せやけど、四か月いうたらえらい長いですし」

「おいおい正気かい？　愛ちゃんはまだ……いくつだっけ？　小っちゃいだろ。四か月お母さんと離れることなんて記憶にも残らないだろうけど、福来くんにとってはこんなビッグチャンス、今後いつあるかわからないよ！」

「決めるのはスズ子さんでしょう。そんな強要するような言い方おやめになって。幼い子を置いていくのは心配ですし、愛子ちゃんからしたら全力で甘えられる人と一緒にいたい年頃よ」

「うーん、そうかあ。いや失敬。君が母親代わりに……てわけにはいかないかあ」

「当たり前でしょ。スズ子さん、ゆっくり考えたほうがいいと思うわ。納得できるまで」

煮え切らないまま、スズ子は羽鳥の家をあとにした。夕食のあと、居間で愛子が遊んでいるのを確認し、大野にこっそり相談してみる。さすがの大野も、顔をしかめた。

「確がに夢みてぇなお話なんでしょうけれど……愛子ちゃんのごど考えれば、私（わだし）は簡単には行ってらっしゃいませどは言えません。愛子ちゃんさとってお母さんはスズ子さんだげです。存分に甘えられるのは母親だけです。連れで行ぐならまだしも、四か月も離れるなんて、私（わだし）は反対です」

ただでさえ、家を空けることが多くて寂しい思いをさせているのだ。長い間離れ離れになると知ったら、どれほど悲しむだろう。ところが、そういうときによけいなことをするのがタケシなのである。

「愛ちゃんのマミーはとおーいとこ行くんだぜぇ。すごいだろ？　アメリカって月より遠いんだよなぁ。すごい、すごい！」

手遊びしている人形を飛び跳ねさせるタケシに、愛子の顔はみるみる曇った。

「……イヤや。イヤやイヤや！」

愛子は、スズ子が買い物から帰ってくるなり飛びついた。

「行ったらあかん！　マミー、行かんといて！」

「大丈夫だよ。たーくさんお土産買ってくるから。それにね、マミーがいない間に新しいお家（うち）もできて引っ越しだぞお。広いお家は楽しいぞぉ」

失態に気づき、慌ててタケシがなだめるも、愛子の耳には届かない。イヤや、行ったらあかん、とくりかえして泣きわめく。それでも、絶対に行かへん、そばにおるで、と言ってやれない自分にスズ子は気づいていた。愛子が寝るまでそばにいて、お腹をとんとんとたたきながら、こんなにかわいい子を泣かせる自分はなんてひどいんだろうと思う。この子の成長を見守ること以上に大事なことなんてない、と思ったりもする。それでも、アメリカという夢をスズ子はどうしても手放せない。

愛子がすやすやと静かな寝息を立てると、スズ子は居間へ行き、仏壇の前に座り込んだ。微笑むばかりの愛助に、どないしよう、と語りかける。次に、隣に並べたツヤの写真を見やる。お母ちゃんやったらきっと子どもを置いていったりせえへん、と思うと胸がぎゅっと締めつけられた。結論を出しきれないまま、スズ子は再び羽鳥に呼び出され、家を訪れた。スズ子が行くことを疑っていない羽鳥は、困った困ったとくりかえす。

「準備の都合もあるから早くしてくれって言われてるんだ。いいよね、行くで。ね？」

「あなたみたいに、私に三人押しつけてればいいって気楽な立場じゃないのよ、母親は」と麻里がぴしゃりとやる。スズ子は、うなだれた。

「母親としては麻里さんの姿が正しい姿やと思います。ちゃんとお子さんの世話して、家を守って……。ただ、ワテ、どないしてもアメリカ行って、歌手としてもっと成長したいいう気持ちも抑えられん。せやけど、娘より歌を選ぶ自分がそれでええんか思うて……」

愛子を生んだとき、できるだけ自分一人で世話をしようと決めた。けれど、歌手を続けるには周りを頼らざるをえず、今は大野なしではやっていけない。それでも、愛子を育てるためでもある、と思えば自分を納得させることもできた。でも、アメリカ行きは話が違う。明らかにスズ子は、母親としての自分よりも、歌手としての自分を優先させようとしている。

「茨田さんが歌のために子どもと離れたと聞いたとき、そんなことは自分には絶対にでけへんし、しとうないって思ってたのに。ワテは歌手である前に普通の人間、普通の母でありたいと思てたんです。せやのに……」

「スズ子さん」と麻里がいつになく厳しい目でスズ子を見据えた。「私はね、自分が母親として正しいとかそんなことはちっとも思ってないわ。あなたが言うような普通の母としてしか生きられないだけだから。だって私にはあなたたちのように多くの人を喜ばせたり楽しませたりする才能はないもの。でもね、私は自分の生き方に誇りは持ってるつもりよ。だからあなたに正しいとかそんなことを言われたくはないの」

「すんまへん。出過ぎたことを言うてしもて……」

「あなたはきっとアメリカに行っても後悔するでしょうし、行かなくても後悔すると思う。でもね……もしも私があなたの母親なら行ってきなさいって言うわ。あなたは心の中では行くって決めてるのよ。あと一押ししてほしいんでしょ」

「僕が一つどころか七つも八つも押してるじゃないか！」

「母として同じ立場にいる人に背中を押してほしかったのよね。だから行ってきなさい。あなたは母であると同時に歌手の福来スズ子なんですから。愛子ちゃんのことは死ぬほど心配でしょうけど、私もなるべく遊びに行ったりするわ。大丈夫よ。子どもは意外に強いから」

「麻里さん……」

「ただ、あなたたちのような才能のそばで生きている人間がいろんな思いをしてるってことは、忘れずに歌ってほしいわ。ねえ、あなた」

　麻里にそう問いかけられて、羽鳥は慌てて答える。

「も、もちろんみんなに支えられてるってことは忘れるもんかい！」

「どうだか。……ごめんなさいね、スズ子さん。うるさいおばさんで」

「いいえ、ありがとうございます。麻里さんの言わはるとおりやと思います」

　もしもあなたの母親なら、と麻里は言った。もしツヤがこの場にいたら、同じことを言ってくれたような気がする。ツヤは確かに、子どもを置いてアメリカに行ったりはしないかもしれないけれど、スズ子はスズ子なのだからと、きっと背中を押してくれた。

「ようやく決心でけましたわ。センセ、ワテをアメリカに連れてってください」

「イエース・オフコース！　向こうの連中をびっくりさせてやろうじゃないか！」

　心は決まった。迷いのふっきれたスズ子に、大野ももう、反対したりはしなかった。

「スズ子さんもいろいろ悩んで決めたど思いますんで、お留守はしっかりど守らせてもらいます。ただ、愛ちゃんにはスズ子さんがらきちんと話してあげでください。愛子ちゃんはまだ幼いです。だからこそしっかり向ぎ合ってください。……うるさいおばさんでごめんだ」

　スズ子は思う。〝うるさいおばさん〟に囲まれている自分は、なんて幸せなのだろうと。心配だから、支えたいから、あれこれ言いたくなってしまう。スズ子にできるのは、その想いを受け止め、前に進むことだけである。

「……なあ、愛子。マミー、アメリカに行くことに決めたで」

　風呂あがりの髪を拭いてやりながら言うと、愛子の身体がかたまった。

「ちょっとの間、離れ離れになるけど、堪忍やで」

「イヤヤ！」

「マミーも愛子と離れるんは寂しい。せやけどな、マミー、外国で歌とてみたいねん。どないしてもどないしても行きたいねん。これはマミーの夢やねん。……ごめんな、愛子」

「イヤや！　イヤや！」と叫ぶ愛子をスズ子は抱きしめた。腕のなかでもがきながら、愛子はスズ子の背をばしばしとたたく。それでもスズ子の決意は揺るがなかった。

その晩、愛子は泣き疲れて眠った。朝になっても機嫌は直らず、食も進まないようだった。

「愛子、いつまでもそんな態度でおったらあかん。マミーも悲しなるわ。大野さんもおるやろ。それにな、カツコちゃんやイネコちゃんも遊びに来る言うてるで。新しいお家もできるんやで。マミーが行ってる間に引っ越しや。ええなあ、羨ましいわ」

「新しいお家なんかいらん！」

愛子はほとんど手を付けていない朝食を置いて、走り去る。

「ごまかしたような言い方では、子どもとばよけいに不安させるだけですよ」

大野は言うが、いったいどうすればいいのだろう。


スズ子のアメリカ行きは新聞や雑誌でも報じられ、日本中の知るところとなった。日帝劇場では、スズ子の壮行会を兼ねた「お見送りワンマンショー」が開かれ、ロビーには「いってらっしゃいアメリカへ！　バンザイバンザイ」と書かれた看板が掲げられている。外国への渡航が厳しく制限されていたこの時代、スズ子のアメリカ行きは人々の心を沸き立たせる快挙なのだった。

やっぱり福来スズ子はすごい、日本の誇りだと、訪れた観客は興奮した様子で口々に褒めたたえている。

楽屋でスズ子が化粧をしていると、廊下からかしましい声が聞こえてきた。おミネたちである。腕には大きな花束を抱えている。これまでもときどき劇場に足を運んできてはくれたが、楽屋を訪ねてくれるのは珍しい。

「アンタのお別れ会なんだ。商売ほったらかして来たよ。ほら餞別」

「でもアンタ、ほんとすごいわ。アメリカ行っちゃうなんて！」

「アタイの常連だったダグラスに会ったらおタマが寂しがってるってよろしく伝えてね」

「アタイのビリーにも頼むよ」

「じゃあ、アタイのマークにも」

「バカだね、アンタたち。アメリカは東京より広いんだよ。簡単に会えるわけないだろ。ま、でも、アタイのブルーフォードにもよろしく」

アメリカ行きを決めてよかった、とようやくスズ子は思えた。みんな、自分とは関係ないはずなのに、スズ子のアメリカ行きに心をズキズキワクワクさせている。スズ子の歌を聴いて、心の華やぎをさらに爆発させる。そんな姿を、スズ子はもっと見たいのだ。一回りも二回りも大きくなって、みんなから愛される歌手になりたいのだと改めて痛感した。

愛子は、最後までスズ子を許してはくれなかった。泣いてもどうにもならないとわかったからか、駄々をこねることはなくなったが、毎日、気づくと恨みがましい目でこちらを見ている。そして迎えた出発当日、大きな旅行鞄を手に、旅支度を調えたスズ子は、しゃがみこんで愛子と視線の高さを合わせた。

「マミーはな、愛子のことが好きや。何よりも大切や。宝物や。その宝物と同じくらいの宝物がマミーにはあるねん。それはな……自分自身や。マミーは、歌手としてもっともっと大きなりたいねん。アメリカに行くことが、マミーをもっとええ歌手にしてくれるかもしれへんの。せやから……マミーは行ってきます」

「イヤや」と愛子は大粒の涙をこぼした。「ヤダイヤや！　ヤダイヤや！」と、ここ数日こらえていたすべての感情を発散するように、拳を握りしめて叫ぶ。スズ子の目にも涙が浮かんだ。

「愛子、ごめんな。ほんまにごめんな。せやけど、愛子も大きなったら好きに生きるんやで」

「ヤダヤダヤダイヤヤイヤヤイヤヤ！」

　スズ子にしがみつく愛子の後頭部を優しくなでる。できることならずっとそうしていたかった。でも、飛行機の時間が迫っている。

「もう行ってください。キリがありません」

　大野が愛子を引きはがし、悲鳴は大きくなる。「はなせー！」と叫ぶ声を振り払うようにスズ子は家を出た。マミー、マミー、と泣く声が家の外にまで聞こえてくる。胸が、痛い。今すぐにでも、飛んで帰りたい。けれどスズ子は前に進んだ。やがて声が小さくなっても、幻聴（げんちょう）のように脳裏（のうり）に響きわたる愛子の呼び声と、引き裂かれるような胸の痛みを決して忘れるまいと思った。それでも、アメリカに行く。その覚悟を、胸に刻まなくてはならないと。

　それから数日、愛子はほとんど笑うことなく、静かに過ごした。ときどき、スズ子を思い出してはめそめそと泣いている。散歩も、人形遊びも、特別ながっぱら餅も、何一つ愛子の心を晴らすことはできず、大野が途方に暮れていた頃、麻里が三人の子どもを連れて遊びに来た。土産に渡された大きなホールのケーキを見て、ようやく愛子の表情が変わる。

「高がったんじゃないですか？　あそこのパーラーのケーキだっきゃ」

「いいのよ、あの人たちだって半分遊んでるんだから。愛ちゃん、マミーがいなくて寂しいでしょうけど、カツオもイネコもみんないるからね」

「はい、あーん」とイネコが愛子に食べさせてくれる。むっつりした表情は変わらなかったが、その瞳に生気は戻ってきていた。麻里が笑う。

「あらまあ怖いお顔。でもそれだけ食べられたら大丈夫ね」

そうして少しずつ、愛子がスズ子のいない生活に慣れてきた頃、世田谷の新居が完成した。大野と愛子は一足先に引っ越しである。広くなる、と聞いてはいたが、豪邸と呼ぶしかない立派な佇まいに大野は圧倒されている。そこに、スズ子からの手紙が届いた。


〈愛子、お元気ですか？　大野さんと仲良うしてますか？　この手紙がつく頃にはもう新しいお家やろか。マミーは夢にまでみたブギの本場、アメリカで毎日毎日かけがえのない経験をさせてもらってます、たくさん歌って勉強させてもらってます。マミーを遠い国に行かせてくれてほんまにありがとう。ああ、マミーは早く愛子に会いたいです。アメリカで歌いながら、毎日愛子のことを考えています。帰ったら、たくさん抱きしめさせてな。愛子、アイ・ラブ・ユーやで〉

何枚かの写真も同封されていた。舞台に立つときと同じ派手な衣装で、大口を開けて笑っているスズ子の顔を、愛子はじっと見つめる。スズ子のうしろでは、鼻も背も高いアメリカの男たちが楽器を奏でていた。ある写真では、着物姿のスズ子が、感極まった様子の老婦人から花束を受け取っていた。ピアノの前で羽鳥と並んで撮影したものもある。愛子を置いて、楽しそうにしているのがちょっと悔しくもあり、けれど異国の人たちに囲まれてもいつもと変わらず堂々としているスズ子に、胸の奥がくすぐられるような気持ちにもなる。

「アイ・ラブ・ユーってなに？」

聞くと、大野は愛子の頭をなでながら教えてくれた。

「愛子ちゃんのごとが大好ぎ、言うごどだ。マミー、頑張ってるねえ。マミーに、お手紙書いであげようが。ね」

愛子は、うなずいた。画用紙を広げて、歌って踊るスズ子の絵を描く。アイ・ラブ・ユーという気持ちを、ふんだんに込めて「マミー」と拙い字で書き加えた。

その絵を、スズ子はニューヨークのホテルで受けとった。

「お絵描き上手やな。マミー、そっくりや。もうすぐ帰るで。待っててな。ああ、もうアカン。泣いてまうわ」

涙で絵を汚してしまわないよう、部屋の机の上に飾る。アメリカに来て、すでに三か月以上が経過していたが、愛子を思わない日はなかった。帰国の日は近い。もうすぐ愛子に会えるのだと思うと、いてもたってもいられなくなる。少し風にあたろう、とスズ子は部屋を出てホテルのラウンジに向かった。テラス席では、羽鳥がウクレレをかき鳴らしている。羽鳥もまた、帰国の感慨にふけっているようだった。

「世界は広いねえ。ブギの王様、ライオネル・ハンプトンに会えたことも嬉しかったけど、ニューヨークのライブハウスで聞いたビーバップにも痺れたし、ブロードウェイで観た『キスミー・ケイト』なんて最高だったよねえ。あと一年くらいこっちにいたい気分だ」

「どうでっしゃろ。アメリカにはおいしいライスカレーもないし、おいしい中華そばもないし……なにより愛子がおらんのが寂しすぎますわ」

自分にとっていかに愛子が大切なのか、アメリカでスズ子は改めて思い知らされていた。

四か月ぶりに会う愛子は、少し大人びたような気がした。きっと、スズ子以上にたくさんのことを経験して、吸収したのだろう。久しぶりで照れているのか、大野のうしろに隠れてもじもじしている愛子に、スズ子は両手を広げる。

「大きなったなあ！　よう我慢してくれたなあ。会いたかったでぇ！」

愛子はおずおずと歩み出て、スズ子にぴたっとくっついた。その小さな身体をつぶしてしまわないよう、けれどめいっぱいの愛が伝わるよう、スズ子は抱きしめる。愛子も苦しそうにしながら、スズ子の背に腕を回した。ところが。

「愛ちゃん、大きなチョコレート買ってきたよぉ。食べるかい？」

タケシが言った瞬間、するっと腕から抜け出して「食べる！」とはしゃぐ。マミーより、チョコがいいらしい。あれほどいやだいやだと泣いていたのが嘘のようだ。その成長ぶりが頼もしくも寂しいスズ子である。留守中の礼を言うため訪ねた麻里にもそうこぼす。

「寂しかったんは寂しかったみたいでっけど、麻里さんの言わはるように、案外平気やったらしいですわ。ワテよりチョコに夢中で、むしろ平気やなかったのはワテのほうでしたわ」

「だと思った。きっとスズ子さんは愛子ちゃんに会いたくてたまらないだろうなって」

「ほんまに……ワテのほうが愛子に甘えとったんかもしれまへんわ。麻里さんの言わはったようにいろんな人のおかげで歌えとるんやなって」

「ヤダわ。改まって言われると私、偉そうなこと言っちゃって。それなら行って良かったわね。あとはウチの人も少しはそう思ってくれたらねえ」

あと一年は帰りたくない、なんてうそぶいていたとは、とても言えない。

新居のある世田谷の住宅地には、愛子と同じ年頃の子をもつ家庭が多い。子どもたちが広い庭で駆け回るのを見ながら、母親たちとお茶会をする機会も増えた。持ち前の社交力でスズ子はすっかり打ち解けたが、愛子は案外、人見知りをするようである。家で見せる勝気な様子はなりをひそめ、恥ずかしそうにまわりの様子をうかがっている。そのあたりは、愛助に似たのかもしれない。

そんな愛子も、遠出をして、見知らぬ人たちに囲まれることになる。電報が届いたのだ。香川にいる梅吉がもう長くはなさそうだ、と。半年ほど前から、がんを患い、治療をしていることは聞いていたが、それほど悪かったとは。

スズ子は、愛子を連れて見舞いに行くことにした。愛子はいやがったが、今度ばかりは置いていくわけにもいかない。

「おじいちゃんな、愛子の顔見たら元気出るかもしれへんやろ。せやから行ったらなあかん」

どうも愛子は〝知らない〟ことに対するおそれが強いようである。子どもの頃から、何かにつけ向こう見ずに突っ込んでいくスズ子とは大違いだ。そういえば、六郎と二人で香川に行けと言われたときも、なんでやろと思いはしたものの、さほどの抵抗はなかった。むしろ今のほうが、再びあの地に足を踏み入れることを、ためらう気持ちが強い。だからこれまで、ずっと梅吉に会いに行くことができずにいた。

田んぼの多い長閑(のどか)な香川の風景は、愛子の心をほぐしたようだった。愛子の手を引きながら、スズ子は落ち着かない気持ちで河川敷を歩く。ぼう然としながら、とぼとぼと一人で歩いたことを思い出す。

梅吉の弟である松吉(まつきち)の家に行くと、妻のユキとともにあたたかく出迎えてくれた。大好きだった祖母はとうに亡く、ツヤの妹であるタカも小豆島(しょうどしま)に越して、今はもういない。かわりに、玄関に置かれた壺に、カメがいた。梅吉が東京から連れ帰ったものである。

「兄貴、そのカメようかわいがっとるわ」

「かわいいわぁ」と愛子はカメを抱いた。もうすっかり慣れた様子だが、今度はスズ子のほうが落ち着かない。「驚かんでな、やつれてしもうとるから」と言う松吉に案内され、梅吉の寝室へと向かう。襖(ふすま)を開けると、頰のこけた梅吉が青ざめた顔で横たわっていた。

「なんや……来てくれたんか。おお……愛子ちゃんもかいな。よう来てくれたなあ。大きゅうなった。ベッピンやな。お、かわいいカメやろ？」

弱々しく微笑み、身体を起こそうとした梅吉を、松吉が止める。すっかり薄くなってしまった梅吉の身体に、スズ子は胸が詰まる。その生気のなさが、愛子を怯えさせたらしい。カメを抱いたままあとずさり「マミー、遊びにいこ」と小声でささやく。

「何言うてんのや。おじいちゃんやで。ほら、お話ししたり」

「ええ、ええ。遊び行ってこい。裏の広場でここらの悪ガキが大勢遊んどるけん」

スズ子と一緒に行きたがる愛子を連れて松吉が出ていくと、スズ子は布団のわきに座った。

「まだ生きてたんか、あのカメ」

「長生きしとるで。六郎のぶんも生きとるんやろ。スズ子……会えて嬉しいわ」

「ワテも……嬉しいで。ごめんな、なかなか来られへんで」

「来てくれたがな。嬉しゅうて、二時間ほど寿命伸びたわ」

「あいかわらず、つまらんなあ……」

ははは、と笑って梅吉は目を閉じる。

――ほれほれ、スズ子。お父ちゃんやで、嬉しいやろ？　会いたかったやろ！

押しつけがましいほどに迫る、梅吉の姿はそこになかった。ああ、もう本当にだめなんだ。思い知らされ、こみあげる涙を、スズ子は懸命にこらえた。


愛子はすっかり、地元の子どもたちになじんだようだった。松吉が用意してくれたカンカン寿司（酢でしめた鰆（さわら）の押し寿司）をご機嫌でほおばっている。人見知りはするが、慣れると強気に出るのはスズ子に似ているかもしれない。対して沈み込むスズ子に、松吉が言った。

「兄貴、口を開いたらスズちゃんの自慢ばっかやったわ。近所の人からも親バカもここまでいったらあっぱれや言われて」

「病気になって写真館を畳んでからは、よけいにスズ子ちゃんの話ばっかりやったね」

「写真館、繁盛してたらしいですね」

「ああ見えて、ええ写真撮りよるけん。腕は良かったわ」

「カメラ持ってそこら中ブラブラ歩いては村の人らぁを撮ってくれたり。人気者やったんよ」

「そや、倉庫に兄貴の撮った写真がようけ置いとるから見たってや。写真館のもの捨てとうない言うて、道具なんかもいろいろ置いとるんや」

それはスズ子の知らない梅吉の姿だった。でも、想像はつく。はな湯にいるときはいつも常連に囲まれてけたけたと笑いながらみんなを盛り上げていた。すぐに酔っぱらうから仕事はツヤに任せきりだったし、酔っていないときは金にもならない映画の脚本を書く作業に没頭していたから、頼りがいのある父親とはとても言えなかったけれど、人を楽しませることにかけては誰より飛びぬけて才能があったと思う。

倉庫で一人、梅吉が撮ったのであろう写真を眺めながらスズ子は思い浮かべた。

「ええ顔してみぃ」「笑え笑え！」と声をかけ、ときにおどけてカメラの前に立つ客の自然な表情を引き出していたのだろう。紙吹雪が舞う写真があるのは、きっと緊張の解けない子どもたちを和ませるため「バンザーイ！」とまき散らしたに違いない。時に客からもうっとうしがられながら、ほれほれ、と迫って笑わせ、いちばんいい笑顔を浮かべた瞬間、シャッターを切る。それは梅吉にしかできない仕事だっただろう。——と、しんみりしていたのだが。

あるアルバムを開いて、スズ子は硬直した。海辺に水着姿で立つ女性たちの写真が並んでいる。

調子よくポーズを決めたり、恥じらったり、その表情はさまざまなれど、ページをめくれども、めくれども、水着の写真が続く。

松吉たちのもとに戻ると、愛子は家の中を探検しに行ったようで、いなかった。よかった、こんなのは愛子に見せられないと、スズ子はアルバムを差し出す。

「やだ！　まだあったんかいな、それ！」

ユキが悲鳴をあげた。松吉は、バツが悪そうに頬をかいた。

「別に怪しい写真ちゃうんじゃわい。なんちゅーか……どう言ったらええんじゃろ」

「梅吉さん、海で女の人の写真撮っとったんよ。海水浴の。やけど、無理にやないのよ、見たらわかるでしょ。みんな綺麗に撮ってもろて喜んどったし。ただ……梅吉さんがそれを写真館のウィンドウに飾っとったら、町のアホな男連中が欲しがってね……」

「は？」

「ほしたら兄貴……焼き増ししてその男連中に売っとったんや。小遣い稼ぎや言うて」

「はぁ？」

「ほんでね、女の人たちがカンカンに怒ってしもうて、売った梅吉さんと買うた男の人らぁを吊るし上げたんよ」

しばいたろか、とつぶやいたスズ子の声に凄味があって、松吉は慌てた。

「いやいやもう死ぬじゃろ、や、言うたらいかんな。ほんで兄貴もがいに反省してそれからピタッとやめたんや」

「当たり前や！」

「やけど、この人やって買うたんやから、その写真」

「ア、アホ！　一枚やけん。お前も撮ってもろとったやろ！」

「ええやない、綺麗に撮ってくれるんやから。梅吉さんに撮ってもろたらな、ほんまに気分がええんよ。楽しいの。どんなに偏屈(へんくつ)な大人でも泣いとる子どもでも、梅吉さんがカメラを向けると、不思議にいい笑顔になる。みんな梅吉さんに写真を撮ってもらうんは大好きやった」

「まぁ……確かに人を安心させるいうんか、そういうとこはあったかも知れへんけど……ちゃんと真面目に働いてると思うてたわ」

「真面目には働いとったで。それは確かや。なあ」

「そうやね。それにこの写真もなんだかんだ梅吉さんらしいってみんな許しとるし、儲けたお金やって公民館建てるのに寄付したんやけん」

「そ、そや！　今では笑い話やこんなん！」

梅吉は、どこまでいっても梅吉だったというわけだ。


同じ頃、愛子は部屋の廊下でカメを遊ばせていた。けれど、襖の向こうで眠っているだろう梅吉のことが気になって、しかたがない。これまで出会った誰とも雰囲気が違う、その弱々しさが愛子にはおそろしかった。でも、その人が愛子のおじいちゃんなのだとマミーは言った。愛子を見つめるまなざしは、優しかった。愛子は、そっと襖を開ける。気配を感じていたのだろう、襖をじっと見つめていた梅吉と目が合い、愛子はあとずさった。

でも、さっきみたいに逃げ出したりはしない。枯れ木のような手を布団から出し、おいでおいで、と手招きする梅吉に、一歩近づく。

「そのカメ、気に入ったか？」

「……うん。かわいい」

「せやろ。アホやけど、かわいいんや、そいつ」

「アホなん？」

首をかしげる愛子に、梅吉は微笑んだ。ああ、愛しいなあ。スズ子にそっくりだ。アホなカメを優しく抱いている愛子は、アホな六郎をかわいがる幼い頃のスズ子みたいだ。

「愛子……写真撮ったる。そいつと一緒に撮ったる……」

よろよろと起き上がると、梅吉は枕元のカメラを手にとった。いつ、どんな撮りたい瞬間が訪れるかわからないからと、松吉に頼んでおいたのだ。今はもう、その重さを手にすることすらしんどいけれど、香川に来てからずっと、カメラは梅吉の大事な相棒だった。最愛の人を亡くした梅吉にとって、誰かにとっての大切な人を記録に残す、何よりの宝物だった。

「ほら愛子……ええ顔してみ。ニィ〜や、ニィ〜〜。せっかくのベッピンやないか」

手本のように、梅吉は笑ってみせる。カメを抱きながら梅吉を見つめる愛子に、六郎の姿も重なった。この小さい身体に、たくさんの愛が詰まっている。愛子が出会ったことのある人もない人も、みんなこの子を通じてつながっている。愛おしさの塊だ、と梅吉は思う。

「……ええ顔や！」

愛子が頰をゆるめた瞬間、梅吉はシャッターを押した。愛子はもう、梅吉を怖がったりしない。おじいちゃん、とあどけない声で呼ぶ。

梅吉の容態が悪化したのはそれからすぐのことだった。今日明日が山場だと医者に言われた梅吉は、朦朧とした意識のなか荒い息をくりかえす。スズ子は、ほとんどそのそばから離れなかった。うちわであおいで、涼しい風を送ってやる。

スズ子、スズ子、スズ子、と梅吉が名を呼ぶ声がこだまする。花咲に落ちたときは、スズ子以上に泣いてツヤに叱られていた。でも、梅丸に出会わせてくれたのは、梅吉だった。合格したときは、やっぱりスズ子以上にはしゃいで、飛び回っていた。初舞台を観に来たときも、号泣していたっけ。また脚本を書き始めたはいいものの、箸にも棒にも掛からず、酔ってくだを巻いていた。でも、諦めずに好きなことに向きあい続ける姿勢は、その背中から学んだような気もする。スズ子を東京に送り出すときの万歳三唱。ツヤが死んだときの涙。東京でケンカしながらも一緒に暮らした日々――。

「ほんま……いつまでもアホのまんまやったな……」

ツヤを失うときにはなかったおかしみが胸にこみあげる。どんなに深刻な状況でも、呆れて笑ってしまうのが梅吉で、そんな彼がスズ子はけっきょくのところ大好きなのだった。

「せやけどそんなアホなお父ちゃんにもワテは感謝してますねんで。ワテな、心のどっかでずっと気にしてたんや。お父ちゃんとお母ちゃんと……六郎も、血つながってないこと、引っ掛かってたんや。お父ちゃんとお母ちゃんは、それをずっとワテに隠してた。いつか本当のことを話してくれるんかなと思うてたけど、話してくれんかった。なんで言うてくれへんねん思うたこともあったけど……」

「い……言う必要……ないがな。スズ子は……ワテとツヤちゃんのほんまの子や。やからなんも……言う必要ないけん」

「……せやな。お父ちゃんとお母ちゃんの優しさやったんやって、ようやくわかりました。ほんまに感謝しています。ありがとう」

「いちばん優しいんはスズ子や。そういうこと、なーんも知らん振りしてくれとったんやなあ。知らん振りして……ワシらを親にさせてくれとったんやなあ。ほんまにありがとうな……」

「せやで。こっちも感謝してほしいわ」

「ツヤちゃんにも……あの世で言うとくわ」

「よう……言うといてや」

苦しくてたまらないはずなのに、梅吉は笑う。

「ワシとツヤちゃんとお前は……六郎も……血ぃより濃いもんでつながっとる。気持ちや。ハート、心と心でつながっとるんや……」

梅吉は咳き込み、ぼんやりと天井を見つめた。やがて、つぶやく。

『歌、聞かせてくれんか。スズ子の歌、聞きたいわ……。『父ちゃんブギ』で頼むわ……」

「アホ。なんやそれ……」

「知らんのかい……これやがな。父ちゃんブギウギ〜父ちゃんウキウキ〜父ちゃんズキズキワクワク〜……海を渡り、響くは〜父ちゃんブギウギ……」

スズ子は吹き出した。ほんま、あほや。でもあほも、ここまでくると立派や。スズ子は、とぎれとぎれに歌う梅吉の声に合わせる。

「さぁさ父ちゃん〜、太鼓たたいて、派手に踊ろよ、歌およ〜……」

ブギはすごい、とスズ子は思った。ブギを踊れば世界は一つ、その言葉どおりに歌うだけでスズ子と梅吉の心は一つになる。こんな状況だというのに、心は浮き立ち、いつまでもこうしていられるような気持ちになる。

それから五日間、夜ごと、スズ子は『父ちゃんブギ』を歌った。梅吉がついに目を閉じ、唇が動かなくなるその瞬間まで、一緒に、楽しく、踊るように。


梅吉の遺影を撮影したのは、松吉だった。百回くらい撮り直しをさせられた、と文句を言う彼の目には涙が浮かんでいる。一時は絶縁状態といってもいいほどだった二人が、こうして香川でともに暮らす時間をもてたのはよかった、とスズ子は思う。

時間は、人の心を溶かす。どうしても許せないと思っていたことも、受けいれられなかったはずのことも。それをスズ子は、身をもって体感した。焼香に、足をひきずり杖をついた女性がやってきたのを見たときだ。それは、キヌだった。スズ子と目が合うと、深く頭を下げる。スズ子は、葬儀場を出ていく彼女を追いかけた。

梅吉は、キヌに対してもなんの屈託もなく接していたらしい。キヌの息子たちの写真もよく撮っていたということだった。

「足は、たいしたことはないんです。畑仕事でちょっとけがして……やけど、息子たちがよう面倒みてくれますから」

「お幸せ……そうですね」

「……はい。こうしてまたスズ子さんともお会いできて、ウチはほんまに幸せもんやけん」

よかった、と思えた自分にスズ子は驚く。離れたところで待つキヌの長男は、かつてスズ子に憎しみのこもったまなざしを向けた。当然、そんなことを覚えていない彼は、スズ子に「大ファンなんです！」と握手を求める。

「母ちゃんが知り合いやなんてびっくりしました」

「なあ。母ちゃんもやるやん」

笑い合う兄弟を見て、スズ子はなぜだか、ほっとしたような気持ちになる。ほんじゃあ、と立ち去ろうとするキヌにスズ子は言った。

「また、会いましょね」

キヌは目を見開き、そしてうなずく。

スズ子を解放してくれたのは、たぶん梅吉の言葉だった。スズ子は、ツヤと梅吉のほんまの子。だから、何も言う必要なんてなかった。そうはっきり伝えられて初めて、スズ子はキヌと真正面から向き合うことができた。

「あのおばあちゃんは誰？」と愛子が聞く。スズ子は答えた。

「そうやねえ……あの人は……マミーのマミーや」

「マミーの……マミーなん？」

「そうや。愛子のおばあちゃんや」

その言葉は、キヌの耳にも届く。はじかれたようにふりかえったキヌは、何かを言おうとして、けれど何も言葉にならず、ぐっと唇を引き結んだ。溢れ出る涙をスズ子に見られないよう、うつむき、息子たちのあとを追う。ツヤとキヌ、どちらも大切な母親なのだと、ようやくスズ子は思うことができたのだった。

空っぽになった梅吉の寝室を見て、愛子は首をかしげた。

「おじいちゃん、どこ行ったんやろ」

「おじいちゃんはな……もうのうなってしもたんや。せやけどな、きっとこのへんで愛子のことをずっと見てるで」

「このへん？　おじいちゃん、おるん？」

スズ子の指し示した辺りに、愛子は手を伸ばす。梅吉の残像を抱きしめるように、そのぬくもりを取り戻すように。まだ、死ぬということが理解できない。けれど、もう二度と会えない寂しさは、たぶん愛子にも芽生えていた。そのせいもあってか、東京に戻る日まで愛子はカメを手放そうとしなかった。「あげたらええやないの」とユキは言ってくれたが、珍しく松吉は頑なに首を振った。

「このカメはワシにとっては兄貴やけん。離れとうないんじゃ。こいつでないとあかんのや。愛ちゃん、ごめんなあ。そのかわりええもんやるわ。これ、兄貴が死んでしまう前に、現像してくれ言われて……間に合わなんだけど、いつの間にこんなん撮ってたんやろか」

松吉が差し出したのは、カメを抱いた愛子の写真だった。いったい、いつの間に撮っていたのだろう。愛子は、いい笑顔だった。そんな特技があるのなら、生きているツヤを撮ってあげたらよかったのに。ああでも今ごろ、向こうで再会したツヤを追い回しているかな、うっとうしいわと怒られているかな。想像すると、笑みがこぼれた。

東京に帰るなり、スズ子は梅吉の妙に気取った遺影をツヤの隣に並べた。これ以上、遺影が増えてほしくないなと思いながら手を合わせ、おりんを鳴らそうとして、棒がないことに気づく。引っ越しのどさくさで、どこぞへ行ってしまったのか。引き出しをあれこれ探していると、目についたのは懐中時計だった。十五年前、キヌにもらったものである。

スズ子はふと思いついて、カメを抱いた写真を寂しそうに眺めている愛子を呼んだ。

「カメの代わりやないけどな、この時計をあんたにあげるわ。この時計はな、こないだ会うたおばあちゃんにもろたもんや」

「あのおばあちゃん？」

「そうや。大切にしてな」

「かいらしい時計や……」

いつかキヌに返そうと思っていた。けれど、愛子が持っているのがいちばんいい気がする。な、そう思うやろ、お父ちゃん。お母ちゃん。それから愛助さんも。同意を求めるように並んだ遺影に目をやると、三人が仲良く笑っていた。

第24章 愛する愛子

十一月のある日、スズ子とりつ子は唐突に羽鳥に呼び出された。何やら慌てている様子の羽鳥に、何か良くないことでも起きたのかと、玄関先で顔を合わせた二人はともに不安を隠せない。が、居間に通された二人に差し出されたのは、羽鳥の顔が大写しになった二枚のポスターだった。一枚は、役者のように澄ました顔。もう一枚は、一心不乱に指揮棒を振る姿。どちらにも〈羽鳥善一作曲二千曲記念ビッグパーティー〉の文字が印刷されている。

「……センセ、まさかこないなことで茨田さんとワテを呼んだんとちゃいますよね」

その、まさかだった。羽鳥は二枚を前に腕を組み、真剣に考えこんでいる。

「何を言ってるんだい。これは大問題ですよ。いいかい、よく見てごらんよ、この素晴らしいポスターを。こんなのが二つも出来上がってしまったんだよ。そりゃ頭を悩ませるってもんだ。いやどっちかは三千曲記念のときに残しておきたいんだが……」

「やだ先生、もうそんな先を考えてらっしゃるの？」

りつ子が目を丸くする。

「当たり前じゃないですか。それに君たち二人なしでは僕の音楽人生は語れない。だから君たちには選ぶ義務があるんです」

「どっちもほんまにようでけてますさかい、どっちでもよろしいんとちゃいますか？」

「何を言ってるんだい、こういうところからすべて楽しむってのが真のエンターテイナーなんだよ。これからの歌手は歌ってりゃいいってもんじゃないよ、君たち。すべてにおいてセルフプロデュースしていかなきゃ。……よし、やっぱりこっちだ！」

言いたいだけ言ってけっきょく自分で選んでいる。スズ子たちは顔を見合わせ苦笑した。本当に、いつまでたっても子どものような人である。けれどだからこそ、人の胸を弾ませる曲を、涙なしには聴けない曲を、二千も作れたのだ。大した偉業である。

「先生があれだけ楽しんでるなら私たちも楽しまなきゃ損よね」

帰りしなに寄った喫茶店で、りつ子が言った。

「そういえば、ター坊になんぞ余興を考えとけ言うてたらしいでっせ」

「柴本くんが余興をするの？」

「な訳ありまへんがな。あの子はなんの芸もあらしまへんわ。ワテらですがな」

「あら私たちが。……そうねえ、だったら先生があっと驚くようなことしてやりましょうよ。あなたのほうが得意でしょ、そういうことを考えるのは」

そう言われても、二人でできることといったら歌うことだけだ。家に帰って、大野とタケシに相談するも、なかなかいい案が浮かばない。

「手品なんかどうです？　ボク、こういうことできるんですよ」

そう言ってタケシは、何もない手のひらから小銭を出した。意外な特技だが、海外からの要人も招かれる蜂鳴館での盛大なパーティーでは、地味で庶民的すぎる。大野が言った。

「茨田さんと漫才などしてみだらどんですか？　スズ子さん、喜劇がお得意ですし」

「あ、それええな！　せやけどネタが作られへんわ」

「僕が作りましょうか？」

スズ子は却下した。会場中が冷たい空気になるのが目に見えている。そのとき、愛子がフリルのついた衣装に着替えてやってきた。両手にはポンポンを持っている。

「マミー、見てぇ。これ着て踊るねん！」

幼稚園のお遊戯会で踊るらしい。やってみせてくれる愛子があまりに愛らしくて、大人三人はパーティーのことも忘れて夢中になる。

「よし。僕も踊るか。それ！」と、タケシがふざけて宙を蹴り上げた。いい大人がみっともない、と大野は顔をしかめるが、その軽やかな動きに、愛子は手をたたいて喜ぶ。自分でも一生懸命、足をあげてまねしようとするが、これがなかなか難しい。その姿を見て、スズ子の脳内をある情景がよぎった。そして、決める。余興をするなら、これしかない。

パーティー当日、りつ子は隙あらば逃げ出したいという顔をしていた。スズ子に任せるんじゃなかった、なんで自分がこんなことをと、往生際悪くこぼしながら、『別れのブルース』の衣装に着替える。ステージからは、羽鳥が意気揚々と挨拶する声が聞こえてくる。

「いやー、ボク個人としてはこういう派手なことをやるのは性に合わないんだけど、どうしてもやりたいって歌い手の皆さんが言うものですからねえ。それにしても我ながら素晴らしい曲の数々で……ショーはまだまだ続きますよぉ！」

どの口が言うのだ、と楽屋に貼られたポスターを睨む。気取った羽鳥の顔に「腹立つお顔！」と鼻を鳴らしたとき、『東京ブギウギ』の前奏が流れてきた。

りつ子には決して奏でることのできない躍動感に、人々が歓声をあげているのが聞こえる。きっと、誰よりも羽鳥がいちばん楽しんでいるだろう。しかたない、とりつ子は肚を決めた。まったくもって乗り気ではないが、羽鳥が目を白黒させて喜ぶ姿を想像したら、やってやろうとも思える。だが、まずは『別れのブルース』だ。りつ子はスズ子と入れ替わりに壇上に立った。

一転、しっとりとした歌声に人々はため息をもらす。盛大な拍手のなか歌いきったりつ子が一礼し、そのまま退場すると誰もが思ったそのとき、りつ子は突然、指をぱちんと鳴らして飛び跳ねた。それを合図に、バンドが演奏し始めたのは再び『東京ブギウギ』である。舞台の両脇からは二人の司会者が登場し、「そーれ！」とりつ子の掛け声にあわせて、なんと衣装をはぎ取った。下に仕込んでいたのは、きらめくスパンコールのドレスである。りつ子らしからぬいでたちに、会場中がどよめく。

だが、本番はこれからだった。同じ衣装を着たスズ子と艶やかな女性たちが颯爽と壇上に登場したかと思うと、横一列に並んで全員が肩を組む。

「羽鳥先生、二千曲おめでとうございます！」とスズ子が叫び、りつ子を含めた全員が声をそろえて「おめでとうございます！」と華やかな声をあげた。そしてスズ子の掛け声とともに、『東京ブギウギ』にあわせて全員で宙を蹴り上げた。ラインダンスである。大和礼子が編み出した梅丸歌劇団のお家芸を羽鳥にプレゼントしようと、スズ子は提案したのだった。

　もちろん梅丸のように、全員が寸分たがわぬ動きを見せるというわけにはいかない。身体の軸こそぶれていないが、りつ子はスズ子よりずいぶん先にバテ始める。それでも、足を曲げることなくぴんと伸ばして、懸命に食らいついていくのはさすがである。素人芸とは思えぬ出来栄えに羽鳥は瞳を輝かせ、たまりかねたように壇上にあがり、スズ子たちと肩を並べた。

「よーし、やられたらやり返すぞ！　あ、よいしょ！　よいしょ！　よいしょ！」

　へっぴり腰の羽鳥は、スズ子たちの半分も足があがらず、よたよたと不格好な動きである。それでも誰よりはじけるような笑みを浮かべ、全力で踊る羽鳥、人々は声をたてて笑い、口笛や拍手で盛り上げた。「意外とやるじゃない」と麻里も見直したように、にんまりしている。

　曲が終わる頃には、全員汗だくだった。羽鳥は、今日いちばんの笑みを浮かべた。

「いや、驚いたねえ！　心臓止まるかと思ったよ。茨田くんがいきなりスカート脱いだときには頭がおかしくなったと思ったけどねえ」

「頭をおかしくしなきゃこんなことやれません。この年になって、こんな下品なダンスのお稽古するなんて思いませんでしたわ。この人、お稽古になると容赦ないし」

　りつ子は、まだぶつくさ言っている。スズ子とて、梅丸にいた頃に比べたら肉体もずいぶん衰え、ラインダンスをするのは簡単ではなかったが、いざやると決めたら礼子や橘(たちばな)アオイの顔が浮かんで、手を抜くことなどできなかった。

「いや、素晴らしいよ。こんなことは僕じゃ絶対に思いつかない。完敗です。さすが福来くんと茨田くんのゴールデンコンビだ！」

「私たちのコンビは今日一日で解散ですから」
「あら。ワテは続けてもよろしいでっせ！」
「冗談でねぇ」
三千曲記念パーティーで二人が再びコンビを組む日も、そう遠くなさそうである。

その半年後、スズ子の家でもささやかなパーティーが開かれた。昭和三十年六月、八歳になった愛子の誕生日を祝うため、ご近所中の子どもたちが集まった。ささやかとは言っても、蜂鳴館に比べればの話で、用意された食事も飾り付けられた花や「おめでとう」の白幕も、一般人のそれとは段違いに豪華だ。けれど、主役であるはずの愛子は、袖のふんわり膨らんだ衣装に身を包みながら、一人ぽつんと、つまらなさそうにケーキをつついていた。

引っ越してきてから五年。小学校にも通い始めたというのに、いまだ仲良しの友達をつくる気配のない愛子が、地域に溶け込めるようにと思って開いた誕生日会だったが、愛子は「こんなんしてほしない！　よけいなお世話や！」とむくれるばかりである。

スズ子は、心配だった。だから、なんとかしてやりたくて、あれこれ手も口も出してしまう。だが実は、それこそが、愛子を一人ぼっちにしている理由の一つなのだった。

「おい有名人の子。あんな誕生会なんかして調子のるなよ」
「変な大阪弁使ってんじゃねえよ」

などとからかわれ、こづかれるのが愛子の日常だった。暴力を振るわれることはないが、誰も優しい声をかけてなどくれない。そんな状況で、どうやって友達などつくれるというのだろう。

それなのに、学校から帰るたびに「学校はどないやった？」「お友達と遊びに行かへんの？」と聞いてくるスズ子が、愛子には煩わしくてしかたがない。

スズ子には、愛子の気持ちがわからない。親を煩わしいと思ったことすらないのだ。それを聞いて、大野が目を丸くした。

「それはほんとに親に不満がながったのか、それとも言えながったのが……」

「不満……はなんもなかったな。お父ちゃんのことはちょっと面倒くさい思うたこともあるけど、毎日毎日おもろいことばっかりでした」

「とっても幸せだったんだべな。スズ子さんは」

スズ子は、仏壇の遺影に目をやった。「なあ、どうしたらええと思う？」と聞いても、ツヤも梅吉も、もちろん愛助も微笑むばかり。こればっかりは、自分一人の胸に納めておくことができず、スズ子は羽鳥の家を訪ねた。育児の先輩として、麻里に意見を聞きたかった。

「子どもなんてなかなか思うようにも育たないし、親の言うことがいちばん聞きたくないのよね。もちろん甘えもあるんでしょうけど」

「センセのとこはみんなええ子やないですか。友達もいてはるし聞きわけもええし」

「ウチだって大変よ。イネコなんかね、ほんとは音楽なんかしたくもないのに、この人が無理にピアノ習わせたりして毎日ケンカ」

急に自分に飛び火して、羽鳥は慌てた。

「ある程度は親が導いてやることも大切でしょうよ。イネコはいいものを持ってると思うしねえ。僕は貧乏な魚屋の家に生まれ育ったから、音楽をやりたいなんてとても言えなかった。それどころか親には本心を言えなかった気もするんだよ。だから福来くん、いろいろ大変だろうけど、僕は君のやり方に賛成だな。まずは与えられるものは与える！　それでいいと思うな、僕は。あとは子どもが勝手に考えるさ！」

親身になってくれるのはありがたいが、育児に関しては、羽鳥の言葉はちっとも響かない。

「スズ子さんは一人だからなおのこと大変だと思うけど、あんまり思いつめないでね。子どもは勝手に育つところもあるから」

麻里に言われても、スズ子の心は晴れなかった。

家に帰り、仏壇の前で、梅吉が撮ってくれた愛子とカメの写真を眺めながら、深いため息をついた。愛子に比べればスズ子はずいぶんと育てやすい、手のかからない子どもだった気がするが、それはツヤが母親としてしっかり導いてくれていたからなのだろうか。いい加減でうっとうしくても、梅吉がいてくれる安心感があったからなのだろうか。

――愛助さん、どう思う？　ワテ、どうしたらええんかな。

遺影に話しかけながら、会いたいなあ、とスズ子は切なくなる。

とにかく自分にできることをしようと、スズ子は翌朝、大野に代わって朝食を作ることにした。愛子の大好物である卵と砂糖がたっぷり浸み込んだフレンチトーストを焼く。ちょっと端が焦げてしまったが、香ばしくて甘い匂いが、スズ子の空腹も刺激する。ところが一口食べるなり、愛子はフォークを置いた。

「いらん。すっごいまずい」

「なんやそのいいぐさは！　……もうええ。人が一生懸命作ったもんにそういう態度はあかん。

そんなんやったらもう学校も行かんでええ。ランドセルも教科書も全部捨てるで！」

「ええよ、捨てたら。マミーなんか大っ嫌いや！」

言葉とは裏腹に、愛子はランドセルを背負って逃げるように家を飛び出していく。

「愛子！」と追いかけようとしたスズ子を、大野が止めた。

「ほっときましょう。今、追いがげでも売り言葉に買い言葉のケンカさなるだけです」

「そやけど、愛子は今まで砂糖漬けみたいに育ててきましたよってに、いまさら知らん振りいうのも難しいいうか……。そもそもワテがそういうタチやないのが問題なんか」

「程度の問題です。その砂糖漬げで少しおやめになっては？」

「それがワテのやり方やし、そんなに悪いとも思うてないからねえ。せやけど、生意気になるんがちょっと早すぎる思いませんか？」

「女の子は早いって言いますがら。でも、私(わだし)は愛子ちゃんたんげいい子だど思いますよ」

子育ては、本当に、難しい。


愛子とて、スズ子にひどい態度をとりたいわけじゃなかった。けれどスズ子の顔を見るだけで心がくさくさしてしまい、大阪弁で会話するのもいやになってしまうのである。

フレンチトースト、食べたかったたな。少し後悔しながら、お腹をなでる。でも、戻って謝る気にもなれなかった。とぼとぼと門を出ようとしたそのとき、ポストにぞんざいに突っ込まれた封筒の存在に気づく。新聞や雑誌の文字を切り抜いて書かれた〈福来スズ子さま〉の文字は見るからに怪しく、愛子は封を開けた。中の紙には、やっぱり、切り抜きの文字で何か書かれている。

「ムスメノイ……？　なんや、これ」

　意味がわからない。愛子は紙をくしゃくしゃに丸めると、植え込みに放り投げた。マミーなんか困ってしまえばいい、といじわるな気分だった。

〈ムスメノイノチガオシケレバ、サンマンエンダセ〉――娘の命が惜しければ、三万円出せ。そう書かれていたことを、愛子は知らない。

　その日の午後、スズ子のもとに一本の電話がかかってきた。名乗りもしない、怪しい男はなんと「娘が誘拐されたくなかったら三万円出せ」と要求してきたのである。

「け、今朝……ポストに入れといた手紙は見ました……み、見たか？」

「手紙……み、見てまへん！　なんですか。愛子に何するんでっか！」

「いいから手紙を見ろ！　ケ、ケーサツに言ったら……息子…娘はどうなるかわからないぞ！ま、また電話するり！」

　男のろれつが回っていないことに気づく余裕はスズ子になかった。電話が切れるなり顔面蒼白で玄関を飛び出す。愛子が丸めて捨てたそれを見つけるなり、スズ子は卒倒しそうになる。

　学校に電話すると、愛子だけでなく二年生は全員下校したとのことだった。じっとしていられず、通学路を駆け回るも、愛子の姿はない。まっすぐ家に帰る気になれなかった愛子は、道をそれてふだんは足を踏み入れない空き地にいたのだ。そこには、地面に座り込んで一人でマンガ雑誌を読む少年がいた。少年は、愛子に気づくと雑誌を閉じた。

「俺、お前の誕生日パーティー行ったんだ。同じ小学校だし、お前の母ちゃんが、誰でも来ていいって言ったからな。鶏肉うまかったなあ。いいなあ、あんな母ちゃんがいて」

「よくない！　あんなマミーいやや。忙しくてほとんど家にいないし、有名人の子やからってバカにされるし。みんなみたいに普通のマミーがいい」

「贅沢だな、お前。まったく俺とかわってほしいよ。毎日あんな鶏肉食えるんだろ？」

言われて、気づく。少年の服は薄汚れていて、シャツもズボンもほつれて糸が出て、靴にも穴が開いていた。マンガ雑誌も、何度読み返したのだろう、ボロボロに擦り切れている。

「俺はこれ一冊しか持ってないからな。父ちゃんが小学校に入学するときに買ってくれたんだ。もう千回くらい読んでるからボロボロだよ。ぜんぶ暗記しちまった。新しいのが欲しいよ、まったくよ」

「……何年生？」

「三年だよ。ぜんぜん学校行ってないけどな。こんな服しかねえからバカにされるんだ」

「……私も学校、嫌い。友達おらへんし」

「じゃあ、明日もここで遊ぶか？　このマンガも特別に読ませてやるよ。約束だぜ」

愛子は、顔を輝かせた。お前のほうがマシだ、贅沢だ、と言う彼の言葉には棘はなく、初めてもっとおしゃべりしたいと思える相手に出会えたことが、嬉しかった。


愛子が家に帰ると、見知らぬ男が三人、ものものしい顔つきで待ち構えていた。帰宅時間を過ぎても戻らない愛子が誘拐されたと思い込み、スズ子が警察に連絡をしたのである。スズ子は、愛子の無事を確認するなり、抱きついた。

「なんでこんなに遅かったんや！　もっと早ように帰ってこんとアカンがな！」

友達と遊べとうるさいから、友達を見つけてきたのに。一方的なスズ子の態度に、愛子はまたもカチンとくる。けれど何かを言い返す前に、男の一人が歩み出た。

「おじさんたちはね、警察です。ちょっとこのへんに悪い人がいるかもしれなくてね。学校の帰りに誰か知らないおじさんに声をかけられたりしなかった?」

「……別に」

「そう。そういう人に声をかけられても絶対についていっちゃダメだよ」

そのとき、居間で電話が鳴った。男の顔色が変わり、慌ただしくスズ子を連れて行く。

「できるだけ、引き延ばして、何か手がかりを聞きだしてください」

そう言われて、スズ子は震える手で電話をとった。

「は、は、はい、フクラ……花田でございます」

「か……金は……用意したか?」

朝の電話と同じ男だ。

「いえ、まだ……」

「な、何してんだ! あんたなら三万くらいすぐに用意できるだろ! まさかケーサツに話してないだろうな?」

「も、もちろんです……! あ……あの、失礼ですけど、お名前は?」

「おだじ……な、名前なんか言うわけないだろ! くそ! あ、明日の朝、また電話する!」

電話はまた、一方的に切れた。

おだじ、と言いかけたことを警察に伝えると「小田島(おだじま)」という名前なのではないかと推測があがった。うっかり白状しかけるとは、ずいぶん間抜けな犯人なのかもしれない。それでもスズ子の恐怖はぬぐえなかった。愛子に何かあったら、と考えたら気を失ってしまいそうで、明日は学校を休ませることに決める。ところが、思わぬ反発にあった。

「イヤや！　明日は行く。行きたい！」

「なんでやの、いつもは行きたない言うてるやんか？　マミーのこと困らせようとしてるんやろ。悪い子や。明日は休みやで！」

「なんでや、絶対行くで！」

両者、どちらも引かない。こういうところは、そっくりな母娘である。

脅迫されていることを知らない愛子からすれば、あれだけ友達をつくれ、外でみんなと遊べとうるさかったのに、ようやく友達ができそうになった今、家を出るなというのは理不尽きわまりない。怖いおじさんがいるかもしれない、なんて曖昧なことを言われてもピンとこない。翌日になっても二人の言い合いは収まりがつかない。

「悪い人のほうがマミーよりええわ！」

捨てゼリフを残し、愛子は出ていく。見計らったかのように、再び電話がかかってきた。

「……今から言うことをよく聞け。きょ、今日の午後三時、三万円を巾着袋に入れて……に、日帝劇場に持ってこい」

「に、日帝劇場って……どこですか？」

「ど、どこってロビーだよ。あんたが知らないはずないだろ！」

「あ、よ、よう知ってます！　必ず持って伺いますよってに、もうこういうことは……」

「う、うるせえ！　あ、あんたは有名人だから目立ちすぎる。あんたのまわりには間抜けそうなマネージャーがいるだろ。奴か、か、家政婦の女に持ってこさせろ。俺は二人とも顔を知ってるからな。ロビーの真ん中に来い。ケーサツに下手な変装なんかさせるんじゃねえぞ」

言うだけ言って、電話は切れた。愛子と入れ替わりでやってきて、事情を聞かされたタケシは、金の受け渡し役に指名されて震えあがった。

「で、でも、家政婦の人でもいいって！　大野さん、僕よりしっかりして……」

「ター坊、あんた女に行かせる気ぃかいな！」

「大丈夫です。我々もしっかり張り込みますから。それにそこにいる岡田くんは柔道八段空手七段だ。何かあればすぐに飛び掛かりますよ」

警察にむりやり説得され、巾着袋を押し付けられて、ようやくタケシは青ざめた。

その頃、犯人――小田島は、公衆電話からの脅迫を終えるとアパートに戻った。息子と二人暮らしの、ボロ家である。家に負けず劣らずボロボロになったマンガを、懸命に読みこんでいる息子の姿を見て、涙がこぼれそうになる。その少年こそが、小田島一(はじめ)。愛子と約束をしている〝友達〟だった。

「父ちゃん、仕事見つけたぞ。もうすぐまともな暮らしができるようになるからな。もう一をバカにさせないぞ。服も買って……マンガだって新しいのを百冊くらい買ってやる」

一は父親の言葉を無邪気に信じ、喜んでいる。

だが、そううまくいくはずがないのだった。午後三時、日帝劇場のロビーで、タケシが巾着袋を抱きしめて立つ。公演終了後でごった返す人波に小田島は紛れるつもりだったのだろうが、身を潜めることができるという点では警察も同じ。三人の刑事は息を殺して、そのときを待った。

震えるタケシの前に、眼鏡をかけてハンチング帽をかぶった一人の男が現れる。劇場に似つかわしくないすさんだ空気をまとった彼が犯人だと、タケシは一目見るなりわかった。そのまま、まずは巾着袋を渡し、その瞬間、刑事たちが飛び掛かるという手はずだったのだが。

「だ……誰ですか！」

思わず、タケシは叫んだ。緊張のあまり、声は裏返っている。小田島も叫び返す。

「う、うるさい！　よこせ！」

その声に、とっさにタケシは踵を返した。その場に居続けることが、もう耐えられなかった。一瞬、呆気にとられた小田島だが、すぐさまそのあとを追う。客にぶつかって転倒したタケシに馬乗りになって、巾着袋を奪い取ろうとした。ところが、タケシは決して離さない。

「よ、よこせ！」

「イ、イヤだ！　イヤだー！」

その乱闘は大勢の人たちの注目を集め、結果的に小田島の逃げ場をなくした。気づいたときには、小田島は刑事に取り囲まれて、その両脇をがっちり捕らえられていた。


一件落着、と安心するスズ子に反して、一日中家に拘束されて一に会うことができなかった愛子は不機嫌きわまりなかった。翌日から何度も空き地に足を運んだが、一に会うことはできなかった。どうやら転校するらしい、と噂で聞いて、ますます落ち込んだ。

　それから数日たったあとのことである。刑事が、スズ子に会いに来た。

「小田島は、若くしておかみさん亡くして、男手一つで子ども育ててたみたいなんですけどね、本人も病弱で思うように働けなかったみたいですな。息子に惨めな思いをさせたくなかったようです」と報告するついでに、小田島の息子、つまり一が愛子と同じ小学校だと知らせてくれた。

「愛子ちゃんの誕生日パーティーにも親子で来ていたみたいで……なんでも花田さんが、ここらの人は誰でも来ていいって言ったっていうんですがね」

「言いましたわ。ご近所づきあいもありますし」

「それであなたの裕福な暮らしを見て、犯行を思いついたような節もあるんです。誰でも家に呼んだり取材をさせたりってのも、今後考えたほうがいいかもしれませんな」

「それであの……お子さんは？　その……犯人の」

「幸いなことに、遠い親戚の方が親切でね、預かってくれるみたいです。まあ、犯行は未遂に終わりましたし、情状酌量もあるでしょうから執行猶予付きでしょうが、それでも一時的には離れることになるでしょうからな。そんなに長い期間にはならないでしょうが」

　その会話を、愛子に聞かれた。事件のことはよくわからなくても、親戚の家に預けられる子どもが一だということを、愛子はすぐに悟った。

「一君がおらんようになったんは、マミーのせいや！」

　母娘の溝は、ますます深まってしまったのである。

　スズ子は羽鳥を訪ねて、愚痴った。近頃は、羽鳥と麻里に聞いてもらってばかりなのが情けなくて申し訳なかったが、他に吐き出せる場所がない。その背を麻里がそっとなでる。

「スズ子さんのせいじゃない。気を落とすことじゃないわ。そりゃ愛子ちゃんにとってはとてもつらかったでしょうけど……台風が通り過ぎていくのを待つようなものだと思うの。愛子ちゃんにはちゃんとスズ子さんの愛情は伝わっていると思うわ」

「そうですやろか……伝わってるんやろか」

「それがわかるのは今じゃないわよ。私はね、きっとスズ子さんと愛子ちゃんは大丈夫だと思う。これからもっと難しい歳になっていくし、いろいろぶつかり合いもあるでしょうけどね、このままぶつかり合っていけば、きっと悪いことにはならないわよ」

「はぁ……もうぶつかり合うんも疲れまっけど……」

「そりゃ疲れるわよ。なんてったって自分の子なんだもの。どうでもいいやなんて思えないじゃない。スズ子さんはこの人と違って、音楽だけがいちばんってことはない。家族も音楽もどちらもいちばん。そんな欲張りじゃ、よけいに疲れると思う。でも、私は欲張りなスズ子さんを尊敬するわ。両立なんてなかなかできることじゃないから」

　できていないから苦しいのだ、と泣きだしそうなスズ子に麻里は微笑む。

「十分できてるわ。今のままいけばいいのよ、スズ子さんは」

　ありがとうございます、とスズ子は頭を下げた。だが、心に引っ掛かっているのは愛子のことだけではなかった。

「ワテはこれまで自分が歌いたくて、自分が楽しいから歌ってきましたけど……せやけど、他人様に楽しんでもろたり、少しくらい力になったりせんかなっちゅう思いもどっかにあったんです。

ワテの歌を聞くことでなんぞつらいことがあってもつかの間忘れてくださいねえて。せやけど、あの犯人さんみたいな人たちにとってはどうなんやろかって……こんなん思い上がりもええとこやってわかってるんでっけど」

「それはね、福来くん。難しい問題なんだ」と珍しく真剣な顔で羽鳥が言った。

「こんな僕でもね、時に思うことがあるよ。福来くんが言うように、まずは自分が楽しいからやっているんだけども、もちろんたくさんの人に楽しんでもらいたいし、つかの間でも日常から離れてもらいたい。時には大いに感動してほしいしね。でも、しょせんは余裕のある人間が作って、余裕のある人間たちだけが楽しんでるんじゃないかって……そんなふうに思ってしまうことは僕にもあるんだ」

「ワテは……恥ずかしながら今回のことがあって初めて考えました」

「そんなの四六時中考えてたら頭がどうにかなってしまうし、実は僕たちなんか何もできないのかもしれないよ。ベートーベンやバッハみたいなたいそうな曲は作れない。だから僕程度の作曲家はね、ちょっとでもお客の暇つぶしになればいい……なんて思うこともあるよ」

「でもね、あなたもスズ子さんも、私からしたらベートーベンみたいに偉大よ」

これまた珍しく、麻里が褒めるようなことを言う。

「スズ子さんがアメリカに行く前に、見送りのコンサートをしたでしょ。あのとき来ていたおミネさんたちを見て、私はちょっとだけあなたたちの仕事の意味がわかったわ。だから歌も子育ても今のままでいいんじゃないかしら。こんなふうに悩んだりしながら生活して歌い続けていくしかないんじゃないかと思うの。きっと死ぬまでね」

「死ぬまではちょっとイヤだよなあ」と羽鳥が笑う。スズ子もつられて笑いながら、ふと思いつくことがあった。やりすぎだと言われても、スズ子のお節介もまた、歌と同じようにきっと死ぬまでやめられない。生まれもってのものなのだ。だったらそんな自分に肚を決めて、最後まで付き合うしかない。そうすることでしか未来は切り拓けないのかもしれない、と。

数日後、刑事に連れられて一がスズ子の家にやってきた。父親のしたことを全部知っているはずなのに、逃げ出さずにやってきて頭を下げた一は立派だと、スズ子は思った。

愛子は、消え入りそうな声で一に言った。

「ごめんね。約束、破ってしもて……」

「もういいよ。夕方まで待ったけどな」

大人たちから離れて、ぼそぼそと言葉を交わす二人を見て、そうか、とスズ子は思った。愛子はただ、わがままで遊びに行きたいと駄々をこねたのではない。約束を破られるのがどんなに悲しいか、期待していただけに一人で過ごす時間がどれほど寂しくなるか、知っているからあれほど頑なに、スズ子を振り切って出かけようとしたのだ。

別れ際、愛子は一に本を一冊渡した。それは、愛子がいちばん気に入っていた、挿絵の多い物語だった。

「こんな女の本、読めるかよ。でも……ありがとな」

照れくさそうに受けとると、一はスズ子を見上げた。

「おばさんさ、有名人の子ってのもなかなかつらいもんらしいぜ。からかわれるしさ、おばさんい子なのだろう。

スズ子はまたも胸がいっぱいになる。こんなときでも愛子を気遣えるなんて、一もなんて優しい子なのだろう。

夕食のあと、スズ子は愛子に言った。

「もしかしたらマミー、ちょっとだけ間違うてたかもしれへんな。愛子に寂しい思いはさせとうないし、ええ子に育ってほしい思て必死やったけど……愛子は優しいええ子に育ってくれてるわ。約束破って、一君を傷つけてしもたと思とったんやな。小さなことで人を傷つけてしまうこともあるもんなあ。愛子はそういうところに気づける子ぉになってたんやな」

——子が親の背中を見るのではなく、親が子の背中を見で育つのがもしれません。

二人を見て、大野が言った。まったく、そのとおりだ。

「せやけど……一君、許してくれたよ」

「ものごっついええ子や。愛子も一君も。愛子……ワテの子でいてくれて、ほんまにありがとうな。大好きやで」

「……私もマミーが好き。一君を連れてきてくれてありがとう」

「マミーもええ子やろ?」

「たまに悪い子やけど……マミーもええ子や! 大野さんも、ター坊も、みんなええ子!」

褒められることになれていないタケシが、本気で涙ぐむ。そんなタケシをからかいながら、スズ子は愛子を抱きしめ、思った。自分のことより、誰かを思いやれる優しさは、愛助譲りだ。二人の大事な宝物を、この先も全力で、守っていかねばならないと。

第25章 ヘイ・ヘイ・ブギ

愛子の誘拐未遂事件から一年がたった、昭和三十一（一九五六）年。「もはや戦後ではない」と政府が経済白書に記したとおり、前年には戦前のＧＤＰを上回り、日本は復興ではなく高度経済成長の波に乗ろうとしていた。

歌謡界とて、例外ではない。十代の若き新星がまばゆい輝きを放って人々を魅了していた。

「こんなこと書くのはどうせまた鮫島の野郎ですよ！」

タケシが雑誌をたたきつけるように机に置く。大野が咎めるような視線を向けたが、気持ちはわかるので何も言わない。そこには〈福来スズ子と羽鳥善一のコンビはもう古い〉〈福来スズ子のブギは終わった！　今は水城アユミの時代だ！〉などの文字が躍っていた。当のスズ子は、そんなものには目もくれず、外で遊ぶ愛子たちに出すおやつを用意している。引っ込み思案だった去年までが嘘のように、愛子は大勢の友達と外遊びをするのが日課になった。男子にも負けない俊足を披露し「ウチは大器晩成やったんや！」と自信をつけている。

「このカステラ、高級品やで。あの子らにはまだ早かったな」

「その前に見てくださいよ、この記事。腹が立つ！」

「何回も見たがな。しゃーないやろ。ワテの人気も落ちてるんは確かやし」

「それはそうかもしれ……いや、そんなことないですよ！　なんだこの水城アユミなんて。まだぜんぜんヒヨッコですよ。悔しくないんですか、こんなこと書かれて！」

「ワテはどう思われてもええけど、羽鳥センセがこんなふうに書かれるのは腹立たしいわな」

「羽鳥先生はどうでも……よくないですけど、福来スズ子をこんなふうに書くなんて僕は許せない。どう思われてもいいんですか！　僕はいやだ！　まったく鮫島の野郎……」

どう思われてもいい、わけではないけれど。

スズ子は、横目で記事に載った水城アユミの写真を見た。愛らしい顔立ちのなかに凛とした意志の強さのある少女である。ラジオで流れる歌声も、悪くない。というより、かなりうまくて、耳に残る。対して、ブギの熱狂が過ぎ去った今、スズ子の仕事が減っているのは事実だ。四十を過ぎたスズ子より、若い水城アユミに人々が注目するのは無理もない、と思っていたし、愛子と過ごす時間が増えたのは、むしろ喜ばしいことでもあった。それでも。

「僕は悔しくてたまりませんよ。そろそろ羽鳥先生にも何か新曲作ってもらいましょうよ。うかうかしてたら水城アユミに抜かれちゃいますよ！」

タケシの言葉が、小さな棘となって刺さる。

その夜、布団を敷くスズ子の隣で、懸命に腿上げをしながら愛子が言った。

「わたし、ほんまにかけっこの選手になったろ思うてんねん。もうあいつら相手にならへん」

「あんまり調子乗ったらあかんで。せっかくお友達でけたんやし、ずっと勝てるわけもあらへんねんで」

「いやや。せやからお母ちゃんも負けたらあかんで。なんやライバルの歌手がおるんやろ」

肩で息をしながら、今度は愛子は、布団の上で腿を伸ばす。

「わたしの負けず嫌いはお母ちゃんに似た思うわ」と笑う愛子が頼もしく、そして刺さった棘がまたちくちくとスズ子の胸を刺激する。

仕事が減っているとはいえ、スズ子が歌謡界を牽引するトップスターであることに変わりはない。大晦日には毎年恒例『オールスター男女歌合戦』の出演も控えていた。もちろん、スズ子は大トリをつとめる。ところが今回、プロデューサーが水城アユミをスズ子の直前に据えたい、と言い出した。

「いやいやまだ早いでしょ！　十年早いって！」

スズ子が何か言うより先に、タケシが血相を変える。それを制したのは、ディレクターの沼袋勉だ。

「俺のアイデアなのよ。だってその順番で歌えば盛り上がるでしょ客は！　新旧対決！　お灸はおケツ！　今、すごい人気だよ、この子は。見てよこれ！」

沼袋が見せたのは、タケシが何度も読みこんでいる鮫島の記事である。

「天狗になってる顔ですよ」

「だから面白いんじゃない。天狗になってる若手の鼻をベテランがへし折る！　ね、バッキバキに折っちゃっていいから！」

大口を開けてガサツに笑う沼袋に、スズ子は言った。

「そのあたりはお任せします。ワテなんかよりえらい人気ありますやろ」

「そんなことはありませんよ。新旧の人気者に並んでいただけたらと思っているだけで」

代々木勇のフォローに、スズ子は苦笑した。

「ワテは旧でっからねえ。身体も前みたいには動かんようになってきましたし」

「そこを若手の前で意地を見せてやってよ！　お前なんか十年早いってさ。そういうのを見たいのよ、みんなは。歌だけじゃなくてさ、ベテランの意地を見たいのよ！」

「こんな小娘をトリ前に持ってきて『オールスター歌合戦』の名折れにならない？」

「ならない、ならない！　ならいらない！　ははは！」

タケシの抵抗も、沼袋に一蹴される。局側がそうしたいと言うなら、スズ子に言えることは何もない。お任せします、とだけ伝えて会議室をあとにした。タケシは、憤慨している。

「水城アユミの記事まで見せてきて、何考えてんだ。あんな失礼な人でしたっけ？」

「ああいう人やったやろ。せやけど演出いうもんもあるんやろ。勉さんは敏腕のディレクターさんやし、いろいろ考えてはりまんのや」

「考えるたって、こっちのプライドもあるからなあ。ちょっと調子に乗ってるでしょ。俺、今度局長にひと言言っときますよ。今度の局長とは同郷だし」

「あんたも十分調子に乗ってるで。ワテ、近頃思うててんけど、あんた妙に業界に染まりすぎやないか？　山下さん、そんなんとちゃいましたで」

そのときだ。「スズちゃん」と呼ぶ声がして、スズ子は足を止めた。局内に限らず、今のスズ子をそんなふうに気安く呼ぶ人はほとんどいない。ふりかえると、眉を八の字に下げて、人のよさそうな笑みを浮かべている男がいた。その瞬間、いくつもの記憶が駆けめぐる。

「股野(またの)はん！　どっからどう見てもあの股野はんや。何年ぶりや！」

「いやあ、こんなところで会えるとは思わへんかったなあ」

それはこちらのセリフである。スズ子は駆け寄り、思わず抱きついてしまう。

「礼子さんの葬式以来だから、かれこれ十八年か十九年か。ほんとに立派になったねえ」

「ター坊、こちら股野義夫(よしお)さん言うてな、大阪の梅丸時代にめちゃくちゃお世話になった方や。ピアニストやってんで。股野はん、こっちはマネージャーのター坊、ちゃう、柴本君です。それにしても股野はんは今、どうしてはるんでっか？」

「うん、実はね……僕もマネージャー業で」

タケシから名刺を受け取り、自分のそれを探す股野に、背後から「お父さん」と声がかかる。現れたのは、何度も記事で見せつけられた、水城アユミその人だった。ぼう然とするスズ子に、股野は照れたように紹介する。

「娘の水城アユミです。ボク今な、娘のマネージャーをしてるんや」

スズ子もタケシも、言葉を失う。写真で見るよりも美しく、そして十代とは思えぬ落ち着きと他を寄せつけぬ気品をもつアユミに、気圧されてもいた。

「はじめまして。水城アユミです。私、福来先生の大ファンなんです。父からよく先生のお話を聞いていました。母が生前にお世話になったことも」

「お母さんにお世話になったんはワテでっせ。ほんまに素晴らしい方で尊敬してました。水城さんも、大和さんの面影がありますなあ。キリッとした表情なんかそっくりですわ」

「ありがとうございます。母のことは父やいろんな方から話を聞いて、福来先生と同じくらい尊敬しています」

その微笑みの向こうに、大和礼子の面影を見た気がして、ようやくスズ子は動揺を鎮めた。

「先生はやめてください。尊敬するんはお母さんだけで十分や。あ、お父さんもやな」

「いやいや、少しは尊敬される父親にならなあかんな思うてるんやけど。スズちゃん、近々どっかで会われへんかな？　積もる話もまだまだあるし」

「もちろんですわ。ワテも話したいことぎょうさんあります」

「そしたらこのいただいた名刺に連絡させてもらいますわ」

「福来もあんまり暇じゃないんですぐ都合つくかわかりませんけどね」

と、タケシは牽制するのを忘れない。股野は気を悪くした様子もなく「当然や。暇なときでよろしいんです」と言い残し、アユミを連れて去っていった。かわいげがない、あんなんじゃだめだ、とタケシはアユミに毒づいていたけれど、最後まで頭を下げて礼儀を忘れないその佇まいは、やはりスズ子に大和礼子を彷彿とさせるのだった。

思わぬ再会は、その翌日にも訪れた。愛子誘拐未遂事件の犯人、小田島とその息子の一がやってきたのである。釈放されたあと、富山で庭師の見習いをしていたのだが、師匠一家が北海道に越すことになったのをきっかけに、一とともに東京に戻ってきたという。仕事探しより前に、まずスズ子に改めて詫びに来たということだった。大変申し訳ありませんでした、と頭を下げるその表情は、切羽詰まってすさんでいた事件当時とは違う。

「一軒一軒頭下げて回ってでも仕事は見つけようと思ってます。今の自分にできるのは庭の手入れや掃除ですし、一と地道に生きていこうと決めましたので」

ふむ、とスズ子は考えた。一との再会に、愛子も喜んでいる。女手ばかりのこの家では、何かと不自由することも多い。せっかくの広い庭も、なかなか手入れが行き届かない。

――この世は義理と人情でできてるねん。

ふいに蘇ったツヤの言葉に、スズ子は心を決めた。翌日から、庭師兼家事手伝いとしてスズ子の家に通うことになった小田島に、反対したのはやっぱりタケシである。

「なんで誘拐犯なんか雇うんですか！　あいつは極悪人ですよ。また何かやらかしますよ！」

「いろいろ事情があったんや。しかも誘拐犯やなくて未遂や」

「未遂も実行も同じです！　僕はあいつは大嫌いだ！」

「あんなあ、ター坊。この世は義理と人情や。人情やがな人情。これもなんかの縁やで」

「そんな縁いらないし、あいつに義理立てすることは何もないでしょ！」

「なんもないからこそ義理立てするんや。もしかしたら見返り……言うたらごうつくばりやけどなんぞええことあるかもしれへんやろ」

「そんなだから水城アユミのオヤジにも舐められるんですよ。しつこいんです。スズ子さんといつ会えるでしょうかって何度も連絡してきて……忙しいって断ってるのにまったく」

今度はスズ子が顔色を変える番だった。

「なんでやねん、ちゃんとワテにつなぎなさい！　大切な知り合いなんやねんで」

「だって……なんだかこっちを利用しようって匂いをプンプン感じるんだよなあ。変なのばっかり寄せつけて心配にもなりますよ」

「アホ。あんたがいちばん変や」

ちょっとは成長したかと思ったのに、とスズ子はため息をつく。

数日後、無事に連絡のついた股野とスズ子は喫茶店で待ち合わせをした。会うなり頬を緩ませる股野に、いったい何を利用するというのか、と改めて思う。積もる話があるだけだ。スズ子だって、思い出話に花を咲かせたかった。

「せやけど、やっぱりご両親の血を引きましたんやな。娘さんは」

しみじみと、スズ子は言った。愛子など、生まれる前から歌って聴かせていたというのに、歌にも踊りにも興味を見せず、今はかけっこにばかり夢中である。

「僕は楽器をさせたかったんやけど、そっちには興味なかったみたいや。気づいたら踊ったり歌ったりして……アユミはほんまにスズちゃんの歌が好きで。父一人子一人でつらいときもあったけど、何度も君の歌に乗り越えさせてもろたわ。……ほいでやね、スズちゃん。折り入ってお願いがあるんやけど」

股野が、ふいに真剣な面持ちになり、スズ子もわずかに姿勢を正した。

「こんなこと言えた義理やないんやけど……年末の『オールスター男女歌合戦』で、アユミに君の『ラッパと娘』を歌わせてもらわれへんかな？　わがままなお願いをしてるんは重々承知なんやけど、アユミがどうしても『ラッパと娘』を歌いたい言うねん」

思いもよらぬ話に、スズ子は言葉を失う。なんと返そうか、考えているうちに、入り口の鈴が鳴ってアユミが店に入ってきた。

「福来先生。どうかお願いできないでしょうか」と席に着くなり頭を下げる。

『ラッパと娘』は私が歌手を本気で目指すきっかけになった歌なんです。先生の歌う姿に心を奪われて、私もこんなふうに歌えたらどんなにいいだろうと思いました。年末の男女歌合戦は私にとって初めての大舞台です。どうしても思い入れのある歌を歌いたいんです」

「それはワテも光栄なんやけど……羽鳥センセに聞いてみんことにはなんとも」

「お願いします！　ぜひ聞いてみてもらえないでしょうか」

「スズちゃん、あほな親子の頼みや思うて……このとおりや」

そろって頭を下げられて、スズ子は曖昧に言葉を濁すしかなかった。

そんな三人を、離れた席からうかがう人影があった。鮫島である。何かを企むように笑い、カメラのシャッターを押す。


聞いてみる、と答えはしたものの、スズ子の腰は重く、どうしても羽鳥に会いに行く気になれなかった。そうこうしているうちに記事が出た。〈福来スズ子vs水城アユミ　年末のオールスター男女歌合戦で激突⁉〉〈水城アユミ、『ラッパと娘』を歌わせろと直談判！　逃げ腰な福来！〉の文字に、タケシは血相を変えてスズ子に迫る。

「水城アユミに会うなら会うって言ってくださいよ！　僕がいれば鮫島に気づいたのに！　とにかくね、こんな小娘に大切な『ラッパと娘』を歌わせる必要はないですよ。どこまで失礼なやつらなんだ！」

スズ子から聞かされる前にこんな記事が出て、羽鳥も気を悪くしているかもしれない。スズ子は観念して、羽鳥を訪ねた。黙って経緯を聞いたあと、羽鳥は言った。

「僕がいいって言えば、君はいいのかい？」

不機嫌そうにするでもなく、いつもと同じ穏やかな表情だが、目が笑っていない。そんな羽鳥は初めてで、スズ子はたじろぐ。

「それは……センセの歌やし、センセがよろしいんなら……」

「そんなに軽く言わないでほしいな。『ラッパと娘』は君と僕の歌なんだよ。君が歌ってこそ、あの歌は完成しているんだ。もっと大切にしてほしいね」

声も、かたく冷たい。すんまへん、とスズ子はうなだれる。

「それに、君も水城アユミの歌は聞いたことはあるだろう。彼女の実力はよく知っているはずだ。水城アユミが『ラッパと娘』を歌って君以上だったら……君には戻る場所がなくなるかもしれないよ」

ああそうか、とスズ子は思った。言葉にしたくなかった、認めたくなかったけれど、自分もいちばんそれを恐れていたのだと気づかされた。本当にすんまへんでした、ともう一度詫びて、羽鳥宅をあとにする。記事に書いてあるとおりだ。アユミに直接、歌ってほしくないと言えば、逃げ腰だということがバレる。それがいやで、でも歌われるのも怖くて、自分はずっと羽鳥に会うことすらできず、結論を先延ばしにしていたのだと。

スズ子が帰ったあと、麻里は羽鳥に言った。

「さっきはどうして？　戻る場所がないだなんて……意地悪な言い方だと思いました」

「心外だな。歌を大切にしてほしいってのは僕の本当の気持ちだからね。何より、今日の福来くんは、これまでの福来くんらしくなかった。君もそう感じなかったかい？」

「感じましたけど、雑誌に『落ち目』だなんだって書かれて、そんなときに生きのいい若手が出てくれば誰だって少しは自信を失くすんじゃなくて？　それはあなたもよくわかってるんじゃないかしら。あなただって同じように書かれて面白くないでしょ？」

　スズ子が落ち目だとされる記事には、たいてい羽鳥がスランプだとも書き立てられていて、読むたび「しかたないさ。流行歌は大衆の好むところにピントが合わないと終わりだからねえ」などと笑いながら肩を落としていたのを麻里は知っている。

「私には今日のあなたも……いつものあなたらしく感じなかったわ。何かに苛立ってるように見えた。言い過ぎていたらごめんなさいね」

　その言葉に、羽鳥はじっと宙を睨む。図星だとわかっているから、何も言えない。


　家に帰ると、愛子が不機嫌にむっつりしていて「おかえり」の声もなかった。登校するときは「マミー、元気出してね！」と溌剌（はつらつ）としていたのに。理由を、夕食のときに一が教えてくれる。大野とタケシ、小田島と一もみんなそろって食卓を囲むのが日課になっていた。

「転校生が来たらしいぜ。そいつ、えらく足が速いみたいでさ、次の体育の時間に競争するんだって。でも、勝てそうもないって落ち込んでんだ。いいじゃねえかよ、負けたって。愛子、ずっと一番だったんだろ？　俺なんかいつもビリだよ。毎回ビリって恥ずかしいんだぜ。お前は負けても二番じゃねえか」

　愛子は、返事もせずに黙々とごはんを口に運ぶ。

「一君の言うとおりやで。負けたってええやんか。一生懸命走ればええだけや」

スズ子が言うと、ようやく愛子は絞り出すように言った。

「……負けるん、イヤや。一生懸命やったらよけいに負けとうないわ」

「だよなあ。一生懸命やって負けたら二倍傷つくぞぉ」とタケシが茶々を入れて、大野に叱られている。愛子は唇を噛んだ。

「なあ、次の体育、休んでええやろ？　わざわざ負けるために行きたないわ」

「そやなあ。負けるの、イヤやんなあ。マミーもな、いややねん。でもなんでイヤなんやろ」

「だって恥ずかしいもん、負けるのは！」と声をあげる一に、「そのとおり！」とタケシが同調し、大野と小田島がそろって黙らせる。

確かに、負けるのは恥ずかしい。逃げたくなる愛子の気持ちは、今のスズ子には誰よりわかる。自分の歌に、走りに、自信と誇りを持っているからこそ、怖いのだ。だがそんなスズ子の弱気を、一蹴したのはりつ子だった。

「あなた、羽鳥先生に甘えてるだけじゃない」

相談したい、と喫茶店に呼び出したスズ子に、りつ子はいつものように鼻を鳴らす。

「あなたから呼び出すなんて何かと思えば。『あなた以外には歌わせない』って先生は言ってくれると期待してたんでしょ。だから『先生がいいなら』いいなんて、決定を委ねるような卑怯な言い方をした。そりゃ先生もカチンとくるわよ。あなたは水城アユミと同じステージに立って、比べられるのが怖いだけでしょ。向こうは右肩上がりの生きのいい若手。あなたは人気も声も落ちてきたロートル。前みたいに歌って踊るのもきつそうに見えるわ。それを認めたくないんじゃない？　水城アユミと歌うときっとそれもはっきりするでしょうから」

りつ子の物言いは、容赦がない。うなだれているスズ子に、でもね、とりつ子は続けた。

「肉体的に衰えているのは私も同じよ。それでいいと思ってる。だって抗(あらが)えないんだから。肉体は衰えてもこの年齢なりの何かはきっとあるはず。私はボロボロになっても歌うわよ。あなたも、もっと自分の弱さに目を向けなさい。自分の弱さも取り込んで歌うもんでしょ、歌手は。それに以前のあなたなら、水城アユミみたいな歌手と並んで歌えるなんて、楽しくて大喜びだったんじゃないかしら？　ワクワクしたんじゃないかしら？」

言われて、はっとした。ようやく、真正面からりつ子と目が合う。

「何逃げてるのよ。肉体の衰えなんかより、そっちのほうが百倍みっともないわよ。……ま、でも、ワクワクした気持ちもないってんなら、どうぞどこへでもシッポ巻いて逃げちゃいなさい。しょせんはその程度の歌手だったってことよ。この仕事、ワクワクした気持ちがなくなったら終わりよ」

「もっと……もっと言うてください。茨田さんにボロカス言われてるうちに……なんやワテ、ワクワクした気分になってきてしまいましたわ……なんや、水城アユミの歌まで聴きたい気分になってきましたわ」

「あなた……本物のおバカ？」

やや薄気味悪そうに、りつ子が身を引く。だがスズ子の表情には、笑みが戻ってきていた。

「茨田さん、ありがとうございます。わざわざお呼びたてした甲斐(かい)がありましたわ！　ほなワテ、行きます！」

「え、どこ行くのよ」

「ようわかりませんけど、じっとしてられませんねん。すんまへん、ごちそうさまです！」

スズ子は拳に力を入れて立ち上がると、りつ子の返事を待たずに駆け足で店を出た。ほんまにワテはバカや。本物のおバカや。何をうじうじ悩んでいたんだろう、とおかしくなってきて、ケタケタと笑いながら道を走る。

「ちょっと！　あなたの奢りじゃないの！」と呆気にとられるりつ子の声など、当然ながら聞こえていない。

「私、やっぱり明日は学校休むわ。どうせ勝てへんし」と夕飯の席で愛子が言った。明日は、転校生との勝負の日なのである。一は眉をひそめた。

「なんだよ。けっきょく逃げるのかよ、お前」

「愛子ちゃん、私もね、一生懸命やって負げだら傷つぐど思ったんだけど……傷ついでもいいんじゃないかって思うよ」

大野が言うと、「傷つくのはいやですよ！」とタケシが声をあげる。

「逃げるが勝ちって言葉もあるんだよ、愛ちゃん」

傷つくのにもそのうち慣れる、と一が達観したようなことを言い、小田島がそんな息子をたしなめる。めいめい、勝手なことを言うから収まりがつかず、愛子は浮かない表情を浮かべているが、スズ子はなんだか懐かしい気持ちになった。

まるで、はな湯にいるみたいだ。誰かの悩みを常連客同士であぁだこうだと話しているうち、酔った梅吉が自分語りでまぜかえし、番台のツヤがたしなめ、何も解決していないうちに、みんなが賑やかなその空気に飲み込まれていって――。

「マミーはどう思う？　……休んでもええやろ？」

ああそうだ、あの頃の自分は、こんなふうにツヤを見上げて頼っていた。そんなことも、思いだしながら、スズ子は微笑む。

「そやなあ。休んでもええで。ただな、逃げたらそのことは一生忘れられへんで。マミーもな、人に負けるのは好かん。せやけどな、負けるんが嫌で逃げるんやったら、たぶん、負けたほうがええねん。負けて悔しい思いしたほうが……たぶんええねん」

愛子の瞳に、戸惑いの色が浮かぶ。

「ま、愛子が決めたらええ。戦うんも逃げるんも、どっちもつらいわなあ。マミーもな、実は年末の男女歌合戦で、ごっついすごい歌手さんと一緒に歌わなあかんねん。そしたら比べられるやろ。それがイヤやー思うてたんや」

「負けてまうから？」

「そうや。負けてまうし、もしかしたらもうマミーはあかんのかなとも思うてまうかもしれへんやろ。せやけど今はな、その人と歌とてみたいと思うてワクワクし始めたんや」

「ワクワク？　怖ないん？」

スズ子は首を振った。

「怖いんは、怖いけどな、怖い以上に楽しみやねん」

りつ子と別れた帰り道、スズ子はまっすぐ日帝劇場の稽古場に向かった。水城アユミの歌を、真正面から聴いてみようと思ったのだ。けれどレコードは見つからず、かわりにスズ子の『ラッパと娘』が目に入った。かけると、陽気にはじけるように歌う自分の声が流れてきた。全身全霊で歌と踊りを愛しているのが伝わってきて、聴いているだけで胸が躍った。

――福来さんの歌は周囲をパーッと明るすると思うんです。つらさや苦しみを吹き飛ばしてくれます。

出会った頃、愛助はそう言ってくれた。アイスクリンを食べるのも忘れて彼が聴きほれたという『ラッパと娘』。スズ子にとってかけがえのない、誰にも渡したくない曲であるのは確かだ。けれど同時に、水城アユミはいったいどんなふうに歌うつもりなのだろうと、想像するだけでますます胸が高鳴った。

「なんでそんなふうに思えるようになったん？」

「マミーはね、好奇心が旺盛なんです」

問う愛子に、答えたのは大野だった。

「人が生ぎでいぐ中でいぢばん必要なものだど大野さんは思ってる。怖(こ)え、逃げてーって思うどぎは、たいてい心の中(なが)でやったほうがいいって自分ではわがってるものだど思うの」

「ええこと言わはる」とスズ子は笑みをこぼした。さすが、りつ子を育てた女性である。

「せやけどな、愛子がどないしても負けるんがイヤやったら逃げてもええねん。それはそれで、ええ経験になるかもしれへんとワテは思いますねんで。どっちもありや。愛子がどないしようと、マミーはそれでええと思うわ」

愛子は大人になった。身体だけでなく、心もぐんぐん成長している。傷つかないよう、大事に守って、何かにつけ手を差し伸べてあげる時期はもう過ぎた。愛子の意志を尊重しよう、それがどんなものであっても味方でいよう、とスズ子は思った。

スズ子も、誰になんと言われようと、自分の意志を貫くことを決めた。吉と出るか凶と出るかわからない。けれど戦わずに逃げ出すのは、ちっともワクワクしない。

「水城アユミさんに、『ラッパと娘』を歌う許可をいただけないでしょうか」

改めて頼みに行くと、羽鳥は目を見開いた。

「この前のワテは、卑怯者でした。センセにお任せするみたいに言いながら……本心では水城さんに歌わせたくないいう思いがあったんです。……近頃のワテは仕事も減って、身体も前みたいには言うことききまへん。水城さんと一緒に歌とたら、比べられるのが怖いと思うてしまったんです。せやけど……こないだ久しぶりに自分の歌とてる『ラッパと娘』を聴いて、ワクワクしたんですわ。ほんまあれは最高の歌や。ほしたら……なんや不思議なことに、水城さんはどう歌いはるんやろ、ものすごい聞きたい思うて……それが同じ舞台や思うたらズキズキワクワクしてきたんです。なんやむちゃくちゃ同じ舞台で歌いたなってきたんですわ」

「ズキズキワクワク……か。やっぱりたいしたもんだな。君は」

羽鳥の目元が和らぐ。いつもの笑みが、戻ってくる。

「確かに……君と水城アユミが同じ舞台に立つなんて僕も見てみたい。まして水城アユミが我々の歌を歌うんだ。君の言うようにズキズキワクワク以外の何物でもないな。それで、君は何を歌うつもりなんだい？」

「『ヘイヘイブギー』でいかせてもらえたら思うてます。あの歌は、ワテにとっては愛子への想いを歌とた歌なんです。ワテが今、誰か一人のために歌うとしたら……やっぱり愛子なんです。愛子も今、しょうもないことでっけど、ワテと似たようなことで悩んでますし、今、ワテは愛子のために歌いたいんです」

「君の好きにすればいいさ。『ラッパと娘』対『ヘイヘイブギー』の新旧対決か。……うん、なんだか少しワクワクしてきたよ」

「精一杯歌わせていただきます。センセ、ほんまにありがとうございます！ ワテ、これからさっそくテレビ局に行って話してきますわ」

「ずいぶん急ぐね」

「気ぃ変わらんうちにですわ。また妙な弱気が顔出したら困ります」

吹っ切れたように笑うスズ子に、麻里は「さすがスズ子さん」と嬉しそうだが、羽鳥はいつにない胸騒ぎを感じた。この大舞台は、スズ子にとってこれまでと違う意味をもつものになる。そんな予感がしていた。

家に帰ると、愛子がわんわん泣きながら抱きついてきた。

「わたし……わたし悔しいわ！ めちゃくちゃ恥ずかしかったわ。みんな見ててんで！ その前で負けたんやで！ ずっと一番やったのに……もう恥ずかしいて悔しいて……やっぱり行かんかったらよかったわ！」

愛子も、逃げなかった。正々堂々向き合って、百二十パーセントの力を出して、そして負けたのである。あまりの悔しがりように、一は呆れている。

「俺、たまたま見てたけど、お前が思うほど誰も注目してなかったぜ」

「アホ！　みんな見とったわ！」

スズ子は愛子の頭を優しくなでた。

「悔しかったなあ。恥ずかしいんもようわかるわ。マミーも同じことになったら、きっと恥ずかしいてたまらんで。でも、これでええんや。悔しさを思い切り出すんが愛子らしいのやで。思い切り悔しがって、思い切り恥ずかしがったらええわ」

「もうこんな悔しい思いしたないわ。これからは逃げるで！」

「よしよし。逃げてもええし、立ち向こてもええ。どっちにしろ人生は大変な道のりや」

愛子に言っているようで、それは自分に向けての言葉だったかもしれない。


そして迎えた大晦日。日帝劇場に向かうスズ子に、愛子は「頑張って！　負けたらあかんで！」と激励を送ったが、スズ子に気負いはまったくなかった。日本中の人たちがテレビの前で待ち構えている年に一度の祭りなのだ。楽しまなくては損だと思った。すっかり調子を取り戻している。

楽屋にアユミが挨拶に来たときも、タケシは「敵情視察か」なんて言って態度が悪いが、スズ子の心は晴れやかだった。

一人、また一人と、今年を彩った歌い手たちが曲を披露するのを、スズ子は舞台袖で聴いていた。このときの緊張感が、スズ子は好きだった。生中継のカメラが何台も入ってはいるものの、観覧客で満員になった劇場はいつもと同じ。ショーを観に来たお客さんをどんなふうに楽しませようかと、考えているこの時間が。

やがて、アユミの出番が来た。スズ子は舞台袖からアナウンサーが高らかに紹介するのを聞く。

「日本歌謡界に颯爽と現れた期待の新星、次代のエース。水城アユミさんの登場です！　曲はなんと、尊敬する福来スズ子さんの歌から『ラッパと娘』を歌います。どうぞ！」

物怖じする様子も見せず、アユミは堂々と舞台中央に躍り出る。ただ美しいだけじゃない。自身と希望に満ちたその笑顔は煌めいていて、会場中の人々の視線を釘付けにした。その自信が実力に裏打ちされたものだということは、出だしをちょっと聴いただけでわかる。

スズ子の脳裏に、ある情景が蘇った。誰よりも美しく、華麗に踊るのに、最後まで一人練習室に残って、踊り続けていた大和礼子の姿。その意志の強さ、向上心の高さを引き継いだアユミは、けれど大和礼子ともまた違う力強さのある歌声で、スズ子とはまた違う、しなやかな踊りで会場中を熱狂の渦に巻き込んでいく。

いつしかスズ子も『ラッパと娘』を口ずさみ、自然と身体を揺らしていた。

観客もスズ子も、聴く人は皆、ひとりでに浮かれだして浮き浮きしてしまう。歌のとおりだった。アユミは『ラッパと娘』を完全にモノにしていた。と、少なくともスズ子は思った。見事に歌い切ったアユミの横顔を見て、楽屋に戻る。次に男性歌手が歌ったら、いよいよスズ子の出番。でも、今すぐ壇上に飛び出したくてたまらない。

そんなスズ子を、楽屋前でりつ子が待ち構えていた。

「あなたの様子が心配だから見に来てあげたのよ。水城アユミに怖気づいてやしないかって」

「すごいですわ。あれはほんまもんでっせ！　歌がうまいだけちゃうわ。お客の心を掴む何かを持ってはるわ。茨田さんもいつか聴きはったらよろしいわ。ええ刺激になりまっせ！」

「ああいうのは趣味じゃないって知ってるでしょ」

「ワテとはまた一味も二味も違いますで。ワテ、もう爆発しそうや！」

スズ子は、武者震いしていた。こんな気持ちは、久しぶりである。早く歌いたくてたまらない。誰に評価されるとか、比べられるとか、関係ない。ただ、心の底から歌いたくて、踊りたくて、はちきれそうな衝動を懸命にこらえる。

やがて、そのときがきた。

「さあ皆さん、ついに大トリです！　一年を締めくくってくださるのはこの方しかいません、今日もステージ狭しと歌い踊ります。笑う門には福来る、福来スズ子さん！　大いに歌って、盛り上げてもらいましょう！　歌は『ヘイヘイブギー』！」

「しゃー！」

気合いを入れて、スズ子は飛び出す。スズ子は、気づいているだろうか。その瞬間、壇上だけでなく会場全体がぱっと明るく華やいだことに。アユミのときとはまた違う。スズ子の姿を目にしただけで、誰もが自然と心を浮き立たせてしまうことに。

スズ子は観客席をぐるりと見渡した。

「ワテが大トリいうことなんでっけど、これまでの皆さん、えらいすごかったですね！　ワテ、一人でえらいコーフンしてまいましたわ。特に水城アユミさん。なんや若い頃のワテを見てるようでねえ、特にあのかわいいお顔は……て、ここ笑うとこでっせ。一発でファンになってまいましたけど、ワテもまだまだ負けられまへん。それでは皆さん、今年もほんまにお世話になりました。来年もよろしゅう頼んまっせ！『ヘイヘイブギー！』」

スズ子のコールで演奏が始まる。と同時に、会場中が一斉に沸いた。アユミからもらった興奮と、観客の熱狂を受けて、スズ子は所狭しと舞台上を踊り回る。身体がついていかない、なんて感じる暇もなかった。胸に抱くこの喜びを、解放することしか考えられなかった。

笑う門には福来る。そこから転じて福来スズ子。ツヤがくれたその名前の由来を歌詞に組みこんだその曲は、スズ子そのものを表わすような躍動感に満ちている。

――見てみぃな、お父ちゃんら。いっつもアホなこと言うて、大笑いして。せやけど、なんや幸せな気になってくるやろ？　鈴子もこの家に、はな湯にようけ福を持ってきてくれたわ。これからはうちだけやのうて、お客さんにもぎょうさん福を届けたり。

もしかしたらいつかこの歌もアユミが、別の誰かが歌うかもしれない。だけどそんなことはどうでもよかった。今、この瞬間、スズ子は歌う。愛子に向けたこの歌を、歌いたいから、踊りたいから、全力で客前で披露するのだ。そのまじりけのない思いが、愛が、演奏するバンドに伝わり、奏でる音もますます軽やかに弾みだす。客席の歓声が大きくなり、まるでスズ子のワンマンショーに来たかのような盛り上がりを見せている。その情景を、舞台袖からアユミは食い入るように見つめていた。

「お前もどえらい人を目標にしてしもたもんやなあ」と嘆息を漏らす父の声も、アユミの耳には届いていない。ただ、スズ子の輝きに魅了されていた。

それは、会場にいない人たちも同じだった。

テレビの前で、小田島と一が手をとりあって踊りだす。麻里と子どもたちが手をたたいて、身体を揺らす。羽鳥は、はしゃぐでもなく、微笑を浮かべて目を閉じて聴いている。

愛子は、勝ち負けのことなんて忘れていた。その少し前までは、アユミの歌を聞いて複雑そうな表情を浮かべていたのに、「マミー、最高や!」と飛び跳ねている。

日本中の喝采が、スズ子に送られる。その瞬間、スポットライトを浴びながら、かつて味わったことのない充足感がスズ子の全身を満たしていた。

最終章

新たな旅立ち

楽屋に戻ったスズ子は、糸が切れたようにソファに倒れ込んだ。

「ほんっと素晴らしかったです！　もう僕涙が止まらないですよ！　これは新たな福来スズ子の誕生です。福来スズ子第二章の始まりです！」

「ター坊……お言葉は嬉しいけどちょっと静かにしてて……」

「静かになんかしてられませんよ。僕がマネージャーになってからで最高のステージでした！」

そこへ、股野とアユミがやってきた。スズ子は服を整えながら、身体を起こした。

「スズちゃん、素晴らしかったで」

「ありがとうございます。水城さんも最高でしたわ」

「ほんまに、素晴らしかった。最高やった。とにかくその一言を伝えたくてね。ほら、アユミも言いたいことがあるんやろう？」

「何？　負けを認めるの？」と険(けん)のある言い方をするタケシを、スズ子はたしなめる。けれどアユミの目には、タケシなど映っていない。ただまっすぐに、スズ子を見つめる。

「呼吸をするのも忘れました。私もあんなふうに歌えたらどんなに素晴らしいだろうって。まだまだ私には力が足りません。今日の福来先生の舞台を見てよくわかりました。今は自分が恥ずかしいです。『ラッパと娘』を歌いたいなんて言ったこと、本当にすみませんでした。もっと……もっと勉強し直してきます。そしていつか福来先生のように、自分の持ち歌一つで、瞬時にお客様を虜にしてしまう歌手になれるよう、精進します」

「ほんま、お母さんにそっくりやなあ。きっとあなたのお母さん……大和さんもそんなふうに頑張ってはったんやろなあ」

「母も……私の目標の人です」

「そうや。ワテなんか目標にしとってもあかん。あなたのお母さんは最高のエンターテイナーやったんやで。あなたはいつか、お母さんを超えなあかん。あなたやったら超えられる思たで。ワテ、すっかりあなたのファンになってしもうたもん」

スズ子に心酔しながら、その瞳には隠しきれない負けん気が潜んでいる。そんなアユミが、スポットライトを浴びているとき以上に眩しくて、スズ子は思わず目を細めた。

新年早々、テレビや新聞雑誌はこぞって、ブギの女王の復活を讃えた。これで羽鳥善一が復活すれば、また二人の黄金期が来るかもしれない、とも報じている。

「マミー、決闘は勝ちやったな！」と愛子も嬉しそうだ。けれど、微笑を浮かべるスズ子の心が、ここにはないような気がして、戸惑いの表情を浮かべる。

実際、スズ子はぼんやりしていた。今もスポットライトが当たっているみたいに肌が熱い。けれど心は凪いでいて、歌と一緒にどこかへ飛んでいきそうだった。もう、戻ってこられないくらい、遠くへ。スズ子は、愛助の言葉を思い出していた。

——福来さんは独特です。歌が上手いんは当たり前なんですけど、なんや聴いてると、ええ気持ちになる言うんか、吸い込まれてまうんです。

巡業先で初めて出会ったときに、言ってくれた。いつだったか、スズ子の歌をいちばんに楽しみにしているのは自分だと、羽鳥をさしおいて主張してもいた。愛助がいなくなってからも、スズ子は天国の愛助に届かせるような気持ちで歌っていたような気がする。

だから、人知れず下した決断を、誰よりも先に愛助に打ち明けたかった。遺影を見つめながら、心の中で語りかける。すると、かたん、と背後で音がした。愛子が起きてきてしまったらしい。

「マミー、何してたん？　なんやボソボソ聞こえたで」

「お父ちゃんにな、大事な話してたんや。愛子にもそのうち、話さなな」

けれどその前に、報告しなくてはいけない人がいる。

三が日が明けると、スズ子は羽鳥を訪ねた。そして改まって、言った。

「歌手を引退しようと思います。理由はいろいろあるような気がしますけど、一つ確かなのは……ワテは年末の歌合戦で燃え尽きたと思いますねん」

麻里が、絶句する。けれど羽鳥は、ぴくりと頬を動かしただけで、表情を変えない。

「あのときのスズ子さん、素晴らしかったじゃない。記事にも、復活！　なんて書かれて」

麻里が焦ったように雑誌を見せる。スズ子は小さく首を振った。

「たぶんもう、あんなふうには歌えんような気がするんですわ。ワテはあの子から……水城アユミさんからとてつもないエネルギーをもろて、あれだけのステージができたんやないかと思います。あれ以来、なんや身体にも力が入らんいうか……舞台が終わってしばらく放心してまうようなことは今までもありましたけど、今回は何かが違うんですわ。大満足な気持ちと、なぜか寂しいような気持ちも混ざって……」

今までは、放心することがあっても、すぐに現実に引き戻された。なしえた最高の出来を次はさらに超えてやろう、そのために何ができるだろうかと心が勇んだ。けれど今回は。

「もうええか、もうええわな、ワテようやったんちゃうかいう気持ちでいっぱいなんですわ。それに……水城さんから、同業者からエネルギーをもろて歌えたというのは、あの子に負けたいうことです。あの子はすごい歌手になると思いますわ。歌う前に毎度あの子からエネルギーもらうわけにもいきまへんし。もうあんなふうに歌うんは無理やいう気がするんです」

麻里は、思わず羽鳥を見た。羽鳥は、小さく唸った。

「僕はね、もしかしたら福来くんは今までとは違った気持ち……なにか決意と言ってもいいのかな、そんな思いで歌合戦の舞台に立つんじゃないかって思っていたんだ。だから……終わったあとに君がどうなってしまうんだろうって不安な思いが少しだけあった。でもまさか……引退とは思わなかったねえ。いや、それはまったくの予想外でした……」

羽鳥は、歌合戦の舞台を思い描くように、遠い目をした。

「確かに水城アユミはすごかったねえ。僕も思わず聴き入ってしまったよ。君が言うように、彼女はすごい歌手になるだろう。いや、もうすでになっているかもしれない。君がそんな水城アユミからエネルギーをもらって歌えたというのはよくわかるよ。僕だって彼女の声には熱くなった。でもね……」

羽鳥は、スズ子を見据えた。

「僕は君を引退させないよ。なぜって僕はこれまで君と一緒に何十曲もの歌を作ってきた。君が引退するということは、今まで作ってきた歌をすべて葬り去ることになる。歌を殺すことになる。そんなことは僕は絶対に許さない。いいかい、君が舞台で喜劇をやろうが映画女優をやろうが、一向にかまわない。でもね、君は死ぬまで歌手なんだ。歌を葬り去ることは絶対に許さないよ。もしも本当に君が歌手をやめるというのなら……僕は君と絶縁します」

羽鳥の表情から笑みが消えた。『ラッパと娘』をアユミに歌わせてもいいか、そう聞いたときとはまた違う、頑として譲らない意志の光がその瞳に宿っている。

「それじゃあ、僕は仕事があるから」

スズ子の返事を待たず、羽鳥は部屋を出ていく。その背中にかける言葉を、スズ子は見つけられない。反対されるかもしれない、とは思っていた。けれどまさか、絶縁とは。身を切られるほど痛い言葉だったが、それでも自分の決心が揺らがないことに驚いてもいた。

だからその晩、いつものように夕食の席に集まったみんなにも、引退を報告した。麻里と同じように、誰もが絶句する。沈黙のなか、最初に口火を切ったのは、タケシだった。

「そんなの僕は納得できませんよ。やめてどうするつもりなんですか」

「女優さんのお仕事をやっていこうかなと。幸いいただけるお芝居の仕事も少しあるし」

「そんな……なんで歌手をやめなきゃいけないんですか！」

「一言で言えば、ワテは燃え尽きましたんや」

困惑しているみんなをぐるりと見回して、スズ子は羽鳥に伝えたのと同じ理由をくりかえす。

それでもいやだいやだとくりかえすタケシに、愛子が切なそうに言った。

「ター坊は、マミーのことが好きなんやなあ……」

「好きとか嫌いとかそんなんじゃ……そ、そんなんじゃ……僕は認めない！」

ついに泣きだして、タケシは逃げるように出ていった。追いかけようとするスズ子を、大野が止める。

「ああ見えで、いちばん間近で歌手の福来スズ子さんを見でだ人ですがらねえ。いろいろな思いもあるんでしょう」

愛子は、何かを考えこむように黙っていた。寝る間際、ようやく愛子はぽそっとつぶやく。

「引退したら、もう歌はぜんぜん歌わへんの？」

「ん？　うーん……どやろな。愛子はマミーが歌手をやめるんはイヤか？」

「マミーがイヤやったらやめてもええって思うけど……マミーの歌が聴かれへんのは寂しいわ。せやけど、ほんまに嫌やったらやめてええねんで。私もうかけっこの競争は逃げるし」

「……愛子。抱きしめてええか」

うなずく愛子を、スズ子はぎゅうと抱きしめる。何も言わず、静かに身体を震わせ始めたスズ子の背に、愛子はそっと手を回した。万が一、アユミとの対決に負けたら、たくさん励ましてあげようと愛子は思っていた。愛子は、スズ子が負けたなんて思っていない。圧勝だった、と確信している。それでも今、愛子はスズ子を抱きしめてあげなくちゃいけないと思った。かけっこに負けた愛子に、スズ子がそうしてくれたように、優しくなでる。愛子だけはずっとマミーの味方だよと、心の中でつぶやきながら。

喫茶店にりつ子を呼び出し報告すると、「それは残念ね」とあっさり言って、コーヒーを飲んだ。思いのほか淡白な態度に、スズ子のほうが驚きの声をあげてしまう。

「茨田さんなら『あ、そう。勝手にやめたら』とか言いはると思てましたわ」

「そう思ってはいるけど、あなたのことは同志だと思ってきたから」

「同志……」

「歌手として女として、同じ時代を生きてきた同志。だからあなたの決断を尊重するだけよ。でもね、私は生涯歌い続けるわ。年をとって声が出なくなっても、一日でも長く歌い続ける」

「それでこそ茨田さんや。尊敬します」

「それで？　羽鳥先生にも当然報告はしたのよね」

「はい。ほんまに引退したら……絶縁する言われました。顔はいつもどおり穏やかやったんだすけど、目が笑ろてへんのだす。これまで一緒に作ってきた歌を葬り去るつもりか言うて」

「先生のお気持ちもわかるわね。先生があなたに作った歌は、あなたが歌うことによって完成した。あなたが引退するってことは、先生にとっては永遠にその歌がなくなってしまうってことなんでしょうね。先生は歌を本当に愛しているから。先生にとって歌い手は歌の一部なのよ。歌がすべてなのよね、先生は」

りつ子は肩をすくめた。これればかりは、他人が解決できることではない。

家に帰ると、タケシがスズ子を待っていた。

「先日は取り乱してしまって本当にすみませんでした。引退はスズ子さんがよくよく考えられたことなのに、自分の思いだけが爆発してしまって……」

うん、とスズ子はうなずく。出会った頃はあんなにもいい加減で、仕事に慣れてきてからもお調子者の気質は抜けなくて、良くも悪くもごまかしのきかないタケシが、泣くほど歌手としてのスズ子に思い入れてくれていたとわかったのは、少し嬉しかった。

「正直、スズ子さんに付いた頃は、スズ子さんの歌の良さがよくわかりませんでした。歌なんてどれも同じに聞こえたし。でも、いつの頃からか、スズ子さんの歌を勝手に口ずさむようになって。そうすると不思議と元気が出るといいますか……どこに行っても通用しなかった僕を励ましてくれたのがスズ子さんの歌だったんです。だから……もっともっと、スズ子さんの歌を聴きたかった。もっと励ましてもらいたかった……」

「甘えん坊や」とからかうように愛子が言う。でも、スズ子は茶化さない。

「ありがとな。そんなふうに思てもらえて、歌とてた甲斐がありますわ」

「そんなふうに思ってるのは僕だけじゃありません。日本全国に、スズ子さんの歌に励まされた人たちはたくさんいます。その人たちにちゃんとお礼を……というとおかしいですけど、引退することを報告して……やっぱりお礼だ。お礼を伝えなきゃならないと思うんです」

「そのとおりやな。せやけど、どうやって伝えるんや？　一人一人頭下げて回るわけにも」

「新聞や雑誌の記者さんたちを集めて、きちんと発表の場を設けて報告しましょう。福来スズ子はそれくらいの歌手なんです。ちゃんとファンの皆さんに報告してお礼を伝えるべきです」

わかりました、とスズ子は答えた。これまででいちばん、マネージャーらしいふるまいのタケシに、しみじみとする。

「ター坊、あんた知らん間に大人になったなあ」

言われた瞬間、タケシは顔をくしゃっとゆがめた。今も、心の整理がついたわけではない。めそめそと泣きだしたタケシの背中を、愛子がさすった。

そうと決まれば、羽鳥にも改めて報告しなくてはならない。留学していたカツオが一時帰国したと麻里から連絡をもらい、いい機会だと訪ねてみたが、羽鳥は留守だった。

「スズ子さんが来るって言ったらむりやり予定を作って出ていったの。気が小さいのよ」

「親父はどうしちゃったんだ。スズ子さんを縛り付ける権利なんてないじゃないか！　親父はスズ子さんを自分の物か何かだと思ってるんだよ」

憤慨しているのはカツオである。欧米で、個人の自由という価値観を学んできた彼には、父の態度が古臭く感じられ、ひときわ許せないらしい。

麻里は、カツオほど辛辣にはなりきれないようだった。良くも悪くも、羽鳥にとって音楽が何より大事だということを、いちばん知っているのは麻里だから。

「けっきょくのところ羽鳥は、あなたに捨てられるのが怖いのかもしれないわね。あなたがいないと、自分の歌が作れないくらいに思ってるのかもしれない。……なーんか私、焼きもち焼いてしまいそう。あなたたちの関係は、他の誰も入ることのできない……あなたたち二人も気づいていない、二人だけの世界があるのよ」

「ワテ……麻里さんを苦しめてましたやろか……？」

「全然。私はあなたが大好きよ。福来スズ子という歌手としても、花田鈴子という人間としてもね。最高の友達だと思ってる。……いいでしょ、友達だと思っても」

「嬉しいです！　あの、せやから言うわけやないですけど……ワテ、記者さんたちを集めて引退の報告をするつもりです。今日、センセに前もって言おうとも思うたんでっけど」

「逃げちゃったものねえ。羽鳥がそれを知ったらどんな顔するか見ものね」

「ちょっと麻里さん。ワテ、それを思うと心苦しいんでっせ」

「二人とも大いに苦しんじゃえ！」

いたずらっぽく笑う麻里に、つられてスズ子もようやく笑った。一方、当の羽鳥はというと、むりやり作った用事、すなわちりつ子と会うために喫茶店を訪れていた。呼び出しておいて何も言わずにかたまっている羽鳥に、りつ子は苦笑する。

「どうせ福来スズ子のことでしょう？　絶縁するなんておっしゃったそうじゃないですか」

「な……なんだ。知ってるのかい？」

「あの女の口は綿よりも軽いですわ」

「みっともないマネを……してしまったのかな、僕は」

家族の前では頑なな態度を貫いているが、羽鳥とて、葛藤しているのである。

「先生らしくないと言えばらしくないですけど、お気持ちもわかりますわ。でも、絶縁はよろしくありませんわね」

「そうなんだよ、よろしくないんだよ。なもんだから……ひとつ君から福来くんの引退を覆すことはできないものかね」

「私は一人の同志として福来スズ子の生き方を尊重します。ごめんなさいね、先生」

羽鳥はがっくりと肩を落とす。りつ子は笑った。そうしていると、この間、相談に来たスズ子みたいだ。背格好はもちろん、顔立ちも何もかもが違うのに、二人はどこか似ている。

「ほんとに羨ましい関係ですわ。先生は私にもたくさんの名曲を作ってくださいましたけど、やっぱり福来スズ子なんです。あの子の歌を作っているときが、いちばん楽しそうだった」

「いや僕はどんな歌を作ってるときも」

「ワクワクされていたんでしょ。わかってます。でもね、やっぱりあの子なんです。そしてあの子も先生なんです。……二人とも存分に苦しめばいいって思いますわ」

麻里と同じことを言って笑うりつ子に、どういう意味かと羽鳥は視線で問うけれど、もちろん答えがあるはずもない。

「それよりも先生、そろそろ私にも新曲を書いてください。抜群にいいものを」

「まったく君ってやつは……」

ようやく羽鳥の口元がゆるむ。りつ子は飄然とコーヒーカップに口をつけた。


引退会見には、大小問わず、スズ子の知る限りすべての報道機関が集まった。これほど多くの人を巻き込むつもりのなかったスズ子は恐縮し、まず集まってくれた礼と詫びを伝えた。スズ子がひと言発するたびに、カメラのフラッシュが焚かれて、目がしぱしぱする。そんななか、伝える引退理由は、羽鳥やタケシたちに言ったのと同じだ。

「もちろん歌おうと思えば歌えますし、踊ろうと思えば踊れます。せやけどワテは……わがままでっけど、自分がいちばん輝いていたときをそのまま残したい。自分自身の手で汚したくないいう思いがあります。お客さんに喜んでもらえて、自分自身も満足できる福来スズ子でいることがもう難しいようになってきたのがいちばんの理由ですわ。なんぞご質問はありますかいな？」

記者たちが一斉に手を挙げた。タケシが、そのうちの一人を指名する。

「思うようなパフォーマンスができなくなったとのことですが、年末の『男女歌合戦』では素晴らしかったと思うのですが」

「そうでんなあ。あれが最後の花火ですわ」

「そのときは引退を考えてたんですか？」

「そのときは……考えてまへんでしたわ」

「だったらなぜ急に引退しようと思ったんですか？」

割り込んだのは鮫島だ。「勝手に発言しないで！」と遮るタケシを無視して続ける。

「近頃は福来スズ子の人気も落ちてきていた。そこに水城アユミなんて若手も出てきて、もう勝てないなんて思いはなかったんですか？」

「失礼なことを言うんじゃない！」

「よろしです、よろしです。……ま、勝てへんというのか、別にスポーツとちゃいますからね。ただ、水城さんはほんまに素晴らしいし、これからすごい歌手におなりになると思います。ワテの存在なんぞ皆さんすぐに忘れてしまいますわ。それが悔しないかって言われたらもちろん悔しいでっせ。ごっつい悔しいです。せやけど、いちばんの理由ではありません。理由は言うたとおり、自分の思うパフォーマンスがでけへんいうことです。年末の歌合戦も、皆さん褒めてくださいますけど、水城さんに引っ張ってもらいましたんや。これは本心でっせ」

鮫島が何かを言うより先に、別の記者が手を挙げる。

「歌手をやめて、今後の芸能活動はどうするおつもりですか？」

「これからは役者として活動していきたいと思います。もちろん、お姫さまみたいな役はでけませんけど、うるさいおばちゃんとか、鬼みたいな姑（しゅうとめ）とか上手にやれると思いますので、皆さんお仕事ください。あ、ギャラはいちばん低いところから始めさせてもらいます。歌手・福来スズ子のギャラでしたら、仕事がけえへんですやろ」

「歌手はやめるけど役者は続けるってのがどういうことかよくわからないなあ」

しつこく鮫島が口を挟んだ。

「やっぱり水城アユミから逃げるってことなんじゃないんですか？」

「うーん……ま、そうかもしれないですわ。そう見られてもしゃーないです」

「しゃーないじゃなくて認めなさいよ」

「ちょっとお前！」

摑みかかりかねないタケシを、スズ子は「ええて、ええて」と鷹揚（おうよう）に制する。

「世間からはそう見えるかもしれまへんし、さっきも言いましたけど、年末の歌合戦では水城アユミさんの力に引っ張られました。これは羽鳥先生にも言いましたけど、同業者に引っ張られたら終わりですわ。ワテの場合でっけど」

「負けを認めます、と。長年コンビを組まれた羽鳥先生は引退に関してどう言われました？」

鮫島の追及に、一瞬、口ごもったスズ子の代わりにタケシが言う。

「もちろん了承してくれています。福来スズ子が十分悩んで出した結論ですから」

「羽島善一も最近はヒット曲に恵まれていない。あなたを簡単に手放すとは思えないなあ」

その言葉だけは、聞き逃せなかった。スズ子は毅然と胸を張った。

「センセは、これからも素晴らしい曲を作られていく方です。羽島センセの作られた歌を歌わせてもろたことには、ほんまに感謝しています。センセがおらへんかったらワテは間違いなくここにはいてまへん。福来スズ子の大部分を作ってくださったんは、羽島センセや。どんなに感謝しても感謝しきれない気持ちでいっぱいですわ。それ以上のことは何もおまへん」

「なるほどねえ……よっくわかりました。でもなーんか寂しくなるなあ。最後に聞きますけど、もうまったく歌手に未練はない？」

「ま、未練があればやめへんのとちゃうかな。ワテは未練がましい女やし。せやから、もしかしたらやっぱりやめへんほうがよかったなあと後悔する日が来るかもしれまへんな」

冗談めかして言うスズ子に、記者たちが笑う。鮫島も、ふん、と口の端をあげた。

「最後に一曲聴かせてほしいなあ」

「そらあきまへん。ワテ、一曲では止まらへんようになってしまいますわ。皆さん……歌手・福来スズ子をかわいがってくださってほんまにほんまにありがとうございました」

スズ子が深々と頭を下げると、誰からともなく拍手が起こる。鮫島も微笑を浮かべてそれに倣った。寂しくなる、というのは嫌味でもなんでもなく、本心だったのかもしれない。

家に帰ると、部屋が飾り付けられ、〈マミー、歌手活動お疲れ様でした〉と書かれたケーキが用意されていた。みんなの心遣いに感謝しながら、スズ子は不思議な感慨に包まれる。

「ワテは、自分が歌手をやめる日が来るやなんて思うてもなかったんや。せやかて物心ついたときにはもう歌が大好きで、それからずっと歌とてきたんやから。せやけど……それ以上に思うてもなかったんは、そんだけ大好きな歌をやめるいうときに、ワテの周りにおるんがあんたらやったいうことや。なんでワテのこんな大事なときに一緒におるんがあんたらやねんって……」

もちろん、愛子を除いた全員――タケシに大野、小田島父子の話である。

「愛子はワテの大事な大事な宝物やからおって当然や。……そやねん。こんなときは、宝物やと思う人と一緒におるんが普通とちゃいますか？　お母ちゃんもおらん、お父ちゃんも六郎もおらん、愛助さんもおらん。ワテの大事な大事な人がだーれもおらん……で、おるんが何でかあんたらやねん」

スズ子は愛子以外の四人の顔を、ゆっくり、確かめるようにそれぞれ見つめた。

「出来の悪いマネージャーに誘拐犯、その息子。青森弁のおばちゃん。なんでよりにもよってあんたらやねん、て思うのに、ほんま不思議や。あんたら以外は考えられへん。今この瞬間に、あんたらとおれるいうことを、ワテは心から幸せやと感じてます。皆さんはワテの宝物です。家族や。血のつながりなんか関係ないねん。ワテと出会うてくださって、ほんまにありがとうございます。心から感謝します。そしてこれからも……どうかよろしゅう頼みます」

スズ子が頭を下げると、みんなも自然と頭を下げる。誰も、何も言わない。スズ子の言うことがわかったような、わからないような、曖昧な気持ちで、でもじんわりとしたあたたかいものが胸いっぱいに広がる。

やがて、しゃくりあげる声が聞こえた。もちろん、タケシだ。

「ぼ、僕こそスズ子さんと出会えたことに心から感謝しています。こんな僕を拾ってもらって……スズ子さんの歌手としての最後のマネージャーが僕なんかでいいのかと思いましたけど……でも、僕しかいないでしょ？」

「あんたはまた泣くんかいな。そやそや、あんたしかワテのマネージャーは務まらへん」

「よしよしや」

　愛子がタケシの頭をなでる。みんなの顔に、笑みがこぼれる。それはまさに、家族団欒の風景だった。


　秋山が大阪からやってきた。喫茶店で顔を合わせるなり、甲高い声をあげる。

「ほんまびっくりしましたわ！　びっくりついでに東京来てまいましたわ。福来スズ子でっせ。ブギの女王の引退でっせ！」

「でっせ、て。あんたもおばはんになったなあ」

「そらなりますわ。いつの間にか梅丸の重鎮でっせ」

「若手から嫌われてへんやろな？　橘さんみたいに口うるさなって」

「嫌われまくりですわ。せやけど、もっと嫌われたろ思うてますねん。ほんまあきまへんわ近頃の若いのは。挨拶一つでけへん。橘さん、超えたりますわ。ウチはまだまだ現役続けながら、若いのを鍛えていきます。そんで梅丸をもっと繁盛させたります！」

「尊敬するで。あんたの生き方」

「ウチは福来さんをずっと尊敬してました。一人でずっと東京残りはって……これだけの歌手になられて……ほんまに最高の先輩です。お疲れ様でした」

　秋山と二人で、狭い部屋に布団を並べ、苦労を共にした日々を思い出す。秋山と一緒でなかったら乗り越えられないことも山のようにあった。股野とアユミがやってくるのが一分でも遅かったら、スズ子もタケシのように涙ぐんでいたかもしれない。

　秋山は股野との再会に喜び、最後に出会ったときの赤ん坊が水城アユミに成長した感慨にふける。アユミも、母を知る人に出会えたことに笑みを浮かべながら、いつものような凜とした強さは影を潜めていた。迷いながらも、スズ子に向き合う。

「私は、福来先生に引退してほしくありません。年末の歌合戦で、私は福来先生に心を奪われました。まだまだ福来先生の歌う姿を見て勉強したいことがたくさんあるんです」

「嬉しいわ、そんなふうに言うてもらえて。せやけどな、ワテが引退するんはあなたのステージのせいでもあるんやで」

「私の……」

「前にも言うたけど、ワテはほんまに水城アユミのファンになってしまいました。歌合戦のとき、袖であなたの歌を聴いてるんが心底楽しかったんや。ワクワクしたわ。あんさんの歌にめちゃくちゃエネルギーもろて、ワテはあんなふうに歌えましたんや。これから歌う前に毎度毎度あんたにエネルギーもらうわけにはいかんやろ。せやからワテは、あなたを見て、歌手としての人生をスパッとやめよ思うたんや」

　複雑そうな表情のアユミに、スズ子はためらいを吹き飛ばすように、にかっと笑う。

「バトン、渡したで。頑張ってや！」

「ありがとうございます。私、必ず福来先生のような歌手になります！」

　その笑顔の眩しさが、やはりスズ子の胸を打つ。


　一人、また一人と別れの挨拶を済ませるのに、肝心の羽鳥とは会えないままだった。

「まったく何をしているのよ、あなたたちは。引退宣言だけじゃなくて勝手に引退の発表までしたんだから。あそこで言ったような感謝の言葉は、先生に直接伝えるべきよ」

　りつ子にも叱られた。仲介を頼んで、案の定、すげなく断られる。

　いつまでも先延ばしにはできない。スズ子は、ようやく腹を決めた。事前に知らせれば、また逃げられる。前触れなしに訪れようと決めたその朝だ。羽鳥が、玄関先に現れた。

　居間で羽鳥と向き合うも、二人とも自分の膝を見つめるばかりで、なかなか相手の顔を見ることができない。黙りこくったまま、数分が過ぎた。あの、と二人同時に声を出す。

「あ、センセから……」「いやいや福来くんから」「そんな、センセからほんまに」「いや、ここは福来くんの家だし」と、麻里がいればいい加減にしろと言われるだろうやりとりをくりかえして、ようやく羽鳥が本題に入った。

「僕は……君にとんだ失礼な態度をとってしまいました。絶縁だなんて言葉を吐いてしまったこと、恥ずかしく思っています。誠に申し訳なかった。このとおりだ！」

「そんなセンセ、お顔あげてください」

「僕は……君が僕の元からいなくなってしまうことが怖くてたまらなかったんです。だって、君との新曲がないだけで、世間は僕をスランプだという。君が女優業に邁進すれば、また羽鳥善一は捨てられたなんて書かれるだろう。中でもいちばん耐えられなかったのは……、ブギイコール福来スズ子となってしまったことなんだ。君にさまざまなブギを提供すればするほど、ブギは君のものになった。僕は……いつしか君に嫉妬していたんです。そんなときに、君は僕に一言もなく引退まで決めてしまったんです。それで僕は激しく動揺してしまって……」

だから逃げ回っていた。会見で、スズ子が自分に向けてくれた言葉を知って、なお。そんな羽鳥に、麻里が言ったのだ。

――あなたはこれまでたっぷりとスズ子さんに楽しませてもらってきたのよ。そのお礼はちゃんと伝えたほうがよくてよ。

「まったくどこまで小さな人間なんだって、今回のことで思い知らされたよ。福来くん、嫌な思いをさせて本当に申し訳なかった。ただ僕は……まだまだ君と楽しみたかった。君と一緒にもっともっと歌を作りたかった。それだけなんだ。だから……本当は僕こそ君に感謝しなけりゃならない。君が歌ってくれなければ、ブギはここまで流行らなかったんだからね。今まで僕を楽しませてくれて、本当にありがとう。羽鳥善一という作曲家を作ってくれたのは、紛れもなく君です。深く感謝します。本当にありがとう。ありがとう……ございました」

「センセが正直に言うてくれはったから……ワテも、正直な気持ちを話します」

それは誰にも伝えていない、本心の根っこにある真実だった。

「ワテは、何度もセンセに救ってもらいました。日宝に引き抜かれたときも、六郎が死んだときも、愛助さんが死んでもうあかんと思うたときも……センセはワテのために歌を作ってくださって、ワテを助けてくれました。せやから言うわけやないでっけど、ワテ、センセの作られた歌だけを歌ってきましたんやで。気づいてまへんでしたやろ」

　言われてみれば、と羽鳥は愕然とする。スズ子は笑った。

「ワテは、センセの作ってくれはった歌だけ歌いたかったんです。センセの作ってくれはる歌が、ワテをいちばん輝かせてくれますねん。ワテをいちばん輝かしてくれはるんがセンセですねん。ワテとセンセは、人形遣いと人形みたいな関係やと思うてます」

「僕は君のことを人形だなんて思ったことは一度もないよ」

「よろしんです。茨田さんも言うてました。センセにとって歌い手は歌の一部やて。それでよろしんです。それが、よろしんです。ワテは……いつまでもセンセの最高の人形でおりたかった。せやけど……もう無理ですわ。ワテはセンセの最高の人形ではもうおられません」

「そんなことは断じてないし、最高かどうかなんてどうだっていいことじゃないか」

「ワテにとっては、ようないんです。ワテは……お客さんの前に、センセにとっての最高の歌手でおりたいんです」

「君は……僕にとって最高の歌手だよ」

「ありがとうございます。やっぱりセンセは優しいわ。せやけど……そうでないんはワテがいちばんようわかってます」

　衰える肉体と、全盛期のようには出ない歌声。うすうす感じていたところにアユミが現れた。スズ子とは違う、彼女にはできないかたちで、見事に『ラッパと娘』を歌い切った。それが、決定打だった。

「なんてこった……君はそんなことで歌手を……」

「センセに負けへんくらいしょうもないことでっしゃろ。さすがに恥ずかしいて会見ではよう言いませんでしたわ。センセ、福来スズ子という歌手を作ってくださって……ほんまにありがとうございます。福来スズ子がこれだけの歌手になれたんは紛れもなく羽鳥善一という大天才の作曲家のおかげです。センセのおかげでワテ、最高に楽しい歌手人生を送れましたわ。今までほんまに……ほんまにありがとうございました」

　スズ子はこれまででいちばん深く頭を下げ、そして羽鳥をいたずらっぽく見つめた。

「そやけど安心しましたわ！　センセもワテもしょうもない人間やったんですね」

「福来くん。そんなしょうもない僕と、もう一度だけ、遊んでくれないか。僕は君と一緒にお客さんにお礼がしたい。引退会見だけじゃダメだ。最後にもう一度お客さんの前で歌って……思い切り楽しんで終わろうじゃないか」

　異論はなかった。力をこめてうなずくスズ子と、羽鳥はかたく手を握り合う。今度こそ最後の大舞台。福来スズ子一世一代のショーが、こうして幕を開けることになったのだ。


　引退公演に反対する者がいるはずもなく、とくにタケシはほっとしたようだった。けれど愛子だけが、寂しそうに目を伏せる。

「マミーは、もう二度と歌は歌わへんのやろ」

　そんなことはない、と大野もタケシも言った。毎日鼻歌を歌い、寝るときは子守歌。そんな日常がこれからも待っているはずだと。けれど愛子は首を振る。

「マミーは絶対歌わんと思うわ」

その夜、愛助の遺影を前に、スズ子は真意を問うた。

「なんでマミーがもう絶対に歌わん思うたん？」

「さぁ……なんでかそう思うた。マミー、もう絶対に歌わへんやろ？」

「そやな……愛子にそう言われるまでは、歌手をやめるだけや思うてたけど。マミーはきっともう二度と歌わへんと思うわ」

「どんな感じなんやろ。歌を歌わへんマミー、想像つかへんわ」

物心ついたときから、愛子はスズ子が歌う姿が大好きだった。愛子からマミーを奪う憎き存在だった。でもそれ以上に、愛子はスズ子の仕事は、歌は、愛子を宝物だと思うように、自分のことも大事なのだと言って、歌うことが生きることに不可欠なのだと全身で見せてくれるスズ子が、日本中を沸かせるマミーが、愛子はずっと誇らしくてたまらなかった。けれど、自分の寂しさはこらえて、愛子は言う。

「せやけど……それでええねん。マミーがそうしたいんやったら、それでええねん」

「愛子、あんたなんでそないにええ子やねん。なんでそんなに優しいねん。誰が育てたんや」

「マミーやがな」

「そやな。マミーやな。マミーはな、今までたくさん大ヒット曲を出しました。大ヒット映画にも出ました。舞台もヒットしました。せやけど、ワテのいちばんの自慢で大ヒットは愛子や。ワテだけちゃうな。ワテと愛助さん、ダデーの自慢や。愛子の愛はな、愛助の愛やねん。ダデーがな、愛に溢れた子ぉになってほしいいうてつけたんやで」

そうだ、とスズ子は仏壇の下にある引き出しから、一通の手紙を取り出した。愛助が、最後に遺したものだ。てらいのない愛がつまったその文字を、全部読ませるのは恥ずかしいけれど、いつか、愛子に関する部分だけは聞かせてやろうと思っていた。

〈生まれてくるんが女の子やったら、名前は愛子にしてください。ごめんな。僕の字をつけたわ。愛助の愛は、愛に溢れた子ぉになるようにつけてもろた字や。僕がそうなれたかはわからんけど、その子にはそうなってほしいねん。そんでな愛子、お母ちゃんと友達になったってください。お母ちゃん、歌は上手いけど寂しがりやから〉

愛子は、遺影を見つめた。

「ダデー。私な、マミーと友達かどうかは知らんけど、マミーのこと大好きやで」

「ワテも愛子のことが大好きや」

スズ子は愛子を強く抱きしめる。愛助と、二人分の力でもって。

このぬくもりさえあれば、歌を失っても自分は生きていけるとスズ子は思った。

日帝劇場に〈福来スズ子　さよならコンサート〉の看板が掲げられる。

当日、りつ子と麻里、そして三人の子どもたちを連れて楽屋にやってきた羽鳥は、すでに半べそをかいていた。

「大勢のお客さんが来てるよ。こんなにもたくさんのファンに福来くんは愛されて……でもね、皆さんには申し訳ないけれど、福来くんのいちばんのファンは僕なんです。だから僕は……今この瞬間にでも君が引退を撤回してくれたら、ステージで何回でもトンボを切るよ！」

「それは見ものですわ」とりつ子が吹き出し、麻里は「でんぐり返しもできないでしょ」と呆れる。もういいでしょう、と羽鳥を連れて出ていく彼女たちと入れ替わりに、秋山が現れた。そのうしろから、思いがけない顔が二つ、覗く。梅丸をすでに退団したはずのリリー白川、そして桜庭和希だ。同期の登場に、スズ子は「キャー！」と少女のような声をあげた。

「ウチらがスズ子の引退を見届けんわけにはいかんやろ」という和希の言葉に、思わず大粒の涙がこぼれる。リリーがチリ紙を差し出した。

「泣くな、泣くな！　化粧が落ちるで」

「ほんまによう頑張ったな。あんたはウチらの誇りや！」

「ありがとう……。あんたらこそワテのスターや！」

抱き合う三人に瞳を潤ませながら、秋山が「さて」と仕切り直す。

「ほな最後にあれやっときましょか。ウチら梅丸魂でっせ！」

四人はすっと右手を伸ばし、重ね合わせた。その瞬間、スズ子は梅丸の劇場に舞い戻ったかのような錯覚に陥る。

「強く、逞しく、泥臭く、そして……艶やかに！」

「艶やかに！」とうしろから低くしゃがれた声で唱和され、顔をあげるとそこには山下と坂口がいた。続いておミネ率いる夜の女性たちも、賑やかな声をあげて入ってくる。幸せやなあ、とスズ子は思った。最後の最後にこんなにもたくさんの人たちが駆けつけ、惜しんでくれる。客席にいる、顔も名前も知らない人たちも、きっと同じだ。

誰ひとり欠けても、歌手としてのスズ子はきっと存在していなかっただろう。

「ほんまに……皆さまお一人お一人に、できればお客様お一人お一人にお礼と感謝の言葉をお伝えして頬ずりもつけて回りたいくらいですわ」

幕があがり、マイクの前に立ったスズ子は言った。言葉をつまらせ、涙をこらえるその姿に「頑張れ！」「泣くのはまだ早いぞ！」と客席から声が飛ぶ。その客席にも、すでにハンカチを握りしめている人の姿がちらほら見える。

「もっともっと言いたいこと、言わなあかんことがあったんでっけど、胸がいっぱいですわ。ワテのこの小さな胸をばあっとかっさばいて言葉を引っ張り出したいでっけど、もう、何も言えまへん。皆さん……今日まで応援してもろて、ほんまにありがとうございました！」

「それはこっちのセリフだぞー！」

力強い声が再び、客席から飛ぶ。スズ子は満面の笑みを浮かべた。

「せやな。ワテかて皆さんのことごっつい応援してまっせ！　愛してもおりまっせ！　ほならこの歌から歌わせていただきます！　皆さん大好きな『東京ブギウギ』！」

ぽろろん、と軽快な音がピアノで奏でられる。演奏者は、羽鳥だった。今日の羽鳥は指揮者ではなく、スズ子とともに音楽を生み出す場所にいる。

「トゥリー、トゥー、ワン、ゼロ！」

羽鳥の声を合図に、スポットライトがスズ子に当たり、バンドが演奏を始める。スタンドマイクを外して、スズ子は歌合戦のとき以上に、自由に舞台の上を踊り回った。

——小さな四角形の中から動くな、と言われたこともあった。

踊るな、騒ぐな、派手な演出は断じてならんと、制約に縛られながらもスズ子は歌うことをやめなかった。歌が、踊りが、大好きだったから。はな湯の休憩所で、常連たちを前に『恋はやさし野辺の花よ』を披露していたあの頃から、自分の歌で誰かが盛り上がるのを見るのが大好きだった。

ああでも最初は――ツヤが笑ってくれたから。この子には特別なものがある、と信じて梅丸の試験で直談判してくれた母。そんなツヤが命の灯火（ともしび）を消す間際まで、スズ子は舞台に立ち続けた。それが歌手だと、教えてくれたのは羽鳥だ。六郎が死んで、やっぱり歌えなくなりそうになったときも、羽鳥のおかげで立ち上がることができた。羽鳥の作ってくれた『大空の弟』は、悲しみのどん底にいた梅吉のことも生かし、そして『東京ブギウギ』が梅吉が意識を手放す最後の瞬間まで、彼を笑顔にしてくれていた。

愛助と出会わせてくれたのも、歌だ。『ラッパの娘』を歌っていなければ、愛子と暮らす今の幸せもなかった。客席で涙をこぼしながら、笑って、歓声をあげて、スズ子と一緒に踊ってくれる、かけがえのない友人たちとの出会いも、なかった。

♪さあさブギウギ　たいこたたいて　派手に踊ろよ　歌およ
君も僕も　愉快な東京ブギウギ
ブギを踊れば　世界は一つ　同じリズムとメロディよ
手拍子取って　歌おうブギのメロディ

そうや、とスズ子は思う。歌があれば、みんな一つになれる。どんなに絶望に打ちひしがれて、心がすさんでしまったときも。この歌があれば、きっと前を向ける。タイ子と達彦がそうだったように。小田島と一がそうしたように。スズ子が壇上からいなくなっても、大切な人と過ごした時間が消えないように、歌はいつまでも世界に残り続ける。人の心を沸き立たせ続ける。そう信じて、みんなの心に刻み込むように、スズ子は歌い、踊った。そして――。

この日を最後に、スズ子は歌うのをやめた。

愛子が予感したとおり、鼻歌ひとつ、歌うことは二度となかった。

花田家の日常は、朝から賑やかだ。愛子が体育の先生が怖いと愚痴を言い、一が同調して小田島に注意され、タケシがごはんのおかわりを頼んで、自分でやれと大野に却下されている。

スズ子が言った。

「人として生まれてきたからにはみーんなに義理があるねん。その義理を果たすんが人情やとワテは思うねん。せやからこの世は義理と人情だらけや。せやないとあんたらと一緒にやってけまへんで。自分のことは自分でやる。やれんことはやってもらう。やれることはやってあげる。何べんでも同じことを頼んでええし、頼まれたらしたったらええ。他人に甘く自分に甘く。……ちゅうわけで、おかわりや」

空になったお椀を突き出したスズ子に、大野が笑う。さざ波のように伝播して、みんなが笑う。その声が、歌のようにスズ子の日常を彩る。それさえあれば、何があっても、スズ子は明日を生きていける。

本書は、連続テレビ小説「ブギウギ」第十五週~第二十六週の放送台本をもとに小説化したものです。番組と内容、章題が異なることがあります。ご了承ください。

DTP　NOAH
校正　円水社
編集協力　向坂好生

足立 紳（あだち・しん）
２０１６年、映画「百円の恋」で日本アカデミー賞最優秀脚本賞と菊島隆三賞を受賞。19年、原作・脚本・監督を手がけた「喜劇 愛妻物語」で第32回東京国際映画祭コンペティション部門にて最優秀脚本賞受賞。20年、劇場版「アンダードッグ」前後編でヨコハマ映画祭脚本賞受賞。著書に『乳房に蚊』『弱虫日記』『それでも俺は、妻としたい』など。

櫻井 剛（さくらい・つよし）
２０１１年に脚本を担当したドラマ「マルモのおきて」が話題となり、以後、「ビギナーズ！」「ミス・パイロット」「表参道高校合唱部！」などの脚本を手がける。22年に放映されたＮＨＫの夜ドラ「あなたのブツが、ここに」では第60回ギャラクシー賞入賞が決定。

ＮＨＫ 連続テレビ小説 **ブギウギ**（下）

二〇二四年二月二五日 第一刷発行

著者 作 足立紳／櫻井剛
ノベライズ 橘もも

発行者 松本浩司
発行所 ＮＨＫ出版
〒一五〇-〇〇四二 東京都渋谷区宇田川町一〇-三
電話 〇五七〇-〇〇九-三二一（問い合わせ）
〇五七〇-〇〇〇-三二一（注文）
ホームページ https://www.nhk-book.co.jp
印刷 亨有堂印刷所／大熊整美堂
製本 二葉製本

乱丁本・落丁本はお取替えいたします。
定価はカバーに表示しております。

Printed in Japan
ISBN978-4-14-005739-1 C0093

JASRAC 出2400747-401